of 1057644

SMOKE
BROOKLYN BOOGIE

W0280758

DU MÊME AUTEUR AUX ÉDITIONS ACTES SUD

Trilogie new-yorkaise,
– vol. 1 : *Cité de verre*, 1987.
– vol. 2 : *Revenants*, 1988.
– vol. 3 : *La Chambre dérobée*, 1988.
Babel n° 32.

L'Invention de la solitude, 1988.
Babel n° 41.

Le Voyage d'Anna Blume, 1989.
Babel n° 60.

Moon Palace, 1990.
Babel n° 68.

La Musique du hasard, 1991.
Babel n° 83.

Le Conte de Noël d'Auggie Wren, 1991.
(Hors commerce.)

L'Art de la faim, 1992.

Le Carnet rouge, 1993.

Léviathan, 1993.
Babel n° 106.

Disparitions, 1994.
(Coédition Unes / Actes Sud.)

Mr Vertigo, 1994.

Titres originaux :
Smoke, Blue in the Face, The Making of Smoke
© Paul Auster, 1995
© ACTES SUD, 1995
pour la traduction française

Titre original :
Auggie Wren's Christmas Story
Première publication : *New York Times* (25.12.1990)
© Paul Auster, 1990
© ACTES SUD, 1991
pour la traduction française
ISBN 2-7427-0519-8

Paul Auster

SMOKE

suivi du

Conte de Noël d'Auggie Wren

*

BROOKLYN BOOGIE

Préface de Wayne Wang
Traduit de l'américain par Christine Le Bœuf
et Marie-Catherine Vacher

ACTES SUD
HUBERT NYSSEN EDITEUR

SOMMAIRE

PRÉFACE

NOËL 1990, SAN FRANCISCO

On ne m'avait pas livré mon *New York Times*, et j'ai dû aller m'en acheter un à l'épicerie du coin. Le numéro que j'ai acheté était le dernier du présentoir.

Le journal était très mince ce jour-là. J'eus vite fait de le parcourir. A part quelques articles sur la guerre qui menaçait dans le Golfe, il n'y avait guère de nouvelles. Et puis quelque chose a attiré mon attention : une page entière dans la tribune libre. Ça s'intitulait : *Le Conte de Noël d'Auggie Wren*, par Paul Auster.

J'avais à peine commencé à le lire que ce récit m'entraînait dans un univers complexe de réalité et de fiction, de vérité et de mensonges, de générosité et de vol. Je me suis senti tour à tour ému aux larmes et pris de fou rire. Beaucoup de choses intéressantes que j'avais vécues un jour de Noël me sont repassées par l'esprit. Vers la fin, j'avais l'impression d'avoir reçu de quelqu'un de très proche un merveilleux cadeau de Noël. Sitôt ma lecture terminée, j'ai demandé à ma femme : "Qui est Paul Auster ?"

MAI 1991, BROOKLYN

Ma première rencontre avec Paul Auster a eu lieu dans son studio de Park Slope. J'avais alors lu la plupart de ses livres. J'étais très ému de faire sa connaissance et de lui parler des idées que j'avais pour un film à réaliser à partir du *Conte de Noël d'Auggie Wren.*

Paul s'est montré très amical, et généreux de son temps. Nous avons bavardé un moment dans son studio. Nous avons déjeuné au *Jack's Deli* (où Auggie raconte à Paul son histoire de Noël). Nous avons acheté des Schimmelpenninck dans la boutique dont le conte s'inspire. Nous nous sommes promenés dans tout Brooklyn, et Paul m'a raconté toute une série d'histoires formidables sur la ville.

A la fin de cette journée, en lui disant au revoir, j'étais conscient d'avoir rencontré un véritable artiste, passionné par les gens, la vie et l'histoire. Et qui, avec constance, consacrait toutes ses journées à écrire là-dessus dans son studio.

Ce jour-là, je me suis senti plus fermement décidé que jamais à faire un film avec *le Conte de Noël d'Auggie Wren.*

DÉCEMBRE 1994, NEW YORK

Il y a maintenant quatre ans que j'ai découvert *le Conte de Noël d'Auggie Wren.* Le film que je voulais réaliser est enfin achevé. Il s'appelle *Smoke.* Nous avons dû passer par un grand nombre de détours, de hauts et de bas économiques, émotionnels et créatifs avant d'en arriver là.

Je suis très fier de *Smoke* et de son compère *Brooklyn Boogie.* Ces deux films sont les cadeaux de Noël de Paul Auster et de Wayne Wang au public cinéphile.

Merci à Paul pour l'inspiration, et pour avoir été mon ami, mon frère, et mon partenaire au long de ces quatre années.

WAYNE WANG

SMOKE

Entretien de Paul Auster avec Annette Insdorf*

L'INVENTION DE *SMOKE*

ANNETTE INSDORF. – *A l'origine de* Smoke *il y a, je crois, un conte de Noël que vous avez écrit pour le* New York Times.

PAUL AUSTER. – Oui, tout a commencé avec cette petite histoire. Mike Levitas, le rédacteur de la tribune libre, m'a appelé un beau matin, en novembre 1990. Je ne le connaissais pas, mais lui, il avait apparemment lu certains de mes livres. A sa façon sympathique et directe, il m'a expliqué qu'il caressait l'idée de commander un texte de fiction pour la tribune libre du numéro de Noël. Qu'en pensais-je ? Serais-je d'accord pour l'écrire ? La proposition m'a paru intéressante – l'idée de faire paraître une affabulation dans un journal d'information, le journal de référence, qui plus est. Une idée plutôt subversive, tout bien pesé. Mais le fait était que je n'avais jamais écrit de nouvelle, et je n'étais pas certain de pouvoir trouver un sujet. “Donnez-moi quelques jours, lui ai-je dit. Si je pense à quelque chose, je vous le ferai savoir.” Quelques jours ont donc passé et, alors que j'étais sur le point de renoncer, j'ai ouvert une boîte de mes chers Schimmelpenninck – les petits cigares que j'aime fumer – et je me suis mis à évoquer le type qui me les vend à Brooklyn. De là, je suis passé au genre de relations

* Titulaire de la chaire de cinéma de l'Ecole des Beaux-Arts de Columbia University et auteur d'un livre consacré à François Truffaut.

qu'on peut avoir à New York avec des gens qu'on voit tous les jours mais qu'on ne connaît pas vraiment. Et, peu à peu, l'histoire a commencé à prendre forme en moi. Elle est, littéralement, sortie de cette boîte de cigares.

A. I. – *Ce n'est pas ce que j'appellerais le conte de Noël type.*

P. A. – J'espère que non. Tout est sens dessus dessous dans *Auggie Wren.* Qu'est-ce que voler ? Qu'est-ce que donner ? Qu'est-ce que mentir ? Qu'est-ce que dire la vérité ? Toutes ces questions sont brassées de façon assez bizarre et peu orthodoxe.

A. I. – *Et quand Wayne Wang est-il entré en scène ?*

P. A. – Wayne m'a appelé de San Francisco quelques semaines après la parution du conte.

A. I. – *Vous le connaissiez ?*

P. A. – Non. J'avais entendu parler de lui et j'avais vu un de ses films, *Dim Sum*, que j'avais beaucoup admiré. Il se trouve qu'il avait lu le conte dans le *Times* et qu'il pensait que ce serait un bon point de départ pour un film. Je me suis senti flatté de son intérêt, mais à ce moment-là je n'avais pas envie d'écrire le scénario moi-même. Je travaillais à un roman *(Léviathan)* et je ne pouvais penser à rien d'autre. Si Wayne souhaitait se servir de mon histoire pour faire un film, j'étais tout à fait d'accord. C'est un bon réalisateur, et je savais qu'il en sortirait quelque chose de bon.

A. I. – *Et comment se fait-il, alors, que vous ayez fini par écrire le scénario ?*

P. A. – Wayne est venu à New York ce printemps-là. C'était en mai, je crois, et notre première après-midi ensemble, nous l'avons passée à nous balader dans Brooklyn. Il faisait un temps splendide, je m'en souviens, et je lui ai montré les différents coins de la ville où j'avais imaginé que l'histoire se déroulait. On s'est très bien entendus. Wayne est un type merveilleux, un homme d'une grande sensibilité, plein de générosité et d'humour et, à la différence de nombreux artistes, il ne fait pas de l'art dans le but de gratifier son ego. Il a une authentique vocation, c'est-à-dire qu'il ne se sent jamais obligé de plaider sa cause ni de se faire mousser. Dès ce premier jour à Brooklyn, il était évident pour chacun de nous que nous allions devenir amis.

A. I. – *Avez-vous discuté ce jour-là d'idées pour le film ?*

P. A. – Rachid, le personnage central, est né pendant ces conversations préliminaires. Et aussi la conviction que le sujet du film devait être Brooklyn… Wayne est reparti à San Francisco et a commencé à y travailler avec un de ses amis, auteur de scénarios. Au mois d'août, il m'a envoyé une ébauche de dix à douze pages. Je me trouvais alors avec ma famille dans le Vermont, et je me rappelle avoir pensé que cette ébauche était bien mais pas assez bien. Je l'ai fait lire à ma femme, Siri, et une fois au lit, nous avons passé une partie de la nuit à parler de l'histoire, à la réinventer sous un angle tout à fait différent. J'ai téléphoné à Wayne le lendemain, et il a reconnu que notre histoire était meilleure que celle qu'il m'avait envoyée. Il m'a demandé si ça ne m'ennuyait pas de lui rendre le petit service de rédiger le canevas de cette nouvelle histoire. Je pensais que je lui devais bien ça, et je l'ai fait.

A. I. – *Et, du coup, vous aviez, pour ainsi dire, le pied dans la porte.*

P. A. – C'est drôle, la façon dont ça marche, ces choses-là, non ? Quelques semaines plus tard, Wayne est parti au Japon pour affaires. Il a rencontré

Satori Iseki, de Nippon Film Development, à propos de son projet, et en passant, mine de rien, il a évoqué le canevas que j'avais rédigé. M. Iseki s'est montré intéressé. Il a dit qu'il aimerait produire le film, à condition "qu'Auster écrive le scénario". Mes livres sont publiés au Japon et, apparemment, il savait qui je suis. Mais il a ajouté qu'il lui faudrait un partenaire américain, quelqu'un qui prendrait sa part des dépenses et superviserait la production. Quand Wayne m'a téléphoné de Tokyo pour me raconter ce qui s'était passé, j'ai ri. Les chances de M. Iseki de se trouver un partenaire américain me paraissaient si minces, si totalement en dehors du domaine du possible que j'ai dit oui, j'écrirai le scénario s'il y a de l'argent pour faire le film. Et je me suis aussitôt remis à mon roman.

A. I. – *Mais ils ont bel et bien trouvé un partenaire ?*

P. A. – Plus ou moins. Tom Luddy, un bon ami de Wayne à San Francisco, a voulu le faire avec Zoetrope. Quand Wayne me l'a annoncé, j'ai été stupéfait, complètement pris au dépourvu. Mais je ne pouvais pas reculer. Moralement, je me sentais obligé d'écrire ce scénario. J'avais donné ma parole et, par conséquent, dès que j'ai eu fini *Léviathan* (fin 91), j'ai commencé à écrire *Smoke.* Quelques mois plus tard, l'accord conclu entre NDF et Zoetrope a été rompu. Mais je m'étais trop engagé pour avoir envie d'arrêter. J'avais déjà écrit un premier jet, et une fois qu'on a entrepris une chose, il n'est que naturel de vouloir la mener à bien.

A. I. – *Aviez-vous déjà écrit un scénario ?*

P. A. – Pas vraiment. Quand j'étais très jeune, vers dix-neuf ou vingt ans, j'ai écrit un ou deux scénarios pour des films muets. Ils étaient longs et très détaillés, soixante-dix ou quatre-vingts pages de mouvements élaborés et méticuleux, où chaque geste était décrit. Un comique étrange, pince-sans-rire.

Buster Keaton revisité. Ces manuscrits ont disparu. Je donnerais gros pour savoir où ils sont. J'aimerais bien voir de quoi ils avaient l'air.

A. I. – *Vous êtes-vous préparé de façon particulière ? Avez-vous lu des scénarios ? Avez-vous commencé à regarder des films d'un autre œil ?*

P. A. – J'ai regardé quelques scénarios, pour voir leur présentation. Comment numéroter les scènes, comment passer des intérieurs aux extérieurs, ce genre de choses. Mais pas de véritable préparation – sinon une vie entière d'amateur de cinéma. J'ai toujours été attiré par le cinéma, depuis l'enfance. Rares sont ceux qui ne le sont pas, en ce monde, j'imagine. En même temps, le cinéma me pose aussi certains problèmes. Pas seulement l'un ou l'autre film en particulier, mais en général, en tant que moyen d'expression.

A. I. – *En quel sens ?*

P. A. – Le fait qu'il soit en deux dimensions, avant tout. Les gens considèrent les films comme "réels", mais ils ne le sont pas. Ce sont des images plates projetées sur un mur, un simulacre de la réalité, pas la réalité elle-même. Et puis il y a la question des images. On a tendance à les regarder passivement, et à la fin elles nous passent à travers. On est captivé, intrigué et ravi pendant deux heures, et puis on sort de la salle et on se rappelle à peine ce qu'on a vu. Les romans, c'est tout à fait différent. Pour lire un livre, il faut s'impliquer activement dans ce que disent les mots. Il faut travailler, employer son imagination. Et dès lors que l'imagination est bien éveillée, on entre dans l'univers du livre comme dans celui de sa propre vie. On sent les choses, on les touche, on a des pensées et des intuitions complexes, on se trouve dans un monde à trois dimensions.

A. I. – *C'est le romancier qui parle.*

P. A. – Eh bien, ça va sans dire, je pencherai toujours du côté des livres. Mais ça ne signifie pas que le cinéma ne peut pas être merveilleux. C'est une autre façon de raconter des histoires, c'est tout, et je suppose qu'il est important de se rappeler ce que chacun des médias peut et ne peut pas faire… Je suis particulièrement attiré par les réalisateurs qui privilégient le récit par rapport à la technique, qui prennent le temps de laisser leurs personnages se révéler sous vos yeux, d'exister comme des êtres humains à part entière.

A. I. – *Qui mettriez-vous dans cette catégorie ?*

P. A. – Renoir, d'abord. Et puis Ozu. Bresson… Satyajit Ray… toute une série, en fin de compte. Ces réalisateurs ne vous bombardent pas d'images, ils ne sont pas épris de l'image pour l'image. Ils racontent leurs histoires avec autant de soin et de patience que les plus grands romanciers. Wayne est un réalisateur de ce genre. Quelqu'un qui éprouve de la sympathie pour la vie intérieure de ses personnages, qui ne précipite pas les choses. C'est pourquoi j'ai été heureux de travailler avec lui – de travailler *pour* lui. Un scénario, ce n'est qu'un schéma, après tout. Ce n'est pas le produit fini. Je n'ai pas écrit celui-ci dans le vide. Je l'ai écrit pour Wayne, pour un film qu'il allait réaliser, et j'ai très consciemment essayé d'écrire quelque chose qui soit compatible avec ses talents de réalisateur.

A. I. – *Combien de temps vous a-t-il fallu pour l'écrire ?*

P. A. – Le premier jet a pris environ trois semaines, peut-être un mois. C'est alors que les négociations entre NDF et Zoetrope ont été rompues, et tout le projet s'est soudain retrouvé en panne. C'était sans doute idiot de ma part de me lancer sans contrat signé, mais je n'avais pas encore compris à quel point le monde du cinéma est aléatoire et instable. A ce moment-là, cependant, les gens de NDF ont décidé de foncer et de "développer" le scénario de toute façon, pendant qu'ils cherchaient un autre partenaire américain. En conséquence, j'ai reçu un peu d'argent pour continuer à écrire, et j'ai donc continué. Wayne et moi, nous avons discuté de ce premier jet, je l'ai bricolé encore un peu, et puis nous sommes l'un et l'autre passés à autre chose. Wayne a entrepris la préproduction de *The Joy Luck Club*, et j'ai commencé un nouveau roman *(Mr Vertigo)*. Mais nous avons gardé le contact et, régulièrement, pendant un an et demi, nous nous sommes téléphoné ou rencontrés ici ou là afin d'évoquer de nouvelles idées pour le scénario.

J'ai fait trois nouvelles versions, ce qui supposait chaque fois une ou deux semaines de travail – pour ajouter des éléments, en supprimer, repenser la structure. Il y a une grande différence entre le premier jet et le dernier, mais les modifications se sont faites lentement, insensiblement, et je n'ai jamais eu l'impression de transformer l'essence de l'histoire. Je dirais plutôt que je l'ai découverte petit à petit. A un moment donné, Peter Newman est entré en scène comme notre producteur américain, mais il fallait encore trouver l'argent pour faire le film. Pendant ce temps, je continuais à travailler à *Mr Vertigo*, et quand je l'ai eu terminé, le film de Wayne était sur le point de sortir. Nous étions donc prêts à nous attaquer de nouveau à *Smoke*.

Par un coup de chance, Wayne a décidé de montrer le scénario à Robert Altman. Celui-ci a fait des commentaires très aimables, mais il trouvait que ça traînait un peu vers le milieu et que ça manquait sans doute encore d'un petit quelque chose avant de trouver sa forme définitive. Robert Altman n'est pas un homme dont on néglige l'opinion, et j'ai repris le scénario, je l'ai relu avec ses commentaires en tête, et j'ai vu qu'il avait raison ! Je me suis remis au travail, et cette fois tout paraissait s'agencer. L'histoire était plus ronde, plus dense, mieux intégrée. Ce n'était plus un ensemble de fragments. Elle avait enfin de la cohérence.

A. I. – *Un processus très différent de l'écriture d'un roman, alors. Ça vous a plu ?*

P. A. – Oui, tout à fait différent. Ecrire un roman, c'est un processus organique, et pour une grande part ça se passe de manière inconsciente. C'est long, très lent et très éreintant. Un scénario, c'est plutôt comme un puzzle. La rédaction proprement dite ne demande sans doute pas beaucoup de temps, mais l'assemblage des pièces peut vous rendre fou. Et pourtant, oui, ça m'a plu. J'ai ressenti comme un défi l'obligation d'écrire des dialogues, de penser en termes dramatiques plutôt que narratifs, de faire quelque chose que je n'avais encore jamais fait.

A. I. – *Et puis Miramax est intervenu en décidant de soutenir le film.*

P. A. – *The Joy Luck Club* s'est révélé un grand succès, le scénario était terminé, et il se trouve que Peter Newman est un homme très plaisant et persuasif. Je suis parti à l'étranger pendant quelques semaines, l'automne dernier, et quand je suis revenu, l'affaire paraissait lancée. Tous les arrangements étaient en place.

A. I. – *Et c'est là que l'auteur du scénario est censé disparaître.*

P. A. – A ce qu'on dit. Mais Wayne et moi, nous avons oublié de nous plier aux règles. L'idée de nous séparer ne nous est jamais venue, ni à l'un, ni à l'autre. J'étais l'auteur, Wayne était le réalisateur, mais c'était *notre* film, et nous nous sommes toujours considérés comme partenaires égaux dans cette entreprise. Je comprends maintenant ce que cet accord avait d'inhabituel. Auteurs et réalisateurs ne sont pas supposés s'entendre, et personne n'avait jamais entendu parler d'un réalisateur traitant un auteur comme Wayne me traitait. Mais j'étais naïf et sot, et je croyais qu'il allait de soi que j'étais toujours dans le coup.

A. I. – *Pas si naïf que ça, tout de même. Vous aviez participé à un autre film auparavant,* La Musique du hasard.

P. A. – Oui, mais c'était tout à fait différent. Philip Haas a adapté un de mes romans et fait un film de son adaptation. C'est une autre histoire. Lui et sa femme ont écrit le scénario, et il l'a réalisé. Il avait pleine liberté d'interpréter le livre à son gré, de présenter sa lecture personnelle du livre que j'avais écrit. Mais mon travail était terminé avant que le sien ne commence.

A. I. – *Oui, mais vous avez fini par jouer un rôle dans ce film, non ? En tant qu'acteur, je veux dire.*

P. A. – C'est vrai, c'est vrai. Trente secondes, de profil, dans la scène finale. Jamais plus ! A tout le moins, je suis ressorti de cette expérience avec un respect nouveau pour ce que peuvent faire les acteurs. Je veux dire les acteurs confirmés, professionnels. Rien de tel qu'une petite friction avec la réalité pour vous enseigner l'humilité.

A. I. – *Revenons à* Smoke*, alors. Etes-vous intervenu dans le choix des acteurs, par exemple ?*

P. A. – Dans une certaine mesure, oui. Et nous avons discuté à fond chaque décision, Wayne et moi. Nous avons eu quelques déceptions en chemin, et aussi quelques décisions difficiles à prendre. Il y a un acteur auquel je tenais beaucoup, c'est Giancarlo Esposito. Il n'a qu'un tout petit rôle.

Il joue Tommy, un des parieurs, et ne fait que deux apparitions secondaires. Mais c'est son personnage qui prononce les premières répliques du film et je savais que, s'il acceptait, ça démarrerait sur les chapeaux de roue. Ç'a été un grand moment pour moi quand il a dit oui. Même chose pour Forest Whitaker. Je ne pouvais imaginer aucun autre acteur dans le rôle de Cyrus, et je ne peux pas vous dire à quel point je jubilais quand il nous a donné son accord… A part ça, j'ai assisté à beaucoup d'auditions. Quel spectacle navrant, parfois. Tant de gens de talent qui se présentent, pleins d'espoir et la peau dure. Il faut du courage pour affronter les refus jour après jour, et j'avoue que j'en étais très ému…

Quand j'y repense maintenant, il me semble que l'expérience de loin la plus mémorable liée à la distribution a été un appel public lancé par Heidi Levitt et Billy Hopkins. Un samedi de la fin janvier, par un froid de canard, avec de la neige sur le sol et des vents hurlants, trois mille personnes se sont présentées dans un lycée de Manhattan afin de tourner des bouts d'essai pour de petits rôles dans *Smoke*. Trois mille personnes ! La queue occupait tout le trottoir. Quel rassemblement bigarré : des grands et des petits, des gros et des maigres, des jeunes et des vieux, des Blancs, des Noirs, des bronzés, des Jaunes… l'humanité entière, d'une ancienne miss Nigeria à un ex-champion de boxe poids moyen, et tous, jusqu'au dernier, voulaient jouer dans le film. J'étais ahuri.

A. I. – *En tout cas, vous vous êtes retrouvés avec une distribution extraordinaire. Harvey Keitel, William Hurt, Stockard Channing, Forest Whitaker, Ashley Judd… et Harold Perrineau dans son premier rôle. Une belle affiche !*

P. A. – C'étaient aussi des gens avec qui on travaillait bien. Aucun des acteurs n'a gagné beaucoup d'argent, mais tous paraissaient enthousiastes à l'idée de participer au film. Ça a créé une bonne atmosphère de travail du début à la fin. Deux mois environ avant le début du tournage, nous avons commencé, Wayne et moi, à rencontrer les acteurs afin de discuter de leurs rôles et d'examiner les nuances du scénario. J'ai fini par écrire pour plusieurs d'entre eux des "indications de caractère", des listes exhaustives accompagnées de commentaires suggérant le passé de chaque personnage. Pas simplement leurs biographies et l'histoire de leur famille, mais aussi la musique qu'ils écoutaient, ce qu'ils mangeaient, ce qu'ils lisaient – tout et n'importe quoi susceptible d'aider l'acteur à entrer dans la peau de son personnage.

A. I. – *C'est exactement la méthode que Marguerite Duras a utilisée quand elle a écrit le scénario d'*Hiroshima mon amour, *un de mes films préférés de tout temps. On sent la texture des personnages, même si on n'a guère d'indications sur leur passé.*

P. A. – Plus on en sait, mieux ça va. Ce n'est pas facile de faire semblant qu'on est un autre, après tout. Plus il y a de points d'appui, plus riche sera l'interprétation.

A. I. – *Je suppose qu'il y a eu des répétitions pour* Smoke *– chose pour laquelle le temps manque souvent dans le cinéma.*

P. A. – Ça paraissait essentiel dans ce cas-ci, vu qu'on y parle beaucoup et qu'il y a peu d'action. Les répétitions se sont poursuivies pendant plusieurs semaines dans une église près de Washington Square. Harvey, Bill, Harold, Stockard, Ashley… tous ont travaillé dur.

A. I. – *Y a-t-il d'autres aspects de la préproduction dont vous vous êtes mêlé ?*

P. A. – Mêlé est sans doute un mot un peu fort, mais j'ai eu de nombreuses conversations avec Kalina Ivanov, la décoratrice. En particulier, à propos de l'appartement où habite le personnage de Bill Hurt. C'est le seul décor qui a été construit pour le film – dans un studio d'enregistrement à Long Island City. Tout le reste a été tourné sur des lieux réels. Compte tenu qu'il s'agit de l'appartement d'un romancier, il est normal que Kalina ait voulu mon avis. Nous avons parlé de tout : des livres sur les étagères, des tableaux aux murs, du moindre des objets qui encombrent le bureau. Je trouve qu'elle a fait un boulot remarquable. Pour une fois, voici dans un film un appartement new-yorkais qui a l'air authentique. Avez-vous jamais remarqué combien de gens censément ordinaires se débrouillent, dans les films hollywoodiens, pour habiter des lofts de trois millions de dollars à TriBeCa ? L'appartement conçu par Kalina fait vrai, et ce qu'elle a réalisé – des choses qui ne sont même pas toujours visibles à l'écran – est le fruit de beaucoup de travail et de réflexion. Les ronds laissés sur la table par les tasses de café, la carte postale d'Herman Melville au-dessus du bureau, la machine à traitement de texte inutilisée dans son coin, mille et un détails minuscules… Philosophiquement parlant, la décoration de plateau est une discipline fascinante. Elle comporte une véritable composante spirituelle. Parce qu'elle suppose une observation attentive de la réalité, une vision des choses telles qu'elles sont et non telles qu'on les souhaite, et puis leur recréation à des fins totalement imaginaires et fictives. Tout travail qui vous oblige à regarder le monde avec une telle attention est nécessairement un bon travail, bon pour l'âme.

A. I. – *On croirait entendre Auggie Wren !*

P. A. *(il rit).* – Eh bien, Auggie n'est pas sorti de rien. Il fait partie de moi… juste comme je fais partie de lui.

A. I. – *Lorsque le tournage a commencé, y avez-vous assisté ?*

P. A. – De temps en temps. Régulièrement, j'allais voir comment ça se passait, surtout quand on tournait les scènes dans le débit de tabac, puisque je pouvais m'y rendre à pied de chez moi. Et je suis allé à Peekskill pendant les trois ou quatre derniers jours de tournage. Mais en général je me suis tenu à distance. Le plateau, c'était le territoire de Wayne, et je n'avais pas envie d'être encombrant. Il ne s'était pas installé près de moi dans ma chambre pendant que j'écrivais le scénario, il me semblait juste de lui rendre la pareille. Ce que j'ai fait, par contre, c'est assister aux projections quotidiennes dans le DuArt Building, 55e rue ouest. Ça s'est révélé indispensable. J'ai vu chaque pouce de pellicule, et quand nous sommes passés à la salle de montage à la mi-juillet, j'avais une assez bonne idée des options possibles… Voir les rushes était instructif aussi dans la mesure où ça m'apprenait à affronter les déceptions. Chaque fois qu'un acteur sautait une réplique ou s'écartait du texte, c'était comme un coup de couteau dans mon cœur. Mais c'est ce qui arrive quand on collabore avec d'autres personnes, c'est une chose avec laquelle il faut apprendre à vivre. Je veux parler des plus petits écarts par rapport à ce que j'avais écrit, des détails que, sans doute, je serais seul à remarquer. Mais tout de même, quand on a pris la peine de donner aux mots un certain rythme, c'est douloureux de les voir sortir autrement… Et pourtant, il y a un revers à ça aussi. Parfois, les acteurs improvisaient ou ajoutaient des répliques, et un certain nombre de ces ajouts ont incontestablement amélioré le film. Par exemple, quand Harvey a crié au client énervé dans le débit de tabac : *"Take it on the arches, you fat fuck* !"* Je n'avais encore jamais

* Qu'on pourrait rendre à peu près par : "Prenez-le sur le présentoir, espèce de grosse bite." *(N.d.T.)*

entendu cette expression, et je l'ai trouvée hilarante. Juste le genre de choses que dirait Auggie.

A. I. – *Alors, même si vous n'êtes pas allé tous les jours sur le plateau, vous étiez prêt à collaborer après la fin du tournage.*

P. A. – Je n'avais pas vraiment prévu de me mêler du montage, mais comme tant d'autres choses liées à *Smoke*, ça a semblé aller de soi. Maysie Hoy avait travaillé avec Wayne à son film précédent, Wayne et moi nous connaissions déjà bien, et il se trouve que Maysie et moi avons sympathisé du premier coup – comme si nous avions été amis dans une vie antérieure. C'était une excellente relation à trois. Nous nous sentions tous libres d'exprimer nos opinions, de discuter du plus petit problème qui se posait, et chacun d'entre nous écoutait avec attention ce que les deux autres avaient à dire. L'atmosphère était au respect et à l'égalité. Aucune hiérarchie, aucun terrorisme intellectuel. Nous avons travaillé ensemble pendant des semaines, des mois, et les tensions ont été rarissimes. Un sacré travail, c'est sûr, mais aussi beaucoup de blagues et de rires.

A. I. – *Au fond, c'est là qu'un film est vraiment réalisé : dans la salle de montage.*

P. A. – C'est comme si on reprenait tout du début. On commence par le scénario, qui dessine une certaine idée de ce que le film devrait être, et puis on tourne, et tout commence à changer. Le jeu des acteurs fait ressortir des sens différents, des nuances différentes, certaines choses sont perdues, d'autres trouvées. Et puis on passe dans la salle de montage et on essaie de marier le scénario et les interprétations. A certains moments, les deux se mêlent harmonieusement. A d'autres, non, et ça peut être exaspérant. On ne dispose que d'une longueur donnée de pellicule, et ça limite les possibilités.

On est comme un romancier qui essaierait de revoir son livre alors que cinquante pour cent des mots du dictionnaire ne lui sont plus accessibles. Il n'est plus autorisé à s'en servir. Alors on chipote, on bricole, on jongle, on cherche un rythme, un flux musical qui porte d'une scène à l'autre, et on doit être prêt à supprimer certains passages, à penser en termes d'ensemble, de ce qui paraît essentiel à l'intérêt du film en général... Et puis, en plus de ces considérations, vient la question de la durée. Un roman peut comporter quatre-vingt-dix ou neuf cents pages, personne n'y voit rien à redire. Mais un film doit durer un certain temps, deux heures ou moins. C'est une forme fixe, tel un sonnet, et il faut tout faire entrer dans cet espace limité. Il se trouve que le scénario que j'avais écrit était trop long. J'avais supprimé certaines choses avant que nous commencions le tournage, mais il était tout de même trop long. Le premier montage réalisé par Maysie durait deux heures cinquante, ce qui signifie que nous avons dû couper presque un tiers de l'histoire. Franchement, je ne voyais pas comment y arriver. A ce que j'ai compris, presque tous les gens qui font des films sont confrontés à ce problème. C'est pourquoi il faut toujours plus de temps pour monter un film que pour le tourner.

A. I. – *Quelle a été la plus grosse surprise en cours de montage ?*

P. A. – Il y a eu bien des surprises, mais la plus grosse concerne sans doute la dernière scène, celle où Auggie raconte à Paul son histoire de Noël. Dans la version originale, le récit devait être entrecoupé de passages en noir et blanc illustrant ce qu'Auggie était en train de dire. L'idée était d'aller et venir entre le restaurant et l'appartement de mamie Ethel, de sorte que quand on ne voyait pas Auggie en train de raconter son histoire, on entendait sa voix sur les images en noir et blanc. Mais au montage, ça ne fonctionnait pas. Le texte et les images se contrariaient. On se mettait à écouter Auggie, et puis, quand les images en noir et blanc arrivaient, on était tellement captivé par les informations visuelles qu'on cessait d'écouter. Quand on revenait au visage d'Auggie, on avait laissé échapper plusieurs phrases et perdu le fil de l'histoire.

Nous avons dû tout reprendre à zéro, et ce que nous avons finalement décidé, c'est de garder les deux éléments distincts. Auggie raconte son histoire dans le restaurant et ensuite, comme dans une sorte de coda, on voit un gros plan de la machine à écrire de Paul en train de taper les derniers mots de la page titre de l'histoire dont Auggie vient de lui faire cadeau, qui se fond alors dans les images en noir et blanc accompagnées par la chanson de Tom Waits. C'était la seule solution possible, et je crois que ça fonctionne. C'est rare, au cinéma, de voir quelqu'un raconter une histoire pendant dix minutes. La caméra reste presque tout le temps sur le visage d'Harvey, et Harvey est un acteur tellement fort et convaincant qu'il réussit à faire passer la chose. Tout bien considéré, c'est sans doute la meilleure scène du film.

A. I. – *La caméra se rapproche énormément dans cette scène, elle vient tout près de la bouche d'Harvey. Je ne m'attendais pas du tout à ça.*

P. A. – Wayne a conçu le langage visuel du film de façon très audacieuse et intéressante. Toutes les premières scènes sont prises en plan général. Ensuite, progressivement, au fur et à mesure que les personnages disparates entrent en rapport les uns avec les autres, il y a de plus en plus de plans rapprochés et de gros plans. Quatre-vingt-dix-neuf pour cent des gens qui verront le film ne le remarqueront sans doute pas. Ça fonctionne de manière tout à fait subliminale, mais étant donné le contenu du film, le genre d'histoire que nous voulions raconter, c'était la bonne méthode. Quand on arrive à la dernière scène, dans le restaurant, la caméra semble serrer les acteurs d'aussi près qu'elle le fera jamais. Une limite paraît tracée, des règles définies – et puis, tout à coup, la caméra se rapproche encore, autant qu'elle le peut. Le spectateur n'est pas du tout prêt à cela. La caméra fonce comme un bulldozer à travers un mur de briques, elle abat la dernière barrière protégeant l'authentique intimité humaine. En un sens, la clé émotionnelle de tout le film se trouve dans ce plan.

A. I. – *J'aime bien le titre du film,* Smoke (Fumée). *Il est accrocheur et suggestif. Voudriez-vous nous en dire plus ?*

P. A. – Du mot "smoke" ? Je dirais que c'est plusieurs choses à la fois. C'est une allusion au débit de tabac, bien sûr, mais aussi à la propriété qu'a la fumée d'obscurcir les choses et de les rendre illisibles. La fumée n'est jamais fixe, elle change sans cesse de forme. De même que les personnages du film changent quand leurs vies se croisent. Signaux de fumée… écrans de fumée… fumée flottant au vent. De façon minime ou importante, chaque personnage est sans cesse modifié par les personnages qui l'entourent.

A. I. – *Il est difficile de définir le ton du film. Diriez-vous qu'il s'agit d'une comédie ? D'un drame ? Peut-être la catégorie française dite "comédie dramatique" serait-elle la plus appropriée ?*

P. A. – C'est un peu ça, je crois. Je l'ai toujours considéré comme une comédie – mais au sens classique du terme, c'est-à-dire que la situation de chacun des personnages est un peu meilleure à la fin qu'elle n'était au début. Sans vouloir me pousser du col, si vous réfléchissez à la différence entre les comédies de Shakespeare et ses tragédies, elle se trouve moins dans le contenu des pièces que dans la façon dont les conflits sont résolus. Le même genre de problèmes humains existe dans les unes et les autres. A la fin d'une tragédie, tout le monde est mort sur la scène. Avec une comédie, tout le monde est encore debout et la vie continue. C'est ainsi que je vois *Smoke.* Il se passe des événements heureux, d'autres moins, mais la vie continue. C'est pourquoi c'est une comédie. Ou, si vous préférez, une comédie dramatique.

A. I. – *Avec quelques points sombres.*

P. A. – Absolument. Cela va sans dire. Ce n'est ni de la farce ni du burlesque, mais à la base le film suppose une conception plutôt optimiste de la condition humaine. A bien des titres, je pense que ce scénario est ce que j'ai écrit de plus optimiste.

A. I. – *C'est aussi l'un des très rares films américains de ces dernières années dans lesquels les personnages prennent du plaisir à fumer. Et personne n'entre dans le champ pour leur dire de ne pas le faire.*

P. A. – Eh bien, c'est un fait que des gens fument. Si je ne me trompe, ils sont plus d'un milliard à jouer du briquet tous les jours dans le monde entier. Je sais que le lobby antifumeurs est devenu très puissant depuis quelques années dans ce pays, mais le puritanisme a toujours existé chez nous. D'une manière ou d'une autre, les buveurs d'eau et autres exaltés ont toujours représenté une composante de la vie américaine. Je ne prétends pas que fumer est bon pour la santé, mais, comparé aux transgressions quotidiennes dans les domaines politique, social et écologique, le tabac est un problème mineur. Des gens fument. C'est un fait. Des gens fument, et ils aiment ça, même si ce n'est pas bon pour eux.

A. I. – *Ce n'est pas moi qui vous contredirai.*

P. A. – Ce n'est qu'une hypothèse de ma part, mais il y a peut-être un lien entre tout ça et la conduite des personnages dans le film, ce qu'on pourrait appeler une vision non dogmatique du comportement humain. Ça vous paraît tiré par les cheveux ? Ce que je veux dire, c'est que aucun d'eux n'est simplement ceci ou cela. Tous sont pleins de contradictions, et ils ne vivent pas dans un monde bien divisé entre bons et méchants. Chacun des personnages de l'histoire a ses forces et ses faiblesses. Sous son meilleur jour, Auggie, par exemple, est à peu de chose près un maître zen. Mais c'est aussi un magouilleur, un je-sais-tout et un affreux grincheux. Rachid est, pour l'essentiel, un brave gosse très intelligent, mais c'est aussi un menteur, un voleur et un foutu petit merdeux. Vous voyez où je veux en venir ?

A. I. – *Tout à fait. Comme je l'ai déjà dit, ce n'est pas moi qui vous contredirai.*

P. A. – Eh bien, parfait !

A. I. – *Encore une question – à propos de Brooklyn. J'aimerais que vous m'expliquiez pourquoi le film se passe là. Je sais que vous y habitez, mais y avait-il une raison particulière – à part la familiarité ?*

P. A. – Ça fait vingt-cinq ans, maintenant, que j'y habite, et c'est vrai que j'aime mon quartier, Park Slope. Ce doit être un des lieux les plus démocratiques et les plus tolérants de la planète. Tout le monde habite là, des gens de toutes les races, de toutes les religions et de toutes les classes sociales, et tout le monde s'entend plutôt bien. Etant donné le climat actuel dans le pays, je dirais que ça tient du miracle. Je sais aussi qu'il se passe des choses terribles à Brooklyn, sans parler du reste de New York. Des choses qui crèvent le cœur, des choses insupportables – mais dans l'ensemble, la ville fonctionne. En dépit de tout, en dépit de la haine et de la violence latentes, la plupart des gens font l'effort de s'entendre entre eux la plupart du temps. Le reste du pays perçoit New York comme un enfer, mais ce n'est qu'un aspect de la question. Je voulais explorer l'autre aspect des choses, contredire certains des stéréotypes que les gens trimballent au sujet de cet endroit.

A. I. – *Je suis intriguée par le fait que le romancier, dans* Smoke, *s'appelle Paul. Y a-t-il un élément autobiographique dans le film ?*

P. A. – Non, pas vraiment. Le nom de Paul vient du conte de Noël publié dans le *Times*. Parce que ce récit allait paraître dans un journal, je voulais que la réalité et la fiction y soient aussi proches que possible, afin de laisser un doute dans l'esprit du lecteur quant à la véracité de l'histoire. J'ai donc utilisé mon propre nom, de manière à augmenter la confusion – mais seulement mon prénom. L'écrivain que Bill Hurt interprète dans *Smoke* n'a rien à voir avec moi. C'est un personnage fictif.

A. I. – *Parlez-moi un peu de* Brooklyn Boogie. *Non seulement vous avez fait cet autre film après* Smoke, *Wayne et vous, mais vous vous êtes retrouvé coréalisateur ?*

P. A. – Incroyable mais vrai. C'est un projet fou qui a été tourné en six jours. Nous sommes encore en train de le monter, je n'ai pas envie d'en dire trop, mais je peux vous esquisser l'idée générale.

A. I. – *Allez-y.*

P. A. – Tout a commencé pendant les répétitions de *Smoke*. Harvey est arrivé pour travailler des scènes dans le débit de tabac avec les parieurs – Giancarlo Esposito, José Zuniga et Steve Gevedon. Afin de se mettre en forme et d'apprendre à se connaître, ils se sont lancés dans quelques brèves improvisations. Il se trouve que c'était très drôle. Nous étions morts de rire, Wayne et moi, et dans un élan d'enthousiasme il a annoncé : Je crois que nous devrions faire un autre film avec vous quand *Smoke* sera fini, les gars. Retournons dans le débit de tabac pendant quelques jours et on verra ce qui arrivera.

A. I. – *Ça a peut-être commencé avec ces quatre-là, mais ce qui est sûr, c'est que la distribution s'est augmentée. Vous avez eu quelques-uns des autres acteurs de* Smoke *– Jared Harris, Mel Gorham, Victor Argo et Malik Yoba – mais aussi Lily Tomlin, Michael J. Fox, Roseanne, Lou Reed, Jim Jarmusch, Mira Sorvino, Keith David et Madonna. Pas mal, hein ?*

P. A. – Pas mal, non. Ils ont tous travaillé au tarif de base – avec le meilleur esprit du monde. Ils ont tous été de braves petits soldats, tous jusqu'au dernier.

A. I. – *Et vous avez tourné sans scénario ?*

P. A. – Sans scénario – et sans répétitions. J'ai rédigé des notes pour toutes les scènes et situations, de sorte que chaque acteur savait plus ou moins ce qu'il avait à faire, mais il n'y avait pas de scénario à proprement parler, aucun dialogue écrit... On l'a tourné en deux fois : trois jours à la mi-juillet et trois jours à la fin octobre. C'était dément, je vous assure, un pur chaos du début à la fin.

A. I. – *Et amusant.*

P. A. – Oh, oui, très. Je me suis amusé comme un fou. Le film terminé sera sûrement l'un des plus bizarres qu'on ait jamais faits : une loufoquerie intégrale, légère comme un soufflé, une heure et demie de chants, de danses et de canulars débridés. C'est un hymne à la grande République Populaire de Brooklyn, et on imaginerait difficilement plus cru ou plus vulgaire. Si étonnant que ça paraisse, ça va bien avec *Smoke*. Ce sont les deux faces d'une même pièce, je suppose, et les deux films paraissent mystérieusement complémentaires.

A. I. – *Et maintenant que vous avez attrapé le virus, souhaiteriez-vous réaliser un autre film ?*

P. A. – Non, je ne peux pas dire ça. Travailler à ces films a représenté une expérience formidable, et je suis heureux de l'avoir vécue, je suis heureux d'y avoir été plongé aussi profondément que je l'ai été. Mais ça suffit comme ça. Il est temps pour moi de rentrer dans mon trou et de me remettre à écrire. Il y a un nouveau roman qui demande à naître, et j'ai hâte de m'enfermer chez moi et de le commencer.

22 novembre 1994

Smoke

scénario

SMOKE

Réalisateur : Wayne Wang
Scénario : Paul Auster
Directeur de la photographie : Adam Holender
Montage : Maysie Hoy
Décors : Kalina Ivanov
Costumes : Claudia Brown
Musique : Rachel Portman

Distribution
(par ordre d'apparition à l'écran)

Tommy : Giancarlo Esposito
Jerry : José Zuniga
Dennis : Steve Gevedon
Auggie Wren : Harvey Keitel
Jimmy Rose : Jared Harris
Paul Benjamin : William Hurt
Voleur de livres : Daniel Auster
Rachid Cole : Harold Perrineau Jr.
Serveuse : Deirdre O'Connell
Vinnie : Victor Argo
Tante Em : Michelle Hurst
Cyrus Cole : Forest Whitaker
Ruby McNutt : Stockard Channing
Client énervé : Vincenzo Amelia
Doreen Cole : Erica Gimpel
Cyrus Jr. : Gilson Reglas
Commentateur base-ball : Howie Rose
Félicité : Ashley Judd
April Lee : Mary Ward
Violette : Mel Gorham
Premier avocat : Baxter Harris
Second avocat : Paul Geier
Le Putois : Malik Yoba
Roger Goodwin : Walter T. Mead
Garçon : Murray Moston
Mamie Ethel : Clarice Taylor

1. EXT. JOUR. MÉTRO AÉRIEN

A l'arrière-plan, les silhouettes de Manhattan. On voit passer en direction de Brooklyn une rame du métro aérien. Après quelques instants, on commence à entendre des voix. Une discussion animée est en cours dans la boutique de la Brooklyn Cigar Company.

2. INT. JOUR. "THE BROOKLYN CIGAR CO."

L'intérieur de la boutique. Etalages de boîtes de cigares, un présentoir de magazines, des piles de journaux, des cigarettes, toute la panoplie du fumeur. Sur les murs, des photographies encadrées, en noir et blanc, de gens en train de fumer le cigare : Groucho Marx, George Burns, Clint Eastwood, Edward G. Robinson, Orson Welles, Charles Laughton, le monstre de Frankenstein, Leslie Caron, Ernie Kovacs.

Sur l'écran apparaissent les mots : ÉTÉ *1990.*

Auggie Wren est derrière le comptoir. C'est un bonhomme négligé, entre quarante et cinquante ans, avec des cheveux en désordre et une barbe de deux jours, vêtu d'un jean bleu et d'un T-shirt noir. On aperçoit sur un de ses bras un tatouage compliqué.

C'est une heure creuse. Auggie feuillette une revue de photos. Près du comptoir se tiennent les trois parieurs, des gens du quartier qui aiment bien traînailler dans la boutique, à tailler une bavette avec Auggie. L'un d'eux est noir (Tommy) et les deux autres blancs (Jerry et Dennis). Dennis porte un T-shirt sur le devant duquel sont imprimés les mots suivants : If life is a dream, what happens when I wake up ? *(Si la vie est un rêve, qu'est-ce qui se passe quand je me réveille ?)*

TOMMY. – Je vais vous dire pourquoi ils se plantent.

JERRY. – Ah ouais ? Et pourquoi donc ?

TOMMY. – Les managers. Ces mecs sont cons comme des balais.

JERRY. – Ils se sont pas si mal démerdés, Tommy : Hernandez, Carter. Sans ces deux-là, on serait jamais allés en finale.

TOMMY. – Ça c'était y a quatre ans. Je te parle de maintenant. *(Il s'échauffe.)* Regarde qui ils ont viré. Mitchell. Backman. McDowell. Dykstra. Aguillera. Mookie. Mookie Wilson, bordel !

Il hoche la tête.

JERRY *(sarcastique).* – Et Nolan Ryan. L'oublie pas, lui.

DENNIS *(faisant chorus).* – Ouais ! Et Amos Otis.

TOMMY *(haussant les épaules).* – Rigolez, rigolez. Je m'en fous.

JERRY. – Putain, Tommy, c'est pas une science, tu sais. Y a des bons et des mauvais jours. C'est la vie.

TOMMY. – Ils avaient qu'à rien faire, voilà tout ce que je dis. L'équipe était bonne, merde, c'était la meilleure du base-ball. Mais fallait qu'ils la foutent en l'air. *(Un temps.)* Z'ont bradé leur droit d'aînesse pour une platée de bouillie. *(Il hoche la tête.)* Une platée de bouillie.

Le carillon de la porte annonce l'entrée de quelqu'un. C'est le protégé d'Auggie, Jimmy Rose, un handicapé mental proche de la trentaine. Il vient de balayer le trottoir devant le magasin et tient un balai dans la main droite.

AUGGIE. – Ça marche, là-dehors, Jimmy ?

JIMMY. – Ça marche, Auggie. Impeccable. *(Il brandit fièrement son balai.)* J'ai tout fini.

AUGGIE *(philosophe).* – Ça ne sera jamais fini.

JIMMY *(ahuri).* – Hein ?

AUGGIE. – C'est comme ça, les trottoirs. Les gens vont et viennent, et ils balancent tous leur merde. Dès que t'as nettoyé un coin et que tu passes au suivant, le premier est de nouveau sale.

JIMMY *(s'efforçant de digérer la remarque d'Auggie).* – Je fais que ce que tu me dis, Auggie. Tu me dis de balayer, je balaie.

Le carillon de la porte tinte de nouveau, et un client entre dans le magasin : genre classe moyenne, la petite trentaine. Il s'approche du comptoir pendant que Jerry taquine Jimmy. A l'arrière-plan, on le voit parler à Auggie. Auggie sort quelques boîtes de cigares du présentoir et les pose sur le comptoir pour que le jeune homme les examine. Au premier plan, on voit :

JERRY *(interrompant, rigolard).* – Eh, Jimmy, t'as l'heure ?

JIMMY *(se tournant vers lui).* – Hein ?

JERRY. – T'as encore cette montre qu'Auggie t'a donnée ?

JIMMY *(levant le poignet gauche, il expose une montre digitale à bon marché. Il sourit).* – Tic-tac, tic-tac.

JERRY. – Alors, il est quelle heure ?

JIMMY *(il observe sa montre).* – Midi onze. *(Il se tait, émerveillé, pendant que les chiffres changent.)* Midi douze. *(Il relève la tête, souriant.)* Midi douze.

Une voix s'élève soudain dans la zone proche du comptoir.

JEUNE HOMME *(atterré).* – Quatre-vingt-douze dollars ?

La scène se centre sur Auggie et le jeune homme.

AUGGIE. – On n'a rien pour rien, fils. Ces petites merveilles sont des œuvres d'art. Roulés à la main sous un climat tropical, vraisemblablement par une fille de dix-huit ans en robe de fin coton sur sa peau nue. Avec des petites perles de sueur entre les seins. Des doigts de fée, lisses et délicats, qui tournent un chef-d'œuvre après l'autre…

JEUNE HOMME *(le doigt pointé).* – Et ceux-là, combien ?

AUGGIE. – Soixante-dix-huit dollars. La fille qui les a roulés devait avoir une culotte.

JEUNE HOMME *(le doigt pointé).* – Et ceux-là ?

AUGGIE. – Cinquante-six. Celle-là portait un corset.

JEUNE HOMME *(le doigt pointé).* – Et ceux-là ?

AUGGIE. – Quarante-quatre. Promotion spéciale cette semaine, ça vient des îles Canaries. Une bonne affaire.

JEUNE HOMME. – Je crois que je vais prendre ça.

Il sort son portefeuille de sa poche et compte cinquante dollars, qu'il tend à Auggie.

AUGGIE. – Un bon choix. Vous ne voudriez pas fêter la naissance de votre premier-né avec n'importe quoi, hein ? Pensez à les garder au frigo jusqu'au moment de les offrir.

JEUNE HOMME. – Au frigo ?

AUGGIE. – Ça les tiendra au frais. S'ils deviennent trop secs, ils se cassent. Vaut mieux que ça n'arrive pas, hein ? *(Il met la boîte de cigares dans un sac et tape le montant sur la caisse enregistreuse.)* Le tabac est une plante, il a autant besoin qu'une orchidée de soins attentifs.

JEUNE HOMME. – Merci du conseil.

AUGGIE. – A votre service. Et mes félicitations à vous et à votre femme. Mais souvenez-vous tout de même des mots immortels de Rudyard Kipling : "Une femme n'est qu'une femme, mais un cigare ça se fume."

JEUNE HOMME *(déconcerté)*. – Qu'est-ce que ça veut dire.

AUGGIE. – J'en sais foutre rien. Mais ça sonne bien, vous ne trouvez pas ?

A ce moment, on entend de nouveau tinter le carillon. La caméra se tourne vers la porte. Un autre client entre dans le magasin : Paul Benjamin, un homme d'une quarantaine d'années, en tenue décontractée, un peu négligée. Tandis qu'il s'approche du comptoir, le jeune homme le croise en le frôlant et sort. Les parieurs et Jimmy assistent au dialogue de Paul et Auggie :

PAUL. – Salut, Auggie. Comment va ?

AUGGIE. – Salut. Content de vous voir. Qu'est-ce que ce sera aujourd'hui ?

PAUL. – Deux boîtes de Schimmelpenninck. Et mettez-moi un briquet, tant que vous y êtes.

AUGGIE *(prenant les cigares et le briquet)*. – Les potes et moi, on discutait justement philosophie à propos des femmes et des cigares. Y a des rapports intéressants, là, vous croyez pas ?

PAUL *(il rit)*. – Certainement. *(Un temps.)* Je pense que tout ça remonte à la reine Elisabeth.

AUGGIE. – La reine d'Angleterre ?

PAUL. – Pas Elisabeth II, la première Elisabeth. Jamais entendu parler de sir Walter Raleigh ?

TOMMY. – Si ! C'est ce mec qui a jeté son manteau par-dessus la flaque.

JERRY. – Dans le temps je fumais des cigarettes Raleigh. Y avait un coupon-cadeau dans chaque paquet.

PAUL. – C'est bien lui. Eh bien, c'est Raleigh qui a introduit le tabac en Angleterre, et comme il était un des favoris de la reine – Queen Bess, comme il l'appelait –, fumer est devenu la mode à la cour. Je suis sûr que cette vieille Bess doit avoir partagé un ou deux barreaux de chaise avec sir Walter. Un jour, il a parié avec elle qu'il pouvait mesurer le poids de la fumée.

DENNIS. – Vous voulez dire peser la fumée ?

PAUL. – Exactement. Peser la fumée.

TOMMY. – C'est pas possible, ça. Autant dire peser de l'air.

PAUL. – Je reconnais que c'est étrange. Presque comme de peser l'âme de quelqu'un. Mais sir Walter était un malin. D'abord, il a pris un cigare intact et l'a mis sur une balance pour le peser. Ensuite il l'a allumé et fumé, en secouant soigneusement les cendres dans le plateau de la balance. Quand il a eu fini, il a mis le bout sur le plateau avec les cendres et pesé ce qui se trouvait là. Et puis il a soustrait ce chiffre du poids original du cigare intact. La différence, c'était le poids de la fumée.

TOMMY. – Pas mal. C'est d'un type comme ça qu'on aurait besoin pour reprendre les Mets.

PAUL. – Ah, il était fort, ça oui. Pourtant, ça ne l'a pas empêché de finir avec la tête tranchée vingt ans plus tard. *(Un temps.)* Mais ça c'est une autre histoire.

AUGGIE *(rendant la monnaie à Paul et mettant les boîtes de cigares et le briquet dans un sac en papier).* – Et sept quatre-vingt-cinq qui font vingt. *(Paul va pour sortir.)* Allez, bonne continuation, et ne faites rien que je ne ferais pas.

PAUL *(il sourit).* – Je n'y songerais pas. *(Saluant les parieurs d'un geste désinvolte :)* A un de ces jours, les gars.

Auggie et les parieurs regardent Paul sortir du magasin.

TOMMY *(se tournant vers Auggie).* – C'est quoi, ça, un petit malin ?

AUGGIE. – Noon. C'est un brave gosse.

TOMMY. – Je l'ai déjà rencontré. Il vient souvent ici, non ?

AUGGIE. – Une ou deux fois par semaine, je dirais. C'est un écrivain. Il habite le quartier.

TOMMY. – Un écrivain ? Quel genre d'écrivain ? Un nègre ?

AUGGIE *(agacé).* – Très drôle. T'as de ces finesses, Tommy, je pense parfois que tu devrais voir un toubib. Tu sais, te faire faire une thérapie de la cervelle. Un bon nettoyage des valves.

TOMMY *(un peu embarrassé. Il hausse les épaules).* – C'était qu'une blague.

AUGGIE. – Ce type est romancier. Paul Benjamin, il s'appelle. T'en as jamais entendu parler ? *(Un temps.)* Question stupide. Les seules choses que vous lisiez, vous autres, c'est les bulletins des courses et les pages sportives du *Post*. *(Un temps.)* Il a publié trois ou quatre livres. Mais plus rien depuis quelques années.

DENNIS. – Qu'est-ce qui cloche ? Manque d'idées ?

AUGGIE. – Manque de pot. Vous vous souvenez du hold-up, là, dans la 7e avenue, il y a quelques années ?

JERRY. – Tu veux parler de la banque ? Quand ces deux types se sont mis à canarder toute la rue ?

AUGGIE. – C'est ça. Quatre personnes ont été tuées. L'une d'elles était la femme de Paul. *(Un temps.)* Pauvre gars, il n'a plus jamais été comme avant. *(Un temps.)* Ce qu'y a de drôle, c'est qu'elle était venue ici juste avant. Pour lui renouveler sa provision de cigares. C'était quelqu'un de bien, Ellen. Enceinte de trois ou quatre mois quand c'est arrivé. Ce qui veut dire qu'en la tuant, ils ont aussi tué le bébé.

TOMMY. – Jour funeste à Black Rock, hein, Auggie ?

Gros plan sur le visage d'Auggie, plongé dans ses souvenirs.

AUGGIE. – Funeste, ça oui. Je me dis parfois que si elle m'avait pas donné le compte exact, ce jour-là, ou si y avait eu un peu plus de monde dans la boutique, il lui aurait fallu quelques secondes de plus pour ressortir et elle ne se serait peut-être pas trouvée juste dans la trajectoire de cette balle. Elle serait encore en vie, le bébé serait né, et Paul serait chez lui en train d'écrire un nouveau livre au lieu de traîner sa gueule de bois dans les rues. *(Auggie demeure pensif. Soudain, son visage exprime une anxiété intense : dans un coin du magasin, un jeune Blanc est en train de fourrer des livres de poche dans son vieux blouson militaire.)* Eh ! Qu'est-ce tu fous, gamin ? Eh, suffit !

Auggie sort précipitamment de derrière son comptoir, bousculant au passage les parieurs tandis que le gosse s'enfuit en courant.

3. EXT. JOUR. LA 7e AVENUE

Auggie poursuit le voleur de livres dans la rue. Finalement, essoufflé, il renonce. Il reste un moment sur place pour reprendre sa respiration, puis fait demi-tour et repart vers la boutique.

4. INT. JOUR. L'APPARTEMENT DE PAUL, AU DEUXIÈME ÉTAGE D'UN "BROWNSTONE" DE PARK SLOPE

Gros plan sur un petit cigare brun en train de se consumer dans un cendrier.

La caméra recule, découvrant Paul à sa table de travail. Il écrit à la main, sur un grand bloc de papier jaune. Une vieille machine à écrire Smith-Corona trône sur la table, prête à fonctionner, avec une page à moitié remplie dans le rouleau. A l'écart, dans un coin, on aperçoit une machine à traitement de texte oubliée.

Le bureau est une pièce nue et simple. La table de travail, une chaise, et une petite étagère en bois sur les rayons de laquelle sont empilés papiers et manuscrits. La fenêtre donne sur un mur en briques.

Tandis que Paul continue d'écrire, la caméra se déplace du bureau à la plus grande des deux pièces qui composent l'appartement.

Cette pièce est un espace à tout faire, qui comprend un coin pour dormir, une kitchenette, une table et un vaste fauteuil. Des étagères surchargées de livres tapissent un mur du sol au plafond. Les fenêtres, en saillie sur la façade, donnent sur la rue. A côté du lit, on voit la photographie encadrée d'une jeune femme. (C'est Ellen, la femme que Paul a perdue.)

La caméra revient dans le bureau. On voit Paul au travail. Fondu…

… enchaîné : on voit Paul à sa table, il mange un repas-télé tout en continuant à écrire sur son bloc. Au bout d'un moment, par inadvertance, il fait tomber son repas de la table d'un coup de coude. Il s'apprête à le ramasser mais une nouvelle idée lui vient soudain. Au lieu de réparer les dégâts, il se penche à nouveau sur son bloc et se remet à écrire.

5. EXT. JOUR. DEVANT "THE BROOKLYN CIGAR CO."

Paul sort du magasin. Jimmy Rose se trouve au coin de la rue et l'observe durant toute la scène. Paul fait trois ou quatre pas, puis s'aperçoit qu'il a oublié quelque chose. Il rentre dans le magasin. Pendant sa brève absence, Jimmy, resté au coin de la rue, imite les gestes de Paul : il tâte ses poches, prend un air intrigué, se rend compte qu'il a oublié les cigares qu'il vient d'acheter.

Paul ressort un instant plus tard, une boîte de Schimmelpenninck à la main. Il s'arrête, prend un cigare dans la boîte et l'allume. Il se remet à marcher, manifestement distrait. Il marque un léger arrêt au bord d'un trottoir et s'engage sur la chaussée sans faire attention à la circulation. Une dépanneuse arrive au carrefour à grande allure. A la dernière minute, une main noire apparaît, attrape Paul par le bras et le ramène sur le trottoir. Sans ce geste opportun, Paul aurait certainement été renversé.

On voit le sauveur de Paul : Rachid Cole, un adolescent noir de seize ou dix-sept ans. Il est grand et bien bâti pour son âge. Il porte sur l'épaule gauche un sac à dos en nylon.

RACHID. – Fais gaffe, bonhomme. C'est comme ça qu'on se fait tuer.

PAUL *(très secoué, encore accroché au bras de Rachid).* – Je peux pas croire que j'ai fait ça… Seigneur, je me balade dans le brouillard…

RACHID. – Y a pas eu de mal. Tout va bien maintenant. *(Baissant les yeux, il remarque que Paul et lui s'agrippent toujours le bras l'un de l'autre. Il tente de se dégager.)* Faut que j'y aille.

PAUL *(encore sous le choc. Il commence à lâcher prise, puis empoigne à nouveau le bras de Rachid).*

– Non, attends. Tu ne peux pas filer comme ça. *(Un temps.)* Tu viens de me sauver la vie.

RACHID *(haussant les épaules).* – J'étais là, c'est tout. Au bon endroit au bon moment.

PAUL *(sa main se détend sur le bras de Rachid).* – Je te dois quelque chose.

RACHID. – Ça va comme ça, chef. C'est pas une affaire.

PAUL. – Si, justement. C'est une loi de l'univers. Si je te laisse partir, la lune va s'échapper de son orbite… La pestilence envahira la ville pour cent ans.

RACHID *(intrigué, amusé. Avec un léger sourire).* – Eh bien, si tu le dis…

PAUL. – Il faut que tu me laisses faire quelque chose pour toi, pour équilibrer la balance.

RACHID *(réfléchit. Fait non de la tête).* – Ça va comme ça. Si j'ai une idée, je t'en ferai informer par mon majordome.

PAUL. – Allez… Laisse-moi au moins t'offrir un café.

RACHID. – Je ne bois pas de café. *(Sourire.)* Par contre, puisque tu insistes, si tu m'offrais une limonade fraîche, je ne dirais pas non.

PAUL. – Bon. Limonade, alors. *(Un temps. Il tend la main droite.)* Je m'appelle Paul.

RACHID. – Rachid. Rachid Cole.

Il serre la main de Paul.
Couper.

6. INT. JOUR. RESTAURANT GREC A PARK SLOPE

Paul et Rachid sont assis dans un box. La salle est presque vide. Rachid est en train de finir sa deuxième limonade.

PAUL *(en regardant Rachid boire).* – Tu es sûr que tu ne veux pas manger un peu, aussi ? Ça t'aiderait à absorber tout ce liquide. Faudrait pas que ça clapote trop quand tu te lèveras.

RACHID. – Non, ça va. J'ai déjà déjeuné.

PAUL *(après un coup d'œil à la pendule, sur le mur).* – Tu déjeunes tôt, dis donc. Il est à peine onze heures.

RACHID. – Je parle du petit déjeuner.

PAUL *(il examine Rachid avec attention).* – Ouais, bien sûr, et je parie qu'hier soir tu as mangé du homard. Avec deux bouteilles de champagne.

RACHID. – Une seule. Je suis pas pour les excès.

PAUL. – Ecoute, gamin, tu peux y aller, avec moi. Pas besoin de faire des manières. Si tu veux un hamburger ou autre chose, vas-y, commande-le.

RACHID *(hésitant).* – Eh bien, peut-être, juste un. Pour être poli.

PAUL *(se tourne vers la serveuse. Elle arrive).* – L'heure de l'apéro est passée. Ce jeune homme voudrait commander un hamburger.

SERVEUSE *(à Rachid).* – Tu le veux comment ?

RACHID. – A point, s'il vous plaît.

SERVEUSE. – Frites ?

RACHID *(coup d'œil à Paul. Paul fait oui de la tête).* – Oui, merci.

SERVEUSE. – Laitue et tomates ?

RACHID *(coup d'œil à Paul. Paul fait oui de la tête).* – Oui, merci.

SERVEUSE *(montrant du doigt le verre de limonade vide).* – Tu en veux encore un, comme ça ?

PAUL. – Oui, donnez-lui-en un autre. Et je prendrais bien un café tant que vous y êtes.

SERVEUSE. – Chaud ou glacé, le café ?

PAUL. – Vous avez du vrai café glacé ou vous versez simplement du café chaud sur des glaçons ?

SERVEUSE. – Tout est authentique ici, trésor. *(Un temps.)* Comme la couleur de mes cheveux.

Paul et Rachid regardent ses cheveux. Ils sont teints en roux éclatant.

PAUL *(pince-sans-rire).* – Je prendrai le café glacé. *(Un temps.)* On ne vit qu'une fois, pas vrai ?

SERVEUSE *(également pince-sans-rire).* – Si on a de la chance. *(Un temps.)* Et encore, ça dépend de ce que vous appelez vivre.

Elle s'éloigne.

PAUL. – Je voudrais pas être indiscret, mais je vois un gamin qui se balade avec un gros sac à dos sur l'épaule, et je commence à me demander si tout ce qu'il possède en ce monde ne se trouve pas là-dedans. Tu as des ennuis, ou quoi ?

RACHID *(continuant à jouer son jeu).* – Plutôt *quoi.*

PAUL *(examinant Rachid).* – T'es pas obligé de me répondre si t'en as pas envie, mais je pourrais peut-être t'aider.

RACHID *(hésitant).* – Tu me connais ni d'Eve ni d'Adam.

PAUL. – C'est vrai. Mais j'ai aussi une dette envers toi, et je ne suis pas sûr que te payer un hamburger va la solder. *(Un temps.)* Qu'est-ce qui t'arrive ? Problèmes de famille ? D'argent ?

RACHID *(imitant l'accent des Blancs de la haute).* – Oh, non, ma môman et mon pôpa ont de quoi.

PAUL. – Et où est-ce qu'ils habitent, môman et pôpa ?

RACHID. – 74e rue est.

PAUL. – A Manhattan ?

RACHID. – Bien sûr. Où tu veux que ce soit ?

PAUL. – Alors qu'est-ce que tu fiches à Park Slope ? C'est un peu loin de chez toi, non ?

RACHID *(il commence à mollir).* – C'est là que le *quoi* intervient.

PAUL. – Le quoi ?

RACHID. – Le *quoi. (Un temps.)* Je me suis comme qui dirait tiré de la maison, tu piges ? *(Un temps.)* C'est pas une histoire de parents ou de fric. J'ai vu un truc que j'étais pas censé voir, et pour le moment j'ai intérêt à disparaître.

PAUL. – Tu ne peux pas être plus précis que ça ?

Rachid regarde Paul, hésite, puis baisse les yeux. Un temps ; Paul décide de ne pas insister.

Bon, et où habites-tu en attendant ?

RACHID. – Ici et là. N'importe.

PAUL. – Mmh. Un petit "bed and breakfast" sympa, j'imagine.

RACHID. – Ouais, c'est ça.

PAUL. – Sauf qu'il n'y a pas de lit, hein ? Et pas de breakfast non plus.

RACHID. – Le monde matériel n'est qu'une illusion. Ça ne fait rien s'ils existent ou non. Le monde est dans ma tête.

PAUL. – Mais ton corps est dans ce monde, non ? *(Un temps.)* Si quelqu'un t'offrait un endroit où loger, tu ne refuserais pas nécessairement, si ?

RACHID *(un temps. Il réfléchit).* – Les gens ne font pas ce genre de choses. Pas à New York.

PAUL. – Je ne suis pas "les gens". Je suis moi. Et je fais exactement ce qui me plaît. Vu ?

RACHID. – Merci, je me débrouillerai.

PAUL. – Au cas où tu te poserais des questions, j'aime les femmes, pas les garçons. Et ce n'est pas un bail à long terme que je te propose – juste une piaule pour une nuit ou deux.

RACHID. – Je suis capable de me débrouiller. T'en fais pas.

PAUL. – Comme tu veux. Mais si tu changes d'avis, voilà l'adresse.

Il sort un carnet de sa poche, écrit l'adresse, déchire la page et la tend à Rachid.

La serveuse arrive avec la commande.

SERVEUSE. – Un burger à point avec laitue et tomates. *(Elle pose l'assiette devant Rachid.)* Une portion de frites. *(Elle pose l'assiette.)* Une limonade. *(Elle pose le verre.)* Et une dose de réalité.

Elle pose le café glacé devant Paul.

Paul regarde Rachid qui saisit son hamburger et mord dedans.

7. INT. JOUR. "THE BROOKLYN CIGAR CO."

Une heure creuse. Auggie est assis derrière le comptoir, en train de feuilleter un magazine tout en déjeunant d'un morceau de pizza. Vinnie entre dans le cadre. C'est le propriétaire du magasin : un fort gaillard d'une bonne cinquantaine d'années.

VINNIE. – Bon, je crois que tout est réglé. *(Il allume un cigare.)* Tu as mon numéro à Cape Cod, hein ? Au cas où tu aurais un problème.

AUGGIE *(qui mange sa pizza sans lever les yeux de son magazine)*. – Pas de problème, Vinnie. Tout est en ordre. *(Il finit par relever la tête.)* Je pourrais tenir cette boutique les yeux fermés.

VINNIE *(il observe Auggie).* – Ça fait combien de temps que tu travailles pour moi, Auggie ?

AUGGIE *(il hausse les épaules et se replonge dans son magazine).* – Je sais pas. Treize, quatorze ans. Quelque chose comme ça.

VINNIE. – C'est quand même dingue, non ? Je veux dire qu'un type intelligent comme toi... Qu'est-ce que tu as besoin de t'accrocher à un boulot sans avenir comme celui-là ?

AUGGIE *(hausse de nouveau les épaules).* – J'en sais rien. *(Il tourne les pages du magazine.)* Ça doit être que je t'aime tellement, patron.

VINNIE. – Foutaises. Tu devrais être marié à l'heure qu'il est. Tu sais, casé quelque part avec un ou deux gosses, un bon job régulier.

AUGGIE. – J'ai failli me marier, un jour.

VINNIE. – Ouais, je sais. Avec cette fille qui est partie à Pittsburgh.

AUGGIE. – Ruby McNutt. L'amour de ma vie.

VINNIE. – Encore une de tes histoires, je suis sûr.

AUGGIE *(hoche la tête).* – Elle est allée en épouser un autre quand je suis entré dans la marine. Mais quand on m'a démobilisé, elle avait divorcé. Son mari lui avait poché un œil au cours d'une querelle domestique.

VINNIE *(qui tire des bouffées de son cigare).* – Charmant.

AUGGIE *(tout à ses souvenirs).* – Elle m'a fait tout un plat après mon retour, mais son œil de verre, ça me déconcentrait. Chaque fois qu'on se faisait un câlin, je ne mettais à penser à ce trou dans sa tête, à cette orbite vide où se nichait l'œil de verre. Un œil qui ne pouvait ni voir, ni pleurer la moindre larme. Dès que je commençais à penser à ça, frère

Jacques devenait tout mou, tout petit. Et je ne vois pas l'intérêt de se marier si frère Jacques n'est pas au sommet de sa forme.

VINNIE *(hochant la tête).* – Tu ne prends rien au sérieux, hein ?

AUGGIE. – J'essaie, en tout cas. C'est meilleur pour la santé. Je veux dire, regarde-toi, Vinnie. Le type avec une femme, trois enfants et la chouette villa à Long Island. Le mec aux chaussures blanches, avec la Cadillac blanche et les tapis blancs moelleux. Mais t'as eu deux crises cardiaques et moi j'attends toujours ma première.

VINNIE *(qui ôte son cigare de sa bouche et le contemple d'un air dégoûté).* – Je devrais cesser de fumer ces foutus trucs, ça oui. Ces cochonneries auront ma peau un jour.

AUGGIE. – Profites-en tant que tu peux, Vin'. Bientôt les législateurs nous feront fermer boutique, de toute façon.

VINNIE. – Et si tu es pris en train de fumer, ce sera le peloton d'exécution.

AUGGIE *(approuvant de la tête).* – Le tabac aujourd'hui, le sexe demain. Dans trois ou quatre ans, ce sera sans doute illégal de sourire à un inconnu.

VINNIE *(se souvenant de quelque chose).* – A propos, tu es toujours sur ce coup avec les Montecristo ?

AUGGIE. – Ça roule. Mon type à Miami m'a dit qu'il les aurait d'une semaine à l'autre. Tu es sûr que tu ne veux pas marcher avec moi ? Cinq mille dollars de mise, une vente assurée de dix mille dollars. Un consortium de Court Street, des avocats et des juges. Tous l'eau à la bouche à l'idée d'avoir entre les lèvres d'authentiques cigares cubains.

VINNIE. – Non merci. Fais ce que tu veux, je m'en fous, mais ne te fais pas prendre, OK ? Aux dernières nouvelles, c'est toujours illégal de vendre des cigares cubains dans ce pays.

AUGGIE. – C'est la loi qui achète. C'est ça qu'y a de sublime. Je veux dire, t'as jamais entendu parler d'un juge qui s'envoyait lui-même en prison ?

VINNIE. – Comme tu veux. Mais ne garde pas les boîtes ici trop longtemps.

AUGGIE. – Elles arrivent, elles repartent. J'ai tout prévu dans le moindre détail.

VINNIE *(coup d'œil à sa montre)*. – Faut que je m'arrache. Terry va me tomber dessus si je suis en retard. Je te revois en septembre, Auggie.

AUGGIE. – D'accord, mon vieux. Amitiés à ta femme et aux gosses, et tout, et tout. Envoie-moi une carte postale si tu te souviens encore de l'adresse.

Vinnie sort. Auggie revient à sa pizza et à son magazine.

8. EXT. SOIR. LA FAÇADE DU DÉBIT DE TABAC

Vue du ciel crépusculaire. Vue du magasin de cigares. Les lumières s'éteignent. Auggie sort, verrouille la porte et commence à baisser le volet de fer devant les vitrines.

On voit Paul qui arrive en courant dans la rue.

PAUL *(essoufflé)*. – Vous êtes fermé ?

AUGGIE. – Z'êtes en panne de Schimmelpenninck ?

PAUL *(fait oui de la tête)*. – Je pourrais pas en acheter avant que vous partiez ?

AUGGIE. – Pas de problème. C'est pas comme si je courais à l'Opéra ou un truc comme ça.

Auggie relève le rideau et tous deux entrent dans la boutique.

9. INT. SOIR. "THE BROOKLYN CIGAR CO."

Paul et Auggie entrent dans la boutique obscure. Auggie allume la lumière et passe derrière le comptoir pour chercher les cigares de Paul. Resté de l'autre côté, Paul remarque un appareil photographique près de la caisse enregistreuse.

PAUL. – Quelqu'un a oublié son appareil, dirait-on.

AUGGIE *(se retournant).* – Ouais. C'est moi.

PAUL. – Il est à vous ?

AUGGIE. – L'est à moi, oui. Ça fait longtemps que j'ai cette petite merveille.

PAUL. – Je ne savais pas que vous faisiez de la photo.

AUGGIE *(il tend à Paul ses cigares).* – C'est comme qui dirait un hobby. Ça ne me prend pas plus de cinq minutes par jour environ, mais je le fais tous les jours. Pluie ou soleil, neige ou vent. Un peu comme le facteur. *(Un temps.)* Parfois j'ai l'impression que mon hobby est mon vrai boulot, et que mon boulot n'est qu'un moyen de me payer mon hobby.

PAUL. – Ainsi vous n'êtes pas seulement un mec qui pousse de la monnaie sur un comptoir.

AUGGIE. – C'est ça que les gens voient, ce n'est pas nécessairement ce que je suis.

PAUL *(qui voit Auggie sous un jour nouveau).* – Comment avez-vous commencé ?

AUGGIE. – A prendre des photos ? *(Sourire.)* C'est une longue histoire. Il me faudrait deux ou trois verres pour raconter ça.

PAUL *(hochant la tête).* – Photographe…

AUGGIE. – N'exagérons rien. Je fais des photos. On cadre ce qu'on veut dans l'objectif et puis on pousse sur le bouton. Pas de quoi se la jouer artiste.

PAUL. – J'aimerais bien les voir un jour, vos photos.

AUGGIE. – Ça peut s'arranger. Puisque j'ai lu vos livres, je vois pas pourquoi je vous laisserais pas regarder mes photos. *(Un temps. Soudain embarrassé.)* Ce serait un honneur.

10. INT. NUIT. L'APPARTEMENT D'AUGGIE

Auggie et Paul sont assis à la table de la cuisine ; des emballages ouverts de plats chinois à emporter ont été repoussés dans un coin de la table, dont presque toute la surface est couverte par de grands albums noirs de photographies. Il y en a quatorze en tout, et chacun porte au dos une étiquette avec le chiffre d'une année, de 1977 à 1990. Un de ces albums – 1987 – est ouvert sur les genoux de Paul.

Plan rapproché d'une des pages de l'album. Il y a sur la page six photos en noir et blanc représentant toutes la même scène : le coin de la 3e rue et de la 7e avenue à huit heures du matin. Dans l'angle supérieur droit de chaque photo se trouve une petite étiquette blanche avec une date : 9.8. 87, 10.8.87, 11.8.87, etc. La main de Paul tourne la page ; on voit encore six photos semblables. Il tourne de nouveau la page : même chose. Et encore une fois : même chose.

PAUL *(étonné)*. – C'est toutes les mêmes.

AUGGIE *(souriant avec fierté)*. – C'est vrai. Plus de quatre mille photos du même endroit. Le coin de la 3e rue et de la 7e avenue à huit heures du matin. Quatre mille jours de suite par tous les temps. *(Un temps.)* C'est pour ça que je peux jamais prendre de vacances. Faut que je sois à mon poste chaque matin. Chaque matin au même endroit à la même heure.

PAUL *(embarrassé. Il tourne une page, puis une autre)*. – Je n'ai jamais rien vu de pareil.

AUGGIE. – C'est mon grand projet. Comme qui dirait l'œuvre de ma vie.

PAUL *(il pose l'album et en prend un autre, le feuillette, et découvre encore la même chose. Il hoche la tête, déconcerté).* – Etonnant. *(S'efforçant d'être poli.)* Je ne suis pas sûr de bien comprendre. Je veux dire, comment avez-vous jamais eu l'idée d'entreprendre ce… ce projet ?

AUGGIE. – Je ne sais pas, ça m'est venu comme ça. C'est mon coin, après tout. Ce n'est qu'un tout petit bout de l'univers, mais il s'y passe des choses, autant que partout ailleurs. C'est la chronique de mon petit coin.

PAUL *(qui feuillette l'album sans cesser de hocher la tête).* – C'est un peu écrasant.

AUGGIE *(qui sourit toujours).* – Vous ne pigerez jamais à ce train-là, mon bon ami.

PAUL. – Que voulez-vous dire ?

AUGGIE. – Je veux dire que vous allez trop vite. C'est à peine si vous regardez les photos.

PAUL. – Mais elles sont toutes pareilles.

AUGGIE. – Elles sont toutes pareilles, mais chacune est différente de toutes les autres. Il y a des matins ensoleillés et des matins sombres. Il y a la lumière de l'été et celle de l'automne. Il y a des jours de semaine et des week-ends. Il y a des gens avec des manteaux et des galoches, et des gens en short et en T-shirt. Parfois les mêmes personnes, parfois d'autres. Et quelquefois les autres deviennent les mêmes, et les mêmes disparaissent. La Terre tourne autour du Soleil, et chaque jour la lumière du Soleil arrive sur Terre à un angle différent.

PAUL *(relevant la tête et regardant Auggie).* – Ralentir, hein ?

AUGGIE. – Ouais, c'est le conseil que je vous donne. Vous savez ce que c'est. Demain et demain et demain, le temps s'avance à pas menus.

Plan rapproché de l'album. L'une après l'autre, les photos occupent seules la totalité de l'écran. L'œuvre d'Auggie se déploie devant nous. Les images se succèdent : le même endroit à la même heure à différents moments de l'année. Plans rapprochés de visages dans les plans rapprochés. Les mêmes personnes apparaissent dans plusieurs photos, regardant parfois l'objectif, parfois non. Séries de ces visages. Finalement, on arrive à celui d'Ellen, la femme de Paul.

Gros plan du visage de Paul.

PAUL. – Bon Dieu, regardez. C'est Ellen.

La caméra prend du champ. Auggie est appuyé sur l'épaule de Paul. On voit le doigt de Paul pointé sur le visage d'Ellen.

AUGGIE. – Ouais. Elle est là. Elle est dans toute une série de cette année-là. Ça devait être le chemin de son boulot.

PAUL *(ému, au bord des larmes).* – C'est Ellen. Regardez-la. Regardez ma douce chérie.

Fermeture au noir.

11. INT. NUIT. L'APPARTEMENT DE PAUL

Paul est en train d'écrire fiévreusement sur son bloc, absorbé dans son travail. Derrière lui, on voit dix ou douze fiches punaisées au mur. Ces fiches sont couvertes de notes manuscrites. Sur l'une d'elles, on peut lire : La femme aux cheveux bruns et aux yeux bleus. Sur une autre : L'esprit est amené, pas à pas, à déjouer sa propre logique. Sur une troisième : Souviens-toi de l'Alamo.

Paul se lève, s'approche du mur, prend une des fiches et l'étudie tout en retournant à sa table de travail. Au bout d'un instant, il se remet à écrire.

Le timbre de l'interphone retentit dans l'autre pièce. Paul continue à travailler, indifférent au bruit. La sonnette retentit une deuxième fois. Paul dépose son stylo.

PAUL *(pour lui-même).* – Merde. *(Il se lève, passe dans l'autre pièce et pousse sur le bouton de l'interphone.)* Qui est là ?

VOIX DANS L'INTERPHONE. – Rachid.

PAUL. – Qui ?

VOIX DANS L'INTERPHONE. – Rachid Cole. Limonade Kid, tu te souviens ?

PAUL. – Ah, ouais. *(Sans beaucoup d'enthousiasme.)* Monte.

Il pousse sur l'ouvre-porte.

Paul va ouvrir la porte et jette un coup d'œil dans le couloir en attendant l'arrivée de Rachid. Un instant plus tard, Rachid apparaît – vêtu comme précédemment, avec son sac à dos sur l'épaule. Il semble embarrassé, mal à l'aise.

Je ne m'attendais pas à te revoir.

RACHID *(il s'efforce d'en prendre son parti).* – Moi non plus. Mais j'ai eu une longue discussion avec mon comptable cet après-midi. Tu sais, pour voir l'incidence qu'aurait une telle démarche sur mes impôts, et il a dit pas de problème.

Paul l'observe avec un mélange d'ahurissement et de curiosité, mais ne répond pas. Rachid pose son sac et se met à inspecter l'appartement. Au bout d'un moment :

PAUL. – C'est tout. Y a que ces deux pièces.

RACHID *(tout en continuant son inspection).* – C'est la première piaule que je vois où y a pas la télé.

PAUL. – J'en avais une dans le temps, mais elle s'est détraquée il y a quelques années et je ne me suis jamais décidé à la remplacer. *(Un temps.)* De toute façon, j'aime autant ça. Je déteste ces foutus trucs.

RACHID. – Mais alors tu ne peux pas regarder les matchs. Tu m'as dit que t'étais un fan des Mets.

PAUL. – Je les écoute à la radio. Je vois très bien les matchs, comme ça. *(Un temps.)* Le monde est dans la tête, tu te souviens ?

RACHID *(il sourit. Continue son inspection. Remarque un petit dessin à la plume accroché au mur au-dessus du bloc stéréo : la tête d'un petit enfant. Il s'arrête pour l'examiner).* – Joli dessin. C'est toi qui as fait ça ?

PAUL. – C'est mon père. Crois-le ou non, ce petit bébé c'est moi.

RACHID *(il étudie le dessin avec plus d'attention. Se retourne pour regarder Paul, puis se retourne vers le dessin).* – Ouais, je peux le croire.

PAUL. – C'est étrange, tout de même, non ? Se voir soi-même quand on ne savait pas qui on était.

RACHID. – Ton père est un artiste ?

PAUL. – Non, il était instituteur. Mais il aimait griffonner.

RACHID. – Il est mort ?

PAUL. – Ça fait douze ou treize ans. *(Un temps.)* En fait, il est mort avec son carnet de croquis ouvert sur les genoux. Dans les collines du Berkshire, un week-end, en train de dessiner le mont Greylock.

RACHID *(il examine le portrait en hochant la tête. Comme pour lui-même).* – C'est chouette, le dessin.

PAUL. – C'est ça que tu fais ? Tu dessines ?

RACHID *(il sourit).* – Ouais, parfois. *(Hausse les épaules, comme s'il était soudain embarrassé.)* J'aime griffonner, moi aussi.

12. INT. JOUR. L'APPARTEMENT DE PAUL

Deux heures plus tard. On voit Paul en train d'écrire à sa table de travail. Après un moment, il se lève et entreouvre la porte à deux battants. Du point de vue de Paul, on découvre Rachid assis devant la table de l'autre pièce, la tête sur les bras, endormi. Le sac à dos se trouve toujours là où il l'a déposé à la scène précédente.

13. INT. JOUR. L'APPARTEMENT DE PAUL

Huit heures du matin. Paul est attablé dans le coin à manger, en train de boire du café. Il regarde sa montre, pose sa tasse, va à la porte de l'autre pièce, l'ouvre, passe la tête. Vue de Rachid endormi par terre ; vue de la machine à écrire et du bloc de papier sur la table de travail. Paul ferme la porte, soupire, revient dans la pièce principale et se verse une autre tasse de café ; regarde sa montre. Gros plan de la montre : fondu de 8.05 à 8.35. Paul pose la tasse, se lève, va vers la porte, frappe.

PAUL. – C'est l'heure. *(Il attend, écoute, frappe de nouveau.)* Hé, gamin, c'est l'heure. *(Il attend, écoute, frappe de nouveau.)* Rachid ! *(Il ouvre la porte. Rachid essaie péniblement d'ouvrir les yeux.)* Allez, debout, faut que je travaille là-dedans. Fini de roupiller.

RACHID *(il s'assied et se frotte les yeux).* – Il est quelle heure ?

PAUL. – Huit heures et demie.

RACHID *(il gémit, horrifié par l'heure matinale).* – Huit heures et demie ?

PAUL. – Tu trouveras du jus, des œufs et du lait dans le réfrigérateur. Des céréales dans le placard. Le café est au chaud. Prends ce que tu veux. Mais il est temps pour moi de me mettre au boulot.

Rachid se lève, embarrassé. Il n'est vêtu que de son caleçon. Il roule son sac de couchage et le pousse dans un coin. Ensuite il rassemble ses affaires et sort de la chambre.

14. INT. JOUR. L'APPARTEMENT DE PAUL

Vingt minutes plus tard. Assis à sa table de travail, Paul regarde fixement sa machine à écrire. On entend dans l'autre pièce un vacarme soudain : le bruit d'assiettes posées dans l'évier. Paul se lève, va à la porte, l'ouvre. Il voit Rachid, entièrement habillé, qui décroche le téléphone à côté du lit. Il voit le sac de Rachid ouvert ; un sac en papier brun est posé à côté. Il regarde Rachid qui compose un numéro.

RACHID *(à voix basse).* – Pourrais-je parler à Emily Vail, s'il vous plaît ? Oui, merci, j'attends. *(Silence, un temps. Rachid tripote un oreiller sur le lit.)* Tante Em ? Salut, c'est moi. Je voulais juste que tu saches que ça va. *(Il se tait pour écouter. La réaction à l'autre bout est coléreuse.)* Je sais, je suis désolé. *(Un temps. Il écoute.)* Je voulais juste que tu te fasses pas de souci. *(Un temps. Il écoute. Commence à se montrer irrité par l'hostilité de la tante Em.)* OK, on se calme, d'accord ? T'énerve pas.

Déclic à l'autre bout. Rachid fixe le combiné pendant un moment, puis raccroche.

Paul ferme la porte sans bruit. Rachid n'est pas conscient d'avoir été observé. Retour à Paul, dans l'autre pièce. Il s'assied à sa table, réfléchit un moment, puis se met à taper à la machine.

15. INT. JOUR. L'APPARTEMENT DE PAUL

Plusieurs heures plus tard. On entend la machine à écrire de Paul, toujours en train de taper dans la pièce à côté. Dans la pièce principale, on voit

Rachid qui grimpe sur une chaise devant la bibliothèque et glisse le sac en papier brun derrière les livres sur l'un des rayons supérieurs.

16. INT. NUIT. L'APPARTEMENT DE PAUL

Vue de Rachid endormi dans le lit de Paul. Près de lui, sur le lit, un livre est resté ouvert, à moitié lu : Les Barricades mystérieuses, *par Paul Benjamin.*

Vue de Paul qui dort par terre dans sa pièce de travail.

17. INT. JOUR. L'APPARTEMENT DE PAUL

Paul est dans sa pièce de travail, assis à sa table, en train de taper. On voit de nouvelles fiches punaisées au mur. Paul entend un formidable vacarme dans l'autre pièce. Il se lève d'un bond, exaspéré, va à la porte et l'ouvre. Vue de l'autre pièce ; Rachid, debout, contemple de la vaisselle cassée.

PAUL *(irrité).* – Bon Dieu, tu en fais du chahut. Tu ne vois pas que j'essaie de travailler ?

RACHID *(mortifié).* – J'suis désolé. C'est juste… C'est juste qu'elles m'ont glissé des mains.

PAUL. – Un peu moins de maladresse ici, ce serait pas mal, tu ne crois pas ?

RACHID *(sur la défensive).* – J'suis un ado. Tous les ados sont maladroits. C'est parce qu'on grandit encore. On sait pas où finit notre corps et où commence le monde.

PAUL. – C'est le monde qui sera bientôt fini si tu ne te dépêches pas d'apprendre. *(Un temps. Paul plonge la main dans sa poche et en sort son portefeuille, où il prend un billet de vingt dollars.)* Bon, si tu te rendais utile ? Je n'ai presque plus de cigares. Va au coin, chez le marchand de tabac, achète-moi deux boîtes de Schimmelpenninck moyens.

Il tend le billet à Rachid.

RACHID *(prenant le billet).* – Vingt dollars, c'est un paquet de fric. Tu es sûr que tu peux me confier ça ? Je veux dire, t'as pas peur que je te les pique ?

PAUL. – Si tu veux les piquer, c'est ton problème. Au moins je ne t'aurai plus ici à faire du bruit. *(Un temps.)* C'est peut-être une affaire.

Rachid, manifestement blessé par la remarque de Paul, met l'argent dans sa poche. Pour une fois, il ne trouve pas de repartie.

Rachid sort de l'appartement. Paul regarde la porte qui claque. Une brève pause, et puis il se penche et se met à ramasser la vaisselle cassée.

18. INT. JOUR. L'APPARTEMENT DE PAUL

La pièce de travail, quelques minutes plus tard. Paul se réinstalle à sa table et commence à taper à la machine. Presque tout de suite, le ruban se bloque. Paul pousse un grognement, puis ouvre la machine pour voir ce qui coince.

19. EXT. JOUR. "THE BROOKLYN CIGAR CO.", DU TROTTOIR D'EN FACE

Huit heures du matin. On voit Auggie au coin de la rue, prêt à prendre sa photo quotidienne. Vue du coin tel qu'il apparaît dans l'objectif de l'appareil : La foule qui se bouscule, les gens qui se rendent au travail, la circulation : voitures, bus, camions de livraison. On entend le déclic de l'obturateur. L'image se fige.

20. INT. JOUR. L'APPARTEMENT DE PAUL

La pièce de travail. Assis à sa table, Paul écrit. Un grand fracas dans l'autre pièce rompt le silence. Paul sursaute.

PAUL *(dans un gémissement).* – Et merde !

Il se lève, va à la porte, l'ouvre. Vue de Rachid perché en équilibre instable sur le bras d'un fauteuil et tâtonnant de la main droite derrière les livres rangés sur le rayon supérieur de la bibliothèque. Plusieurs volumes sont déjà tombés à terre.

Bon sang. Tu remets ça ?

Rachid se retourne en entendant la voix de Paul et perd l'équilibre. Comme il tente de se raccrocher à la bibliothèque, d'autres livres dégringolent des rayons. Un instant plus tard, Rachid aussi se retrouve sur le sol.

Qu'est-ce qui ne va pas, dis donc ? Tu es un vrai fléau, ma parole.

RACHID *(qui se relève, penaud).* – J'suis désolé. J'suis vraiment désolé... J'essayais d'attraper un des bouquins, là-haut. *(Il montre du doigt.)* Et puis, j'sais pas, le ciel m'est tombé sur la tête.

PAUL *(avec une irritation croissante).* – C'est pas possible, tu sais. Pendant deux ans et demi j'ai été incapable d'écrire un mot et puis, quand finalement je parviens à commencer quelque chose, quand j'ai enfin l'impression que je vais renaître à la vie, tu débarques et tu te mets à tout démolir chez moi. C'est pas possible, compris ?

RACHID *(blessé, l'air contraint).* – J'ai pas demandé à venir. Tu m'as invité, tu te rappelles ? *(Un temps.)* Si tu veux que je me tire, t'as qu'à le dire.

PAUL. – Ça fait combien de temps que tu es ici ?

RACHID. – Trois jours.

PAUL. – Et combien de temps je t'avais dit que tu pouvais rester ?

RACHID. – Deux ou trois jours.

PAUL. – On dirait qu'ils sont écoulés, non ?

RACHID *(regardant par terre)*. – Je suis désolé d'avoir déconné. T'as été très chouette avec moi… *(Il va près du lit, ramasse son sac et commence à y fourrer ses affaires.)* Mais toutes les bonnes choses ont une fin, pas vrai ?

PAUL. – Sans rancune, OK ? C'est petit, ici, et je n'arrive pas à travailler quand tu es là.

RACHID. – T'as pas besoin de t'excuser. *(Un temps.)* La voie est sans doute libre, de toute façon.

PAUL *(radouci)*. – Tu crois que ça va aller ?

RACHID. – Absolument. La vie est à moi. *(Un temps.)* Quoi que ça veuille dire.

Il regarde la bibliothèque, examine l'endroit où est caché le sac. Rapidement, résolument, il décide de le laisser là où il est.

PAUL. – Tu n'as pas besoin d'argent ? Ou de quelques vêtements ?

RACHID. – Pas un sou, pas un fil. J'suis cool, vieux.

Il se balance le sac à dos sur l'épaule et se dirige vers la porte.

PAUL *(un peu sonné devant l'air résolu de Rachid)*. – Prends bien garde à toi, OK ?

RACHID. – Toi aussi. Assure-toi que le feu est vert avant de traverser la rue. *(Il saisit la poignée, ouvre la porte, hésite, se retourne.)* Oh, à propos, j'ai aimé ton bouquin. A mon avis t'es un sacrément bon écrivain.

Sans attendre la réaction de Paul, il rouvre la porte et sort.

Vue de Paul resté seul, debout au milieu de la pièce. Il va à la fenêtre et regarde dehors. Vue de la rue, en dessous. Après quelques secondes, Rachid émerge de l'immeuble. Sans un regard en arrière, il s'éloigne en marchant dans la rue.

Vue de Paul debout à la fenêtre. Il allume un cigare. On revoit la rue. Rachid a disparu. Un instant plus tard, un aveugle tourne le coin et arrive en frappant le trottoir de sa canne blanche.

21. INT. NUIT. L'APPARTEMENT D'AUGGIE

Les fenêtres sont ouvertes et on entend les bruits de la circulation dans la rue, en bas.

Auggie est seul. Son lecteur de cassettes joue du jazz. Il sort du four un repas-télé, puis s'assied à la table de la cuisine et commence à manger. Fondu.

Auggie a terminé son repas. Il se sert un petit verre de bourbon. Il l'avale d'un trait et fait claquer ses lèvres en poussant un profond soupir. Il fixe le vide devant lui pendant un moment. Puis il s'empare d'un exemplaire de Crime et châtiment *en édition de poche qui était ouvert sur la table. Tout en cherchant sa page, il allume une cigarette. Après une ou deux bouffées, il commence à tousser : une toux profonde de fumeur, rauque, prolongée. Il se frappe la poitrine. Ça ne sert à rien. Il se lève et martèle la table de ses poing pendant que sa crise de toux continue. Il marche en titubant dans la cuisine en jurant. Dans sa fureur, il balaie tout ce qui se trouve sur la table : verre, bouteille, livre, restants du repas-télé. La toux se calme, puis recommence. Il agrippe l'évier de la cuisine et crache dans le bac.*

22. INT. JOUR. L'APPARTEMENT DE PAUL

La pièce principale. On entend le cliquetis de la machine à écrire. Quelqu'un frappe à la porte : coups violents et insistants. On voit Paul qui ouvre la porte. La tante Em de Rachid est debout sur le palier. C'est une Noire d'une quarantaine d'années, vêtue comme une employée de bureau.

TANTE EM *(en colère).* – Vous vous appelez Paul Benjamin ?

PAUL *(interloqué).* – Que puis-je pour vous ?

TANTE EM *(entrant en trombe dans l'appartement).* – Je veux juste savoir à quoi vous jouez, m'sieur, c'est tout.

PAUL *(horrifié, il la regarde prendre la pièce d'assaut).* – Comment avez-vous fait pour entrer dans l'immeuble ?

TANTE EM. – Que voulez-vous dire, comment j'ai fait ? J'ai poussé la porte et je suis entrée. C'est tout. Qu'est-ce que vous croyez ?

PAUL *(marmonnant, pour lui-même).* – Cette foutue serrure est de nouveau cassée. *(Un silence, il renvoie à tante Em son regard furibond. Plus fort :)* Et alors vous faites irruption chez des gens que vous ne connaissez pas ? C'est à ça que *vous* jouez ?

TANTE EM. – Je cherche mon neveu, Thomas.

PAUL. – Thomas ? Quel Thomas ?

TANTE EM. – Pas de ça avec moi. Je sais qu'il est venu ici. On ne me la fait pas, à moi, m'sieur.

PAUL. – Je vous assure que je ne connais personne qui s'appelle Thomas.

TANTE EM. – Thomas Cole. Thomas Jefferson Cole. Mon neveu.

PAUL. – Vous voulez dire Rachid ?

TANTE EM. – Rachid ? *Rachid !* C'est comme ça qu'il vous a dit qu'il s'appelait ?

PAUL. – Eh bien, quel que soit son nom, il n'est plus ici. Il est parti il y a deux jours, et je n'ai plus eu de ses nouvelles.

TANTE EM. – Et qu'est-ce qu'il fabriquait ici, d'abord ? Voilà ce que je voudrais bien savoir. Qu'est-ce qu'un type comme vous a à faire d'un gamin comme Thomas ? Seriez pas un pervers, des fois ?

PAUL *(perdant patience).* – Ecoutez, madame, ça suffit. Si vous ne vous calmez pas, je vous fiche à la porte. Vous m'entendez ? Tout de suite !

TANTE EM *(reprenant le contrôle d'elle-même).* – Tout ce que je veux, c'est savoir où il est.

PAUL. – Pour autant que je sache, il est retourné chez ses parents.

TANTE EM *(incrédule).* – Ses parents ? C'est ça qu'il vous a dit ? Ses *parents* ?

PAUL. – C'est ce qu'il a dit. Il m'a dit qu'il habitait avec sa mère et son père dans la 74e rue.

TANTE EM *(confondue, hochant la tête).* – J'ai toujours su que ce gosse avait de l'imagination, mais maintenant voilà qu'il s'est inventé toute une vie ! *(Un temps.)* Permettez que je m'assoie ? *(Paul fait un geste vers un fauteuil ; elle s'assied.)* Il vit avec moi et son oncle Henry depuis qu'il est tout petit. Et nous n'habitons pas Manhattan. Nous habitons Boerum Hill. Les grands ensembles.

PAUL. – Alors il ne va pas à Trinity School ?

TANTE EM. – Il va à la John Jay High School, à Brooklyn.

PAUL *(qui commence à manifester de l'inquiétude).* – Et ses parents ?

TANTE EM. – Sa mère est morte, et il y a douze ans qu'il n'a pas vu son père.

PAUL *(doucement, comme pour lui-même).* – Je n'aurais pas dû le laisser partir.

TANTE EM *(qui observe Paul).* – Ce qui me ramène à ma première question. Qu'est-ce qu'il faisait ici, tout d'abord ?

PAUL. – J'allais me faire renverser par une voiture, et votre neveu m'a rattrapé. Il m'a sauvé la vie. *(Un temps.)* J'ai senti qu'il avait des ennuis, alors je lui ai proposé de loger ici pendant quelques jours. J'aurais sans doute dû le questionner un peu plus, je ne sais pas. Je me sens très bête, quand j'y pense.

TANTE EM. – Il a des ennuis, c'est sûr. Mais je n'ai aucune idée de ce que c'est.

PAUL *(il s'assied dans un fauteuil, soupire, réfléchit un instant. Se tourne vers la tante Em).* – Voulez-vous boire quelque chose ? Une bière ? Un verre d'eau ?

TANTE EM *(très "comme il faut").* – Non, merci.

PAUL *(replonge dans ses pensées. Au bout d'un moment).* – Est-il arrivé quelque chose récemment ? Quelque chose d'inhabituel ou d'inattendu ?

TANTE EM *(réfléchit).* – Eh bien, oui, je suppose, mais je crois que ça n'a rien à voir avec ceci. *(Un temps.)* Une de mes amies m'a appelée il y a deux semaines environ, elle m'a raconté qu'elle avait repéré le père de Thomas en train de travailler dans une station-service juste avant Peekskill.

PAUL. – Et vous l'avez dit à votre neveu ?

TANTE EM *(haussant les épaules).* – Il me semblait qu'il avait le droit de savoir.

PAUL. – Et ?

TANTE EM. – Et rien. Thomas m'a regardée droit dans les yeux en disant : "Je n'ai pas de père. En ce qui me concerne, ce fils de pute est mort."

PAUL. – Plutôt hostile comme réponse.

La caméra se rapproche lentement du visage de tante Em pendant qu'elle parle.

TANTE EM. – Son père a plaqué sa mère quelques mois après sa naissance. Louisa était la sœur cadette d'Henry, elle et le bébé sont venus vivre chez nous. Quatre ou cinq ans ont passé, et un beau jour Cyrus tombe du ciel, la queue entre les jambes, avec l'idée de se remettre avec Louisa. J'ai cru qu'Henry allait démolir Cyrus quand il l'a vu passer la porte. C'est des costauds, ces deux-là, et s'ils devaient se bagarrer, on verrait sauter des dents sur le plancher, je vous le garantis... Alors Cyrus a persuadé Louisa de sortir avec lui pour discuter en paix. Et la pauvre fille n'est jamais revenue.

PAUL *(off)*. – Vous voulez dire qu'elle s'est tirée avec lui en abandonnant le gamin ?

TANTE EM. – Ne me faites pas dire ce que j'ai pas dit. Ce que je dis, c'est qu'elle est partie dans la voiture de Cyrus et qu'ils sont allés prendre un verre au *Five-Spot Lounge*. Ce que je dis, c'est qu'il s'est imbibé un peu trop et que quand ils ont eu fini leur petite discussion trois heures après et sont remontés en voiture, il n'était pas en état de conduire. Mais il a conduit tout de même, et avant d'avoir pu la ramener là où elle habitait, ce sombre imbécile a brûlé un feu rouge et foncé dans un camion. Louisa a été projetée à travers le pare-brise et tuée net. Cyrus n'est pas mort, mais il en est sorti infirme. Il avait le bras gauche en compote, les médecins ont dû le couper. Faible châtiment pour ce qu'il a fait, à mon avis.

PAUL *(off, atterré)*. – Bon Dieu !

TANTE EM. – Le bon Dieu n'a rien à y voir. S'Il s'en était mêlé, Il se serait arrangé pour que ce soit le contraire qui se passe.

PAUL *(off)*. – Ça n'a pas dû être facile pour lui. Se trimballer avec ça sur la conscience toutes ces années.

TANTE EM. – Non, sans doute pas. Il s'est effondré comme c'est pas possible à l'hôpital, quand on lui a appris que Louisa était morte.

PAUL *(off)*. – Et il n'a jamais essayé d'entrer en contact avec son fils ?

TANTE EM. – Henry a dit à Cyrus qu'il le tuerait s'il se montrait jamais autour de chez nous. Quand Henry fait ce genre de menace, les gens ont tendance à le prendre au sérieux.

Paul et tante Em se regardent. Vue de l'évier de la cuisine. Le robinet coule goutte à goutte. Plan fixe pendant quelques instants.

23. EXT. JOUR. UNE ROUTE DE CAMPAGNE AUX ABORDS DE PEEKSKILL

Le petit matin. Arbres, buissons, gazouillis d'oiseaux. On voit Rachid qui marche lourdement sur la route.

Fondu enchaîné. La même route, un mile plus loin. Rachid lève la tête pour regarder. Coupé.

24. EXT. JOUR. LE GARAGE COLE

Le garage est un bâtiment délabré à un étage. Au-dessus de la porte principale, une enseigne peinte d'une main maladroite : COLE'S GARAGE (GARAGE COLE). *Devant, isolées, deux pompes à essence Chevron ; des mauvaises herbes pointent dans le macadam. Sur le côté de la station, une pelouse avec une table de pique-nique fatiguée par les intempéries.*

La porte du garage est ouverte à deux battants. On voit un homme à l'intérieur, en train de travailler au moteur d'une vieille Chevrolet. Le capot est relevé et dissimule le visage de l'homme, mais on distingue qu'il est vêtu d'une salopette de mécanicien et que la couleur de sa peau est noire.

C'est un grand type robuste d'une quarantaine d'années. Lorsqu'il apparaît près du capot, on remarque qu'il n'a pas de main gauche. Un crochet de métal dépasse de sa manche.

C'est le père de Rachid, Cyrus Cole.

25. EXT. JOUR. LE BORD DE LA ROUTE, EN FACE DU GARAGE COLE

On voit Rachid, assis sur le capot d'une voiture rouillée. Il est immobile, les genoux serrés entre les bras, et le regard fixé intensément vers la caméra. Plan fixe pendant quelques instants.

26. INT. JOUR. LE GARAGE COLE

Un peu plus tard. Cyrus, toujours au travail sur la Chevrolet, lève la tête et aperçoit Rachid de l'autre côté de la route. Il l'observe un moment puis se remet à l'ouvrage.

27. EXT. JOUR. LE BORD DE LA ROUTE, EN FACE DU GARAGE COLE

Une heure plus tard. Rachid est assis sur le capot de la vieille voiture, comme auparavant. Cette fois, il a son carnet de croquis sur les genoux et dessine au crayon le garage de l'autre côté de la route.

28. EXT. JOUR. DEVANT LE GARAGE COLE

Une heure plus tard. On voit Cyrus émerger du garage, chargé d'un sac en papier brun. Il va s'asseoir à la table de pique-nique et sort son déjeuner du sac : un sandwich au jambon, une pomme et un pot de thé froid. Tout en mangeant et en buvant, il observe Rachid de l'autre côté de la route. De temps en temps passent une voiture ou un camion.

La caméra va et vient entre Rachid et Cyrus. Rachid, qui dessine avec ardeur, fait semblant de ne pas remarquer qu'on l'observe.

Enfin, Cyrus termine son repas. Il froisse le sac en papier, se lève, et jette le sac dans une poubelle métallique à côté de la table. Au lieu de retourner travailler, il traverse la route.

29. EXT. JOUR. LE BORD DE LA ROUTE, EN FACE DU GARAGE COLE

Plan général. Tandis que Cyrus s'approche de lui, Rachid lève les yeux et croise son regard pour la première fois. Avant que Cyrus se trouve assez près pour pouvoir voir le dessin, Rachid ferme son carnet de croquis et le tient serré contre lui. Il ne fait pas mine de se lever.

CYRUS. – Tu comptes rester là toute la journée ?

RACHID. – J'sais pas. J'ai pas encore décidé.

CYRUS. – Pourquoi tu choisis pas un autre endroit ? Ça me fout les boules de me sentir dévisagé pendant des heures.

RACHID. – On est libre, dans ce pays, non ? Du moment que je suis pas chez vous, j'ai le droit de rester ici jusqu'à la fin des temps.

CYRUS *(il s'approche de la voiture. Rachid saute en bas du capot).* – Ecoute-moi bien, fiston. Il y a deux dollars cinquante-sept cents dans la caisse enregistreuse, là en face *(Geste de la main vers le garage.)* et si on considère tout le temps que tu as passé jusqu'ici en repérages, ça ne te fera qu'environ cinquante cents de l'heure pour ta peine. Tu tournes ça comme tu veux, tu pars perdant.

RACHID. – Je vais pas vous voler, patron. *(Amusé.)* J'ai l'air d'un voleur ?

CYRUS. – Je ne sais pas de quoi t'as l'air, gamin. Pour autant que je sache, tu as poussé là comme un champignon pendant la nuit. *(Un temps. Il examine Rachid avec plus d'attention.)* T'habites en ville, ou t'es en route entre ici et là ?

RACHID. – J'fais que passer.

CYRUS. – Il ne fait que passer. Un voyageur solitaire avec son sac sur le dos se plante en face de mon garage pour admirer la vue. Y a d'autres endroits à voir, gamin, je t'assure. Pas besoin d'emmerder le monde.

RACHID. – Je suis occupé à un dessin. Votre vieux garage, là, tout déglingué, c'est un sujet intéressant.

CYRUS. – Ça, pour être déglingué, il est déglingué. Mais c'est pas en le dessinant qu'on va améliorer son allure. *(Il porte son attention sur le carnet de croquis que Rachid serre contre son cœur.)* Voyons ce que t'as fait, Rembrandt.

RACHID *(qui réfléchit à toute vitesse)*. – Ça vous coûtera cinq dollars.

CYRUS. – Cinq dollars ! Tu veux dire que tu vas me faire payer cinq dollars juste pour un coup d'œil ?

RACHID. – Dès que vous l'aurez vu, vous allez vouloir me l'acheter. Ça je vous le garantis. Et c'est le prix : cinq dollars. Alors si vous êtes pas prêt à casquer, c'est pas la peine que vous regardiez. Ça fera que vous briser le cœur et vous rendre malheureux.

CYRUS *(hochant la tête)*. – Petit salopard ! Tu t'emmerdes pas, toi, hein ?

RACHID *(haussant les épaules)*. – Je vous le dis comme c'est, patron. *(Un temps.)* Mais si je vous agace, vous pourriez peut-être envisager de m'engager.

CYRUS *(qui commence à se fâcher).* – T'as des yeux en face des trous, ou ces trucs bruns qui dépassent de tes orbites sont que des billes ? T'es resté assis là toute la journée, et combien de voitures t'as vues s'arrêter pour prendre de l'essence ?

RACHID. – Pas une seule.

CYRUS. – Pas une seule. Pas un seul client de toute la journée. J'ai acheté cette saloperie de ruine de merde il y a trois semaines, et si les affaires ne démarrent pas bientôt, je suis bon pour la décharge. Pourquoi est-ce que j'irais engager quelqu'un ? Je peux même pas me payer moi-même.

RACHID. – Ce que j'en disais...

CYRUS. – Ouais, eh bien, va le dire ailleurs, Michel-Ange. J'ai du boulot, moi.

Cyrus commence à s'éloigner. On le voit traverser la route en hochant la tête. A mi-chemin, il s'arrête soudain, se retourne, et crie à Rachid :

Pour qui tu me prends, l'Agence nationale pour l'emploi, merde ?

30. EXT. JOUR. LE BORD DE LA ROUTE, EN FACE DU GARAGE COLE

Une demi-heure plus tard. On voit Rachid assis comme précédemment sur le capot de la voiture. Cette fois il mange un sandwich et mastique lentement, en regardant devant lui.

31. INT. JOUR. LE GARAGE COLE

On voit Cyrus qui travaille sur la Chevrolet. Régulièrement, il relève la tête pour lancer un coup d'œil à Rachid.

Cyrus termine le boulot commencé. Il rabat le capot de la Chevrolet. Sans transition :

32. EXT. JOUR. LE BORD DE LA ROUTE, EN FACE DU GARAGE COLE

Cyrus entre dans le champ et se hisse sur le capot de la vieille voiture – juste à côté de Rachid. Un long silence.

CYRUS *(qui essaie d'être amical).* – Ecoute-moi bien. Tu veux travailler, je vais te donner du boulot. Rien de permanent, remarque, mais la pièce à l'étage, là *(Il se retourne, montre le garage du doigt.)* – celle qui est au-dessus du bureau – c'est un sacré bordel. On dirait qu'elle a servi de dépotoir pendant vingt ans, et il serait grand temps de la nettoyer.

RACHID *(faussement désinvolte).* – Combien vous offrez ?

CYRUS. – Cinq dollars l'heure. C'est le tarif, non ? *(Il regarde sa montre.)* Il est deux heures et quart. Ma femme vient me chercher à cinq heures et demie, ça te laisse à peu près trois heures. Si tu ne finis pas aujourd'hui, tu pourras faire le reste demain.

RACHID *(en se mettant debout).* – Y a les avantages en plus ou vous m'engagez comme free-lance ?

CYRUS. – Avantages ?

RACHID. – Vous savez, assurance maladie, retraite, congés payés. C'est pas marrant d'être exploité. Un travailleur doit défendre ses droits.

CYRUS. – J'ai bien peur qu'on s'en tienne au statut de free-lance.

RACHID *(un long silence : il fait semblant de réfléchir).* – Cinq dollars l'heure ? *(Nouveau silence.)* Je prends.

CYRUS *(avec un léger sourire. Il tend la main droite).* – On m'appelle Cyrus Cole.

RACHID. – Moi c'est Paul. Paul Benjamin.

Ils se serrent la main.

33. INT. JOUR. "THE BROOKLYN CIGAR CO."

Une heure creuse en milieu d'après-midi. Auggie est assis sur un tabouret derrière le comptoir, plongé dans la lecture de son édition de poche de Crime et châtiment. *De l'autre côté du comptoir, Jimmy Rose s'active en silence près du mur du fond, à redresser avec un zèle maladroit les piles de journaux et de revues.*

Le tintement de la sonnette de la porte d'entrée signale l'arrivée d'un client. Vue de Jimmy qui s'arrête de travailler pour regarder vers la porte. Du point de vue de Jimmy : une femme entre dans le magasin. C'est Ruby McNutt (l'ancienne flamme d'Auggie). Dans les quarante-cinq ans, vêtue d'une robe d'été sans manches. Son visage exprime des émotions tumultueuses : anxiété, détermination, embarras. Elle porte un cache noir sur l'œil gauche.

Vue de Jimmy fixant le cache avec étonnement. Vue de Ruby qui regarde vers le comptoir. Vue d'Auggie assis derrière le comptoir, toujours plongé dans son livre ; il ne se donne pas la peine de lever les yeux. Gros plan du visage de Ruby : elle regarde Auggie. Ses lèvres tremblent. Elle est manifestement émue, mais a peur de parler. La caméra reste fixée sur elle tandis qu'on entend :

JIMMY *(off, d'une voix hésitante).* – Auggie. *(Pas de réponse. Un temps.)* Auggie, je crois que t'as une cliente.

Gros plan d'Auggie relevant les yeux de son livre. On voit son expression passer de l'indifférence à la reconnaissance et à la stupéfaction.

Gros plan de Ruby qui le regarde. Elle a un sourire timide. Pendant leur conversation, Jimmy les observe avec une attention ravie.

RUBY. – Auggie ?

Vue du visage d'Auggie. Il est encore trop surpris pour parler.

C'est bien toi, Auggie, n'est-ce pas ?

AUGGIE *(finalement).* – Seigneur, Ruby, il y a si longtemps. Je pensais que tu étais morte.

RUBY. – Dix-huit ans et demi.

AUGGIE. – Seulement ? J'aurais dit dans les trois siècles.

RUBY *(timide, hésitante).* – Tu as l'air en forme, Auggie.

AUGGIE. – Oh que non. J'ai l'air merdique. Et toi aussi, Ruby. T'as une mine affreuse. *(Il se tait un instant, reprend avec une amertume croissante.)* Qu'est-ce que c'est que ce cache, d'ailleurs ? Qu'est-ce t'as fait de ta vieille bille bleue ? Au clou pour une bouteille de gin ?

RUBY *(blessée, gênée).* – J'ai pas envie d'en parler. *(Un temps.)* Si tu veux vraiment savoir, je l'ai perdue. Et je le regrette pas. Cet œil était maudit, Auggie, il ne m'a jamais valu que du chagrin.

AUGGIE. – Et tu crois que c'est mieux de te promener déguisée en capitaine Crochet ?

RUBY *(d'une voix sourde, s'efforçant de préserver son sang-froid et sa dignité).* – T'as toujours été un beau salaud, hein, Auggie ? Toujours méchant comme une teigne.

AUGGIE. – Au moins je reste fidèle à moi-même. Tout le monde peut pas en dire autant.

RUBY *(de nouveau, elle s'efforce d'encaisser. Inspire profondément).* – Il faut que je te parle de quelque chose et tu peux au moins m'écouter. Tu me dois bien ça. J'ai fait toute la route depuis Pittsburgh pour te voir, et je repartirai pas sans que tu m'aies entendue.

AUGGIE. – Parfait. Parlez, dame de mes rêves. Je suis tout oreilles.

RUBY *(jette un coup d'œil autour d'elle. Remarque Jimmy qui l'observe).* – Ceci est privé, Auggie. Rien qu'entre toi et moi.

AUGGIE *(qui s'adresse à Jimmy avec une irritation inhabituelle).* – Tu l'as entendue, minus ? Cette dame et moi avons des affaires privées à discuter. Tu sors et tu restes devant la porte. Si quelqu'un veut entrer, tu dis qu'on est fermé. T'as compris ?

JIMMY. – Sûr, Auggie, j'ai compris. *(Un temps.)* Le magasin est fermé. *(Un temps, il réfléchit.)* Et je dis que c'est ouvert quand ?

AUGGIE *(cinglant).* – Quand je te dirai que c'est ouvert. C'est ouvert quand je te dis que c'est ouvert.

JIMMY *(blessé).* – OK, Auggie, j'ai compris. T'as pas besoin de crier.

Jimmy sort et se met en faction devant la porte.

AUGGIE *(il examine Ruby tout en allumant une cigarette).* – D'accord, mon chou, qu'est-ce que t'as en tête ?

RUBY *(un temps. Elle est embarrassée).* – Me regarde pas comme ça, Auggie. Ça me met mal à l'aise.

AUGGIE. – Comme quoi ?

RUBY. – Comme tu me regardes. Je vais pas te manger. *(Un temps.)* J'ai besoin de ton aide, et si tu continues à me fixer comme ça, je vais me mettre à hurler.

AUGGIE *(un rien sarcastique).* – Mon aide, hein ? Et j'imagine que cette aide n'a rien à voir avec du fric, bien sûr ?

RUBY. – Me bouscule pas, tu veux ? Tu sautes aux conclusions avant que j'aie dit quoi que ce soit. *(Un temps.)* Et d'ailleurs, c'est pas pour moi. *(Un temps.*

Elle se rend compte qu'elle s'est trahie. En désespoir de cause, elle se lance :) C'est pour notre fille.

AUGGIE *(sous le choc, il devient agressif).* – Notre fille ? C'est ça que tu as dit ? *Notre fille ?* Je veux dire, tu as peut-être une fille, mais moi pas, nom de Dieu. Et même si j'en avais une – ce qui n'est pas le cas –, elle ne serait pas *notre* fille.

RUBY. – Elle s'appelle Félicité, elle vient d'avoir dix-huit ans. *(Un temps.)* Elle s'est enfuie de Pittsburgh l'an dernier, et maintenant elle vit dans un trou merdique ici à Brooklyn avec un certain Chico. Accro au crack, enceinte de quatre mois. *(Un temps.)* Je supporte pas de penser à ce bébé. Notre petit-enfant, Auggie. Tu te rends compte ! Notre petit-enfant.

AUGGIE *(avec un geste d'impatience).* – Lâche-moi, tu veux, et tout de suite. Arrête ces conneries maintenant. *(Un temps. Pour changer de sujet, avec mépris :)* C'est de toi cette idée de l'appeler Félicité ?

RUBY. – Ça veut dire "bonheur".

AUGGIE. – Je sais ce que ça veut dire. C'est pas pour ça que c'est un bon prénom.

RUBY. – Je ne sais pas vers qui me tourner, Auggie.

AUGGIE. – Tu t'es déjà foutue de moi, ma belle, tu te souviens ? Pourquoi je te croirais maintenant ?

RUBY. – Pourquoi je te mentirais, Auggie ? Tu crois que c'était facile de venir ici et d'entrer dans ta boutique ? Pourquoi j'aurais fait ça si j'étais pas obligée ?

AUGGIE. – C'est ce que tu m'as dit quand j'ai piqué ce collier pour toi. Tu t'en souviens, mon cœur, hein ? Le juge m'a donné le choix : la taule ou bien l'armée. Alors, au lieu d'aller au collège, je me retrouve dans la marine pour quatre ans, je vois des mecs perdre des bras et des jambes, je manque me faire emporter la tête, et toi, ma douce Ruby McNutt, tu t'en vas épouser ce connard de Bill.

RUBY. – Tu ne m'avais pas écrit depuis plus d'un an. Qu'est-ce que j'étais censée croire ?

AUGGIE. – Ouais, bon, j'avais perdu mon stylo. Quand j'en ai trouvé un nouveau, c'est du papier que je n'avais plus.

RUBY. – C'était fini avec Bill avant même que tu reviennes. T'as peut-être oublié maintenant, mais tu avais l'air plutôt chaud de me voir, à l'époque.

AUGGIE. – Toi non plus t'étais pas vraiment tiède. Au début, en tout cas.

RUBY. – Ça a fait long feu, mon chou. Ainsi va la vie. Mais on a eu de bons moments, non ? Tout n'était pas si mal ?

AUGGIE. – Un ou deux bons moments, je te l'accorde. Une ou deux secondes arrachées aux griffes de l'éternité.

RUBY. – Et c'est comme ça que Félicité est entrée dans le tableau. Pendant une de ces deux secondes.

AUGGIE. – Tu essaies de me couillonner, mon cœur. Je suis responsable d'aucun bébé.

RUBY. – Alors pourquoi tu crois que j'ai épousé Frank ? J'étais déjà enceinte, et j'avais pas beaucoup de temps. Dis ce que tu veux, au moins il a donné un nom à ma gosse.

AUGGIE. – Ce cher vieux Frank. Et comment il va, ces jours-ci, le roi de l'huile de vidange ?

RUBY. – Comment veux-tu que je sache ? *(Elle hausse les épaules.)* Ça fait quinze ans qu'il a disparu.

AUGGIE. – Quinze ans ? *(Il hoche la tête.)* Ça ne prend pas, patate. Y a pas une mère qui attendrait quinze ans pour dire à un gars qu'il est père. J'suis pas né d'hier, tu sais.

RUBY *(ses lèvres commencent à trembler. Des larmes coulent de son œil valide)*. – Je croyais que j'y arriverais. J'avais pas envie de t'embêter. Je croyais que j'y arriverais toute seule, mais j'ai pas réussi. Elle va très mal, Auggie.

AUGGIE. – Bel essai, ma vieille. Je t'aiderais volontiers. Tu sais, au nom du bon vieux temps. Mais j'ai engagé tout mon fric dans une aventure commerciale, et j'ai pas encore touché les bénéfices. Dommage. Tu me prends au mauvais moment.

RUBY *(toujours en larmes).* – T'es qu'un salaud sans cœur, pas vrai ? Comment es-tu devenu si méchant, Auggie ?

AUGGIE. – Je sais que tu crois que je te mens, mais c'est vrai. Tout ce que je t'ai dit est la pure vérité.

Un temps. Ensuite, vue de l'entrée du magasin. Un client énervé ouvre brusquement la porte, bousculant Jimmy qui tente vainement de le retenir.

Criant sur le client. Hors de lui.

On est fermé ! Z'avez pas entendu ce que vous a dit ce gosse ? On est fermé, bordel !

34. INT. JOUR. LA CHAMBRE A L'ÉTAGE DU GARAGE COLE

On voit Rachid qui travaille avec ardeur. La pièce est une vraie porcherie, encombrée de débris de toutes sortes : vélos rouillés, chiffons, pièces d'automobiles, un mannequin féminin, des radios cassées, des rideaux de douche, etc. L'un après l'autre, Rachid porte ou traîne ces objets vers la porte. A un moment donné, il découvre une petite télé portative cachée sous un tapis. L'antenne est cassée, le boîtier est couvert de poussière, mais à part cela elle paraît en relativement bon état.

35. EXT. JOUR. DEVANT LE GARAGE COLE

Rachid et Cyrus descendent le bric-à-brac de la pièce du haut et le jettent à l'arrière d'un vieux pick-up rouge. Dès qu'ils se sont débarrassés d'un chargement, ils remontent en chercher un autre. Comme Rachid est plus rapide, ils ne sont pas en phase : quand l'un est dehors, l'autre est à l'intérieur.

Ils travaillent en silence. Cyrus commence à manquer de souffle à force de monter et descendre les escaliers. Enfin, après un certain nombre d'aller et retour, il laisse tomber un chargement dans le camion et s'arrête. Il s'appuie contre le camion, sort de la poche de sa chemise un gros cigare à bon marché à moitié fumé et l'allume. Gros plan du crochet pendant qu'il frotte l'allumette. Après qu'il a tiré une ou deux bouffées de son cigare, Rachid apparaît avec un nouveau chargement et le jette dans le camion.

CYRUS. – C'est l'heure de la pause.

Sans se faire prier, Rachid s'assied aussitôt sur le pare-chocs arrière du pick-up. Il le fait si rapidement que l'effet est comique. Il regarde Cyrus fumer. Quelques instants se passent.

RACHID. – Je voudrais pas être indiscret, mais je me demandais ce qui est arrivé à votre bras.

CYRUS *(il lève son crochet et l'examine pendant un moment)*. – Saleté de quincaillerie, hein ? *(Un temps.)* Je vais te raconter ce qui est arrivé à mon bras. *(Un temps. Il se souvient.)* Je vais te le raconter, ce qui est arrivé. *(Un temps.)* Il y a douze ans, Dieu m'a regardé de là-haut et Il a dit : "Cyrus, tu es mauvais, stupide et égoïste. Pour commencer, je vais te remplir le corps d'alcool, et puis je vais te mettre au volant d'une voiture, et puis je vais te faire provoquer un accident et tuer la femme qui t'aime. Mais toi, Cyrus, toi je vais te laisser vivre, parce que vivre c'est bien pire qu'être mort. Et pour que tu n'oublies jamais ce que tu auras fait à cette pauvre fille, je vais t'arracher un bras et le remplacer par un crochet. Si je voulais, je pourrais t'arracher les deux bras et les deux jambes, mais je serai miséricordieux, je ne t'ôterai que le bras gauche. Chaque fois que tu regarderas ton crochet, je veux que tu te rappelles combien tu es méchant, stupide et égoïste. Que ça te serve de leçon, Cyrus, tu as intérêt à te corriger."

RACHID *(impressionné par la sincérité du discours de Cyrus).* – Et vous vous êtes corrigé ?

CYRUS. – Je sais pas. J'essaie. Tous les jours, j'essaie, mais c'est pas facile pour un homme de changer sa nature. *(Un temps.)* Je bois plus, en tout cas. Pas une seule goutte en six ans. Et maintenant je me suis pris une femme. Doreen. La meilleure femme que je connaisse. *(Un temps.)* Et un petit garçon, aussi. Cyrus Junior. *(Un temps.)* Alors les choses vont mieux, c'est sûr, depuis qu'on m'a mis ce crochet. Si j'arrive à redresser ce foutu garage, ça ira pas mal pour moi.

RACHID. – Vous avez appelé le minot comme vous, hein ?

CYRUS *(il sourit en pensant à son fils).* – Ce gosse, il est unique. Un vrai tigre.

Gros plan du visage de Rachid. Il paraît de plus en plus bouleversé.

Parlons un peu de toi, gamin. Quelle est ton histoire ?

RACHID *(se détournant).* – Qui, moi ? J'ai pas d'histoire. J'suis qu'un gamin.

Fermeture en noir.

36. EXT. JOUR. DEVANT LE GARAGE COLE

Fin d'après-midi. Rachid et Cyrus continuent à charger le bric-à-brac à l'arrière du pick-up. On aperçoit la télé portable, posée sur le sol devant le bureau.

Après quelque temps, une Ford bleue vieille de dix ans se range à côté du pick-up et s'arrête. Elle est conduite par la femme de Cyrus, Doreen. C'est une jolie femme très maîtresse d'elle-même, proche de la trentaine. Cyrus Junior est assis à l'arrière sur un siège de sécurité pour bébé. Il a deux ans.

Le visage de Cyrus s'illumine quand il voit la voiture. Doreen coupe le moteur et descend en souriant à son mari. Rachid, que Cyrus a soudain oublié, les regarde avec un vif intérêt.

CYRUS. – Oh, ma belle. Bonne journée ?

DOREEN *(à la blague).* – Si j'avais dû laver les cheveux d'une vieille dame de plus, je crois que les doigts m'en tomberaient.

Elle l'embrasse sur la joue.

CYRUS. – Du boulot, alors ? Tant mieux, parce qu'ici les choses sont restées plutôt calmes aujourd'hui.

DOREEN *(elle ouvre la portière arrière, détache Junior de son siège et le prend dans ses bras).* – T'en fais pas, Cy. Ce n'est qu'un début. *(Elle s'adresse à Junior, mais en même temps elle aperçoit Rachid.)* Dis bonjour à papa.

JUNIOR *(qui s'agite dans les bras de sa mère, tout excité de voir son père).* – Papa ! Papa !

CYRUS *(prenant l'enfant dans ses bras et lui donnant un gros baiser).* – Et alors, mon petit tigre. Qu'est-ce qu'on a fait aujourd'hui ?

DOREEN *(à Rachid, tout en passant le bébé à Cyrus).* – Salut.

RACHID *(intimidé).* – Salut.

CYRUS *(en remarquant l'échange entre Doreen et Rachid).* – Bon Dieu, j'ai presque oublié que tu étais là. Doreen, voici Paul. Mon nouvel assistant.

RACHID *(Doreen et lui se serrent la main).* – Ce n'est que temporaire. Un boulot en free-lance.

CYRUS *(il tourne Junior vers Rachid).* – Et lui, au cas où t'aurais pas deviné, c'est Junior.

RACHID *(il regarde Junior avec attention. Marmonne d'une voix à peine audible).* – Salut, petit frère.

CYRUS *(à Junior).* – Dis bonjour à Paul.

JUNIOR. – Salut, petit frère.

CYRUS. – Il m'aide à débarrasser la pièce du haut. On a intérêt à ce que cet endroit aie bon aspect. *(A Rachid.)* Je crois que c'est tout pour aujourd'hui, camarade. Reviens demain matin à huit heures, et tu pourras reprendre où tu t'es arrêté.

Il se dirige vers le bureau avec Junior dans les bras.

On le voit par la fenêtre, qui ouvre la caisse enregistreuse, empoche l'argent, éteint les lumières, puis sort et ferme les portes du garage. A l'avant-plan, on voit Rachid debout près de Doreen. Il regarde par terre, trop timide pour parler avec elle. Elle l'observe avec un mélange de curiosité et d'amusement. Quand Cyrus a fini de fermer boutique, il vient vers eux et dit à Rachid :

CYRUS. – Tu veux que je te paie maintenant, ou tu peux attendre demain ?

RACHID. – Demain c'est bon. Y a pas le feu.

37. EXT. DÉBUT DE SOIRÉE. DEVANT LE GARAGE COLE

Un peu plus tard. On voit Rachid, assis devant la porte du bureau à côté de la télé. Il est complètement immobile. Plan fixe pendant quelques instants.

38. INT. DÉBUT DE SOIRÉE. DANS LE BUREAU DU GARAGE

On voit apparaître, glissant sous la porte, un dessin au crayon. C'est un très beau dessin qui représente le garage vu de l'autre côté de la route.

La caméra cadre sur le dessin jusqu'à ce qu'il occupe la totalité de l'écran. Plan fixe pendant quelques instants.

Fermeture au noir.

39. INT. JOUR. L'APPARTEMENT DE PAUL

Paul ouvre la porte. Rachid est debout dans le couloir, il tient dans ses bras la télé portable. Il a son sac sur le dos. Ses vêtements sont un peu plus fatigués que la dernière fois qu'on l'a vu.

PAUL *(surpris).* – Eh, c'est toi !

RACHID *(sérieux).* – Je voulais te donner ceci en signe de reconnaissance.

PAUL. – Reconnaissance de quoi ?

RACHID. – Je sais pas. De m'avoir aidé.

PAUL *(considérant la télé d'un air soupçonneux).* – Où as-tu déniché ça ?

RACHID. – Je l'ai achetée. Vingt-neuf quatre-vingt-quinze en solde chez Goldman, télé et radio. *(Il tend la télé à Paul, qui la prend dans ses bras. Rachid sourit.)* Eh bien, voilà une affaire réglée, j'imagine. Tu pourras regarder les matchs, maintenant. Tu sais, en guise de petite récréation.

Il s'apprête à repartir.

PAUL. – Où diable est-ce que tu crois que tu vas ?

RACHID. – Rendez-vous d'affaires. Je vois mon agent de change à trois heures.

PAUL. – Laisse tomber, tu veux ? Laisse tomber tes conneries et reviens ici.

RACHID *(il regarde sa montre, hausse les épaules).* – J'ai pas beaucoup de temps.

Il revient vers la porte, entre dans l'appartement.

PAUL *(il pose la télé sur le meuble stéréo).* – Ferme la porte. *(Rachid ferme la porte.)* Assieds-toi dans ce fauteuil. *(Il montre du doigt. Rachid s'assied dans le fauteuil.)* Maintenant écoute-moi bien. Ta tante Em est venue ici il y a quelques jours. Elle était malade d'inquiétude, hors d'elle. Nous avons eu une conversation intéressante à ton sujet, *Thomas.* Tu comprends ce que je te dis ? Ta tante pense que tu as des ennuis et moi aussi. Raconte-moi ça, fiston. Je veux tout entendre, tout de suite.

Rachid comprend qu'il est coincé. Hausse les épaules. Sourit faiblement. Fixe le plancher pour éviter le regard de Paul. Quand il ose relever les yeux, Paul le contemple toujours d'un air furibond.

RACHID. – T'as pas vraiment besoin de savoir.

PAUL *(avec impatience).* – Ah non ? Et qu'est-ce qui t'autorise à décider de ce dont j'ai besoin ou pas ?

RACHID *(il soupire, vaincu).* – D'accord, d'accord. *(Un temps.)* C'est tellement stupide. *(Un temps.)* C'est ce type, tu vois. Charlie Clemm. Le Putois, c'est comme ça qu'on l'appelle. Le genre de mec dont vaut mieux pas croiser la route.

PAUL. – Et alors ?

RACHID *(il hésite).* – J'ai croisé sa route. C'est pour ça que je préfère pas retourner dans mon quartier. Pour être sûr de pas retomber sur lui.

PAUL. – Alors c'est ça, le truc que tu n'aurais pas dû voir, hein ?

Gros plan de Rachid, qui s'anime en parlant :

RACHID. – Je passais là par hasard… Tout à coup, le Putois et un autre mec sortent en courant d'un bureau de change avec des masques sur la tronche et des flingues à la main… Ils sont tombés pile sur moi. Le Putois m'a reconnu, et je savais qu'il savait que je l'avais reconnu… Si le type du bureau de change s'était pas amené à ce moment-là en hurlant au meurtre, il m'aurait descendu. Je t'assure, le Putois m'aurait descendu comme ça sur le trottoir. Mais ce gars l'a distrait, et quand il s'est retourné pour voir ce qui se passait, je me suis tiré… Une seconde de plus, et j'étais mort, mec.

PAUL. – Pourquoi ne vas-tu pas à la police ?

RACHID. – Tu rigoles, ou quoi ? Tu te crois marrant, sans doute ?

PAUL. – Si on mettait ce Putois en prison, tu serais tranquille.

RACHID. – Ce mec a des amis. Et y a peu de chances qu'ils me pardonnent si je dépose contre lui.

PAUL *(il réfléchit)*. – Qu'est-ce qui te fait croire que tu seras plus en sécurité par ici ? On est à peine à un mile de là où tu habites.

RACHID. – C'est peut-être pas loin, mais c'est une autre galaxie. Noir c'est noir et blanc c'est blanc, et jamais les deux ne se rencontrent.

PAUL. – Il me semble qu'ils l'ont fait dans cet appartement.

RACHID. – Ça c'est parce qu'on n'est intégrés nulle part, toi et moi. Tu détonnes dans ton monde, et je détonne dans le mien. On est les marginaux de l'univers.

PAUL *(observant Rachid)*. – Peut-être. Ou peut-être que ce sont les autres, les marginaux.

RACHID. – Soyons pas trop idéalistes.

PAUL *(un temps. Il sourit)*. – T'as raison. Faudrait pas qu'on se laisse emporter, pas vrai ? *(Un temps.)* Maintenant, appelle ta tante Em pour qu'elle sache que tu es en vie.

40. INT. SOIR. L'APPARTEMENT DE PAUL

Paul et Rachid regardent les Mets à la télévision. Tous deux fument de petits cigares. Paul savoure le sien calmement. Rachid tousse après chaque bouffée. Manifestement, il n'a pas l'habitude de fumer. La télévision a un tube défectueux : l'image est mauvaise, et de temps à autre l'un des deux se lève et tape sur le dessus de l'appareil pour la ramener en place. Ils suivent le match en silence. Plan rapproché de l'écran : le batteur est en action. On entend la voix du commentateur sportif.

41. EXT. FIN D'APRÈS-MIDI. LE COIN DE RUE DEVANT "THE BROOKLYN CIGAR CO."

Auggie est seul, en train de fermer sa boutique ; il a l'air particulièrement négligé et mal rasé. Au moment où il finit de baisser le dernier rideau de fer, une voiture immatriculée en Pennsylvanie arrive à toute allure dans la 7e avenue et freine brusquement devant le magasin. C'est une vieille Pontiac en assez piteux état : elle crache de la fumée, le pot d'échappement est crevé et la carrosserie bosselée. Auggie se retourne et regarde la voiture.

Du point de vue d'Auggie : on découvre que le conducteur est Ruby McNutt. Ruby se penche à la fenêtre ouverte et interpelle Auggie d'une voix pressante.

RUBY. – Monte, Auggie, faut que je te fasse voir quelque chose.

AUGGIE *(sans enthousiasme)*. – Tu renonces jamais, toi, hein ?

RUBY. – Monte et tais-toi. Je te demande pas de faire quoi que ce soit. J'ai juste besoin que tu viennes avec moi.

AUGGIE. – Où ça ?

RUBY *(impatiente)*. – Putain, Auggie, pose pas tant de questions. Monte dans la voiture.

Auggie hausse les épaules. Ruby ouvre la portière avant et il embarque. Ils s'éloignent.

42. EXT. SOIR. LES RUES DE BROOKLYN

La voiture de Ruby circule dans Brooklyn crépusculaire, parcourant la 7e avenue jusqu'à Flatbush avenue, puis s'engageant dans Eastern Parkway et passant devant la bibliothèque publique et le musée de Brooklyn avant de pénétrer dans les quartiers pauvres de Crown Heights et de East New York.

RUBY. – J'y ai dit qu'elle allait rencontrer son père.

AUGGIE. – T'as quoi ?

RUBY. – C'était la seule façon, Auggie. Sinon, elle m'aurait pas laissée la voir.

AUGGIE. – Je crois que tu ferais mieux d'arrêter là, que je descende.

RUBY. – Relax, OK ? T'as rien à faire de spécial. T'as qu'à entrer et faire semblant. Ça ne te tuera pas de me rendre ce petit service. D'ailleurs, ça t'apprendra peut-être quelque chose.

AUGGIE. – Ah ouais ? Et quoi ?

RUBY. – Que je me foutais pas de toi, mon cœur. Au moins tu sauras que je te disais la vérité.

AUGGIE. – Ecoute, je prétends pas que t'as pas de fille. Mais c'est pas la mienne, c'est tout.

RUBY. – Attends de l'avoir vue, Auggie.

AUGGIE. – Et qu'est-ce que ça veut dire, ça ?

RUBY. – C'est ton portrait craché.

AUGGIE *(irrité)*. – Pas de ça. Je ne veux pas de ça, t'entends ? Tu commences à m'agacer.

RUBY. – Quand je lui ai dit que j'allais lui amener son père, elle a comme fondu. C'est la première fois que Félicité m'a parlé gentiment depuis qu'elle est partie de chez nous. Elle meurt d'envie de te connaître, Auggie.

Ils roulent en silence pendant quelques secondes encore. Ils se trouvent maintenant dans l'un des quartiers les pires et les plus dangereux de la ville. On voit des immeubles à l'abandon, aux ouvertures obstruées par des planches, des terrains vagues semés de décombres, des ordures répandues sur les trottoirs. Ruby s'engage dans l'une de ces rues et arrête la voiture devant un immeuble minable dont la porte d'entrée arbore un graffiti à la bombe : KILL THE COPS *(TUEZ LES FLICS). Auggie et Ruby sortent de la voiture et se dirigent vers l'immeuble. Plus loin dans la rue, on voit un Noir qui soulève une poubelle métallique et la jette par terre avec violence. Elle atterrit à grand fracas.*

AUGGIE. – Joli quartier, où tu m'as amené. Plein de gens prospères et heureux.

43. INT. SOIR. CHEZ FÉLICITÉ

Gros plan d'une porte verte abîmée. On entend frapper de l'autre côté. Un temps. On entend frapper de nouveau. Après une autre pause, on entend des pas qui se rapprochent. Un instant plus tard, une épaule entre dans le champ. C'est Félicité, vue de dos. Elle porte une robe à fleurs bon marché.

FÉLICITÉ. – Ouais ? Qui est là ?

RUBY. – C'est moi, mon chou. Maman.

On voit la main de Félicité qui tire le verrou. La porte s'ouvre, révélant Auggie et Ruby debout sur le palier. Tous deux semblent nerveux : Ruby, dans l'expectative, arbore un sourire forcé ; Auggie est sur ses gardes, fermé.

Gros plan du visage de Félicité. C'est une très jolie blonde de dix-huit ans. Elle a l'air hostile, cependant, et ses yeux ont une expression ravagée. On remarque le fard appliqué maladroitement sur ses joues, sa bouche barbouillée de rouge à lèvres. Elle passe la main dans ses cheveux raides et sales.

Gros plan du visage d'Auggie. Impossible de savoir ce qu'il pense.

Tandis qu'Auggie et Ruby entrent dans la pièce, la caméra recule pour la montrer. C'est une chambre misérable, à peine meublée : un matelas double à même le sol (le lit n'est pas fait), une table de bois branlante avec deux chaises le long du mur du fond (sur la table, une boîte de Sugar Pops), un petit réchaud et, près du matelas, un énorme appareil de télévision en couleur. L'appareil est allumé, sans le son. Des images de publicité clignotent à l'arrière-plan pendant tout le reste de la scène. La seule décoration est un grand poster noir et blanc de Jim Morrison collé sur un des murs avec du Scotch. Des vêtements traînent dans tous les coins : par terre, sur la table, sur le poste de télévision.

Lorsque Ruby ferme la porte derrière elle, Félicité s'est déjà réfugiée à l'autre bout de la pièce et allume une cigarette tirée d'un paquet de Newport qui se trouve sur la table. Personne ne parle. Dans un silence embarrassé, Félicité lance à sa mère et à Auggie des regards noirs.

RUBY *(se décidant).* – Eh bien ?

FÉLICITÉ. – Eh bien quoi ?

RUBY. – T'as rien à nous dire ?

FÉLICITÉ. – Qu'est-ce que tu veux que je vous dise ?

RUBY. – Je sais pas, moi. 'Jour m'man, 'jour p'pa. Quelque chose comme ça.

FÉLICITÉ *(elle tire une bouffée de sa cigarette en dévisageant Auggie de la tête aux pieds. Puis se tourne vers Ruby).* – J'en ai pas, de *papa*, tu piges ? Je suis née la semaine dernière quand tu t'es fait enculer par un clebs.

AUGGIE *(grommelant).* – Bon Dieu de bois, il me manquait plus que ça !

RUBY *(qui s'efforce d'ignorer la méchanceté de sa fille).* – Tu m'as dit que t'avais envie de le connaître. Eh bien, le voici.

FÉLICITÉ. – Ouais, j'ai peut-être dit ça. Chico m'a dit de voir de quoi il a l'air, des fois qu'y aurait du blé pour nous là-dedans. Eh ben maintenant que je l'ai vu, je peux pas dire que je suis épatée. *(Un temps. Elle s'adresse à Auggie.)* Eh, m'sieu. T'es riche ou quoi ?

AUGGIE *(écœuré).* – Ouais, je suis millionnaire. J'me balade incognito parce que j'ai honte de tout ce fric.

RUBY *(à Félicité, d'un ton implorant).* – Sois gentille, ma minette. On est juste ici pour t'aider.

FÉLICITÉ *(cinglante).* – M'aider ? Qu'est-ce que j'en ai à cirer de votre aide ? J'ai mon mec, non ? Tu peux pas en dire autant, Œil de faucon !

AUGGIE. – Holà, holà, parle pas comme ça à ta mère !

FÉLICITÉ *(ignorant Auggie, elle écrase sa cigarette sur la table. A sa mère).* – Tu veux me faire croire que t'as réellement couché avec cette tache ? Tu veux me faire croire que t'as laissé ce type-là te baiser ?

RUBY *(mortifiée, s'efforçant de ne pas perdre son sang-froid).* – Tu peux faire ce que tu veux de ta propre vie. Nous on pense au bébé, c'est tout. On veut que tu te fasses désintoxiquer pour le bébé. Avant qu'il soit trop tard.

FÉLICITÉ. – Le bébé ? De quel bébé tu parles ?

RUBY. – Ton bébé. Le bébé que tu portes en toi.

FÉLICITÉ. – Ouais, eh ben, y a plus de bébé là-dedans. Tu piges ? Y a plus rien là-dedans maintenant.

RUBY. – Qu'est-ce que tu racontes ?

FÉLICITÉ. – J'ai avorté, idiote. *(Eclat de rire amer.)* Je me suis fait avorter avant-hier. Alors t'as plus besoin de m'emmerder avec ces conneries. *(Elle rit de nouveau. Puis, d'un ton de défi, presque pour elle-même :)* Bye-bye, baby !

AUGGIE *(il prend Ruby par le bras. Elle est sur le point de fondre en larmes).* – Viens, allons-nous-en d'ici. J'ai ma dose.

Ruby se dégage de la main d'Auggie et continue à regarder sa fille. Pendant que Félicité parle, la caméra se rapproche de son visage.

FÉLICITÉ. – Ouais, t'as raison, foutez le camp. Chico sera là d'une minute à l'autre, et je crois pas que ton bon ami voudra se frotter à lui. Chico est un homme, un vrai. Pas une espèce de connard minable ramassé dans un vieux tas d'ordures. Tu entends ce que je te dis ? Ton m'sieu papa, ici, il en fera de la chair à saucisse. Ça c'est garanti. Il te le bousillera à mort.

44. INT. JOUR. L'APPARTEMENT DE PAUL

C'est le matin. Dans le coin cuisine, Rachid est en train de faire du café. Paul sort de la salle de bains d'une démarche mal assurée en se frottant le visage avec une serviette. Il vient de se lever et est encore mal éveillé. Il s'approche de la table.

PAUL. – Ah, du café. Sent bon.

RACHID *(en lui tendant une tasse).* – Bois un peu de dynamite, ça va t'ouvrir les yeux.

PAUL *(il prend la tasse et s'assied).* – Merci.

Il boit.

RACHID. – A quelle heure tu t'es couché cette nuit ?

PAUL. – Je ne sais pas. Deux ou trois heures. Assez tard.

RACHID. – Tu travailles trop, tu sais ?

PAUL. – Une fois que l'histoire vous tient, c'est difficile de lâcher. D'ailleurs, je rattrape le temps perdu.

RACHID. – Tout de même n'exagère pas. Faudrait pas que tu meures de manque de sommeil juste avant d'avoir fini.

PAUL *(presque pour lui-même. Il regarde la photo d'Ellen sur le mur).* – Si on ne dort pas, on ne rêve pas. Et si on ne rêve pas, on ne fait pas de cauchemars.

RACHID. – Logique. Et si on ne dort pas, on a pas besoin d'un lit. Ça fait des économies. *(Un temps.)* Et c'est quoi cette histoire à laquelle tu travailles ?

PAUL. – Si je te la raconte, je ne pourrai peut-être pas la finir.

RACHID. – Allez, juste un petit bout.

PAUL *(il sourit de l'impatience de Rachid. Un temps).* – D'accord, juste un petit bout. Je ne te raconte pas l'histoire, mais je vais te dire ce qui m'en a donné l'idée.

RACHID. – L'inspiration.

PAUL. – Ouais, c'est ça. L'inspiration. C'est une histoire vraie, de toute façon, alors je pense que ça ne peut pas faire de mal, hein ?

RACHID. – Absolument.

PAUL. – D'accord. Ecoute bien. *(La caméra se déplace lentement pour venir prendre en gros plan le visage de Paul.)* Il y a vingt-cinq ans environ, un jeune homme est allé skier seul dans les Alpes. Il y a eu une avalanche, la neige l'a englouti, et on n'a jamais retrouvé son corps.

RACHID *(off, moqueur)*. – Et c'est la fin.

PAUL. – Non, pas la fin. Le commencement. *(Un temps.)* Son fils n'était qu'un petit garçon à l'époque, mais les années ont passé, et en grandissant il s'est mis au ski, lui aussi. Un beau jour, l'hiver dernier, il s'en va faire une course en solitaire dans la montagne. A mi-chemin de la descente, il s'arrête pour déjeuner à côté d'un gros rocher. Pendant qu'il déballe son sandwich au fromage, il baisse les yeux et aperçoit un corps pris dans la glace – juste là, à ses pieds. Il se penche pour le voir de plus près et tout à coup il a l'impression de regarder dans un miroir, de s'y regarder lui-même. C'est bien lui – mort – et le corps est parfaitement intact, scellé dans un bloc de glace – comme un homme immobilisé en plein milieu d'un geste. Il se met à quatre pattes, regarde de près le visage du mort, et comprend qu'il se trouve devant son père.

Gros plan du visage de Rachid. On le voit qui écoute intensément.

(Off.) Et le plus étrange c'est que le père est plus jeune que le fils à présent. L'enfant est devenu un homme, et il se trouve qu'il est plus vieux que son propre père.

La caméra reste fixée sur le visage de Rachid. Au bout d'un moment :

(Off.) Alors, qu'est-ce que tu comptes faire aujourd'hui ?

RACHID *(il hausse les épaules)*. – Lire, réfléchir, dessiner un peu si je le sens.

*Il désigne la table basse : on y voit son carnet de croquis et un livre de poche : l'*Othello *de Shakespeare.*

Mais ce soir je fais la fête. Ça c'est sûr.

PAUL. – La fête ? En quel honneur ?

RACHID. – C'est mon anniversaire. J'ai dix-sept ans *(Il regarde sa montre.)* depuis quarante-sept minutes, et je crois que je peux me réjouir d'être arrivé jusque-là.

PAUL *(il lève sa tasse).* – Eh bien ! Bon anniversaire. Pourquoi tu me l'as pas dit ?

RACHID *(impassible).* – Je viens de te le dire.

PAUL. – Plus tôt, je veux dire. On aurait pu prévoir quelque chose.

Gros plan du visage de Rachid.

RACHID. – J'aime pas prévoir. Je préfère prendre la vie comme elle vient.

45. INT. FIN D'APRÈS-MIDI. LA LIBRAIRIE

Une librairie indépendante, petite et encombrée.

La scène débute par un plan rapproché du visage de l'employée : April Lee, une Eurasienne, un peu moins de la trentaine. Elle est assise derrière le comptoir principal avec un livre ouvert devant elle. Elle a l'air troublé, intrigué, comme si elle venait de se rappeler ou de reconnaître quelque chose mais ne savait pas au juste quoi. On la voit regarder le fond du magasin, tendre l'oreille vers la conversation de Paul et Rachid.

RACHID *(off).* – Et voilà. *(Un temps.)* Les dessins de Rembrandt. Edward Hopper. Les lettres de Van Gogh.

PAUL *(off).* – Prends-en deux ou trois. Puisque j'ai ouvert mon coffre, tu peux aussi bien en profiter.

Paul et Rachid reviennent vers le comptoir. April baisse les yeux et feint d'être plongée dans sa lecture.

On voit Paul et Rachid entrer dans le champ par le fond. Paul pose sur le comptoir une petite pile de livres d'art.

PAUL. – Nous prendrons ceux-ci, s'il vous plaît.

April relève les yeux ; son regard croise celui de Paul. Pendant un bref instant, ils se dévisagent mutuellement – échange significatif qui n'échappe pas à l'attention de Rachid.

APRIL. – Vous payez en espèces ou par carte ?

PAUL *(il sort son portefeuille et regarde dedans).* – Plutôt par carte.

Il prend sa carte de crédit et la tend à April.

APRIL *(elle regarde la carte et sourit).* – Je pensais bien que je vous reconnaissais. Vous êtes Paul Benjamin l'écrivain, n'est-ce pas ?

PAUL *(content et surpris).* – J'avoue.

APRIL. – J'attends toujours la sortie de votre prochain roman. Vous travaillez à quelque chose ?

PAUL. – Je, euh...

RACHID *(avec enthousiasme).* – Ça vient, ça vient. A l'allure où il va, il aura fini une histoire avant la fin de l'été.

APRIL. – Formidable ! Quand votre prochain livre paraîtra, vous pourriez peut-être venir à la librairie pour une signature ? Je suis sûre qu'on aurait beaucoup de monde pour l'occasion.

PAUL *(qui dévisage toujours April).* – Euh, en réalité, j'ai tendance à éviter ce genre de choses.

RACHID *(à April).* – Excusez ma question, vous n'êtes pas mariée, n'est-ce pas ?

APRIL *(éberluée).* – Quoi ?

RACHID. – Faut peut-être que je reformule ma question. Ce que je voudrais savoir, c'est si vous êtes mariée ou si vous avez une relation sérieuse avec quelqu'un ?

APRIL *(encore étonnée. Elle éclate de rire).* – Non ! Du moins je ne crois pas !

RACHID *(avec un sourire de satisfaction).* – Bon. Alors puis-je avoir l'honneur de vous lancer une invitation ?

APRIL. – Une invitation ?

Gros plan de Paul en train d'écouter cet échange entre Rachid et April.

RACHID. – Oui, une invitation. Je vous demande pardon de ne la formuler qu'à la dernière minute, mais M. Benjamin et moi nous célébrons quelque chose, ce soir, et nous serions très heureux si vous acceptiez de nous accompagner. *(Regard vers Paul.)* N'est-ce pas, M. Benjamin ?

PAUL *(avec un large sourire).* – Absolument. Nous serions très honorés.

APRIL *(souriante).* – Et c'est à quelle occasion, cette célébration ?

RACHID. – C'est mon anniversaire.

APRIL. – Et combien de personnes assisteront à cette soirée d'anniversaire ?

RACHID. – J'appellerais pas vraiment ça une soirée. Ce serait plutôt dans le style d'un dîner en l'honneur de mon anniversaire. *(Un temps.)* La liste des invités est plutôt réduite. Jusqu'ici, il y a M. Benjamin et moi-même. Si vous acceptez, on sera à nous trois.

APRIL *(ironique. Petit sourire subtil).* – Aha... Je vois. Un dîner intime. Mais est-ce que trois c'est pas un peu gênant ? Vous connaissez le dicton...

RACHID. – Trois c'est trop. Oui, j'en suis conscient. Mais je dois garder un œil sur M. Benjamin en toute circonstance. Pour m'assurer qu'il ne s'attire pas d'ennuis.

APRIL. – Et vous êtes quoi, vous ? Son chaperon ?

RACHID *(imperturbable).* – En réalité, je suis son père.

April éclate de rire, amusée par la folie montante de la conversation.

PAUL. – C'est vrai. La plupart des gens croient que je suis son père. Il est logique de le supposer – puisque je suis plus âgé que lui et tout ça. Mais en réalité, c'est le contraire. Il est mon père et je suis son fils.

Gros plan du visage d'April. Elle rit de bon cœur.

46. INT. SOIR. UN RESTAURANT THAÏ A BROOKLYN

A l'arrière-plan, on voit un certain nombre d'autres clients. A l'une des tables, une famille chinoise fête un anniversaire. Vers la fin de la scène, ils se lèveront tous pour poser en groupe devant un photographe. Paul, Rachid et April sont installés à une table ronde. Ils sont à la moitié de leur repas.

PAUL. – Alors votre mère a grandi à Shanghai ?

APRIL. – Jusqu'à douze ans. Elle est arrivée ici en quarante-neuf.

PAUL. – Et votre père ? Il est de New York ?

APRIL *(elle sourit).* – Muncie, Indiana. Lui et ma mère se sont rencontrés au collège. Mais moi je suis de Brooklyn. Mes sœurs et moi, on est nées et on a grandi ici.

PAUL. – C'est comme moi.

RACHID. – Et moi aussi.

APRIL. – J'ai un jour lu quelque part qu'un quart de tous les habitants des Etats-Unis ont au moins un parent qui a vécu à Brooklyn à un moment ou à un autre.

RACHID. – Pas étonnant que ce soit le bordel, ici.

PAUL *(à April).* – Et la librairie. Il y a longtemps que vous y travaillez ?

APRIL. – Ce n'est qu'un emploi pour l'été. De quoi m'aider à payer mes factures pendant que je finis ma thèse.

PAUL. – Votre thèse ? Qu'est-ce que vous étudiez ?

APRIL. – La littérature américaine. Quoi d'autre ?

PAUL. – Quoi d'autre. En effet, quoi d'autre ? Et quel est le sujet de votre thèse ?

APRIL *(affectant un air pompeux).* – Visions d'Utopie dans le roman américain du XIXe siècle.

PAUL. – Oh là ! Vous ne doutez de rien, vous, alors !

APRIL *(elle sourit).* – Bien sûr que je doute. Mais pas tellement quand il s'agit de mon travail, c'est vrai. *(Un temps.)* Avez-vous lu *Pierre ou les Ambiguïtés* ?

PAUL. – Melville, hein ? *(Il sourit.)* Ça fait un bail.

APRIL. – C'est le sujet de mon dernier chapitre.

PAUL. – C'est pas un livre facile.

APRIL. – C'est pourquoi cet été n'a pas été le plus facile de ma vie.

RACHID. – Raison de plus pour se laisser aller ce soir, ma jolie. *(Il lève son verre.)* Vous savez, plein vent dans les voiles.

April heurte son verre à celui de Rachid en riant joyeusement ; Paul les regarde en souriant.

47. INT. NUIT. UN BAR A BROOKLYN

Un repaire de cols-bleus, bruyant et encombré. April, Paul et Rachid sont debout ensemble, l'air un peu pompette. Ils sont engagés dans une conversation animée à trois voix, qu'on ne distingue pas du brouhaha général.

Un disque tourne sur le juke-box (Downtown Train, *par Tom Waits). April propose à Paul de danser. Il accepte. Pendant qu'ils dansent, Rachid les regarde. Bien que le rythme de la chanson soit rapide, Paul et April dansent lentement, intimidés, pas très sûrs de leur attitude l'un envers l'autre.*

Au bout d'un moment, Auggie arrive de l'arrière-salle avec Violette, sa spectaculaire petite amie, pendue à son bras. Tous deux sont bien imbibés.

AUGGIE *(ivre, souriant).* – Eh, salut, quelle bonne surprise !

PAUL. – Je vous présente April Lee, Auggie. April, dites bonsoir à Auggie Wren.

APRIL *(souriante).* – Bonsoir, Auggie Wren.

AUGGIE *(affecte la manière de parler d'un cow-boy et, soulevant un chapeau imaginaire).* – Enchanté, miss April, j'suis bien content de vous connaître. *(Il se tourne vers Violette.)* Et cette jolie petite dame, ici, c'est miss Vi-o-lette Sanchez de Jalapeno, le petit piment le plus torride de ce côté-ci du Rio Grande. Pas vrai, mon petit cœur ?

VIOLETTE *(accent latino).* – Vrai, Auggie. Et toi non plus, t'es pas froid. Hein, mon petit cœur ?

Paul, April et Rachid saluent Violette.

AUGGIE. – Alors, qu'est-ce qui vous amène dans un bouge pareil ?

PAUL *(à Auggie, en désignant Rachid d'un geste du pouce).* – C'est son anniversaire, alors on a décidé de faire un peu la fête.

AUGGIE *(à Rachid).* – Quel âge, fils ?

RACHID. – Dix-sept ans.

AUGGIE. – Dix-sept ans ? Je me rappelle quand j'avais dix-sept ans. Bon Dieu, quel petit paumé de corniaud j'étais à dix-sept ans ! C'est ça que tu es, fiston ? Un petit corniaud bien naze ?

RACHID *(qui hoche la tête avec un sérieux feint).* – Tout à fait. On peut dire que vous avez mis dans le mille.

AUGGIE. – Bon. Continue comme ça, et tu deviendras peut-être un jour un grand homme comme moi.

Il éclate de rire.

Paul entoure de son bras les épaules d'Auggie et s'adresse à lui sur un ton plus calme. Pendant qu'ils parlent, April et Violette se dévisagent mutuellement en souriant avec embarras. Rachid s'efforce d'entendre ce que se disent Paul et Auggie.

PAUL. – Eh, Auggie, je viens d'avoir une idée. Vous n'auriez pas besoin d'un petit coup de main dans le magasin ? Un peu d'aide pour l'été, tant que Vinnie n'est pas là.

AUGGIE *(il réfléchit).* – De l'aide ? Mmh. C'est possible. C'est quoi, votre idée ?

PAUL. – Je pense à ce gamin. Je suis sûr qu'il vous rendrait service.

AUGGIE *(il se redresse et observe Rachid).* – Oh, fiston. Ça t'intéresserait de bosser ? Je viens d'être averti par ton bureau de placement que tu cherches une situation dans le commerce de détail.

RACHID. – Bosser ? *(Un temps. Il regarde Paul.)* Sûr que je refuserais pas de bosser.

AUGGIE. – Passe au magasin demain matin à dix heures et on en parlera, d'accord ? On verra ce qu'on peut combiner.

RACHID. – Dix heures demain matin. J'y serai.

PAUL *(avec une petite tape dans le dos d'Auggie).* – Je vous revaudrai ça. N'oubliez pas.

48. INT. JOUR. L'APPARTEMENT DE PAUL

C'est le matin. Paul et Rachid sont assis à table, en train de prendre le petit déjeuner. Rachid porte un T-shirt rouge au dos orné du mot FIRE *en lettres blanches. On les surprend en pleine conversation.*

PAUL. – C'est en 1942, d'accord ? Et il est bloqué à Leningrad pendant le siège. Je te parle d'un des pires moments de l'histoire de l'humanité. Cinq cent mille personnes sont mortes en ce seul endroit, et voilà Bakhtine, terré dans un appartement et s'attendant à être tué n'importe quand. Il a du tabac en quantité, mais pas de papier à cigarettes. Alors il prend les pages d'un manuscrit auquel il travaille depuis dix ans et les déchire pour se rouler des cigarettes.

RACHID *(incrédule)*. – Son seul exemplaire ?

PAUL. – Son seul exemplaire. *(Un temps.)* Je veux dire, si tu crois que tu vas mourir, qu'est-ce qui est plus important, un bon livre ou une bonne clope ? Et donc, bouffée après bouffée, petit à petit il a fumé son livre.

RACHID *(il réfléchit, puis sourit)*. – Pas mal. T'as failli m'avoir pendant une seconde, mais non… aucun auteur ne ferait une chose pareille. *(Pause brève. Il regarde Paul.)* Pas vrai ?

PAUL *(amusé)*. – Tu ne me crois pas, hein ? *(Il se lèvede table et se dirige vers la bibliothèque.)* Attends, je vais te montrer. Ça se trouve dans ce livre.

Paul monte sur une chaise et tend le bras pour attraper un livre sur le rayon du dessus. Ce faisant, il aperçoit le sac en papier que Rachid a caché là à la séquence 15. Il le regarde, surpris, puis s'en saisit et le brandit en se tournant vers Rachid.

Qu'est-ce que c'est que ça ?

RACHID *(au supplice)*. – J'sais pas.

PAUL. – C'est à toi ?

RACHID. – Ouais, ça se pourrait.

PAUL *(il hausse les épaules, peu désireux d'en faire un foin).* – Tiens, attrape.

Paul lance le sac vers Rachid. Le sac se déchire au vol, et une pluie de billets de vingt, cinquante et cent dollars retombe du plafond. Paul est abasourdi. Rachid voit le monde s'écrouler sous ses yeux.

Fermeture au noir.

49. INT. JOUR. L'APPARTEMENT DE PAUL

Ouverture : quelques minutes plus tard. Paul et Rachid se sont rassis devant la table, et l'argent est rangé entre eux en piles bien ordonnées. A nouveau, on les surprend en pleine conversation.

PAUL. – Donc tu dis que ça ne s'est pas du tout passé comme ça.

RACHID. – Pas exactement. Je veux dire qu'y a eu autre chose que ce que je t'ai raconté.

PAUL. – Bon Dieu ! C'est pas seulement que tu les as vus. Ils ont laissé tomber le sac par terre et tu l'as ramassé.

RACHID. – Ouais, je l'ai ramassé.

PAUL. – Et t'as pris tes jambes à ton cou.

RACHID. – J'ai pris mes jambes à mon cou.

PAUL *(sarcastique).* – Riche idée.

RACHID. – Mais justement ! J'ai même pas eu l'idée. Je l'ai fait, c'est tout.

PAUL. – Tu as un sacré talent pour t'attirer des ennuis, dis donc ! *(Un temps, il désigne l'argent.)* Et alors, ça fait combien, tout ça ?

RACHID. – Six mille dollars. Cinq mille huit cent quatorze dollars, pour être précis.

PAUL *(il hoche la tête, tentant d'assimiler ce nouvel aspect de la situation).* – Donc tu as volé les voleurs, et maintenant les voleurs sont après toi.

RACHID. – C'est ça. Tout à fait.

PAUL. – Ouais, eh bien, tu dois être débile pour avoir fait ça. Si tu veux mon avis, tu dois rapporter cet argent au Putois. Tu le lui rapportes et tu lui dis que tu regrettes.

RACHID *(il fait non de la tête).* – Pas question. Il est pas question que je rende ce fric. C'est mon fric, maintenant.

PAUL. – Ça te fera une belle jambe, si le Putois te retrouve.

RACHID *(entêté).* – Ce fric, c'est tout mon avenir.

PAUL. – Continue comme ça et t'en auras pas, d'avenir. *(Un temps.)* Ce serait moche de mourir à dix-sept ans. C'est ça que tu veux ?

Gros plan du visage de Rachid. Fermeture au noir.

50. INT. JOUR. "THE BROOKLYN CIGAR CO."

Rachid passe la serpillière. Il termine, emporte son matériel dans le cagibi situé derrière la caisse et met la serpillière dans le seau posé sur l'évier. Il fait couler de l'eau pour la rincer. Sur le sol, juste à côté de l'évier, se trouvent deux cartons ouverts. On entrevoit leur contenu : des boîtes de Montecristo (des cigares cubains). L'envoi qu'Auggie attendait de Miami est arrivé.

Rachid referme le robinet, mais un mince filet d'eau continue de couler dans le seau. Rachid ne s'en aperçoit pas.

Rachid revient près du comptoir. Auggie est debout devant la porte, il s'apprête à sortir. Pour la première fois, il est rasé de près, bien peigné et vêtu avec recherche : veste de sport en tissu écossais rouge vif, pantalon blanc, etc. L'effet est étrange, comique.

AUGGIE. – Je reviens dans une heure environ. Tiens la caisse en attendant, d'accord ?

RACHID. – Bien sûr. A plus tard.

Auggie salue de la main et s'en va.

Le cagibi. Gros plan du seau dans l'évier. L'eau déborde et s'écoule sur les caisses de cigares cubains.

Le magasin. Assis derrière le comptoir, Rachid contemple une photo de femme nue dans la revue Penthouse.

Le cagibi. Gros plan de l'eau en train d'inonder les cigares cubains.

Le magasin. Gros plan de Rachid, bouche bée devant la photo. On l'entend gémir doucement.

RACHID *(en sourdine)*. – Petit Jésus, au secours !

Fondu.

La porte s'ouvre à grand bruit. Rachid ferme précipitamment le magazine et le fourre sous le comptoir. Auggie entre, suivi de deux hommes d'âge moyen vêtus de complets sombres à fines rayures : ses clients avocats, amateurs de cigares cubains.

AUGGIE *(aux avocats en train d'entrer. Il est manifestement tendu. Il se montre jovial, engageant)*. – C'est peut-être illégal, mais on voit pas bien où est le crime si y a pas de victime. Y a pas de mal, hein ?

PREMIER AVOCAT. – Ça devait faire le même effet d'entrer dans un speakeasy du temps de la prohibition.

SECOND AVOCAT. – Les plaisirs interdits, hein ?

AUGGIE *(à Rachid)*. – Du monde en mon absence ?

RACHID. – Un peu. Pas beaucoup.

AUGGIE *(aux avocats)*. – Par ici, messieurs. Retirons-nous dans mon bureau, voulez-vous ?

Il désigne le cagibi derrière le comptoir.

La caméra demeure fixée sur Rachid tandis qu'Auggie et les avocats disparaissent. Un instant plus tard, on entend Auggie exploser de rage.

AUGGIE *(off)*. – Qu'est-ce qui se passe ici, bordel ! Regardez-moi ça. C'est une inondation ! Nom de Dieu de bordel de merde ! Regardez-moi ça ! Regardez-moi cette saloperie !

51. INT. JOUR. L'APPARTEMENT DE PAUL

Gros plan du visage de Rachid, en larmes.

PAUL *(off)*. – Alors tu as perdu ton boulot. C'est ça que tu racontes ? Il t'a mis à la porte ?

RACHID *(qui peut à peine parler)*. – C'est plus compliqué que ça. Il y avait une raison.

PAUL *(off)*. – Eh bien ?

RACHID. – C'était pas ma faute.

PAUL *(off, irrité)*. – Si tu ne me dis pas ce qui s'est passé, comment veux-tu que je le sache ? Il me faut des faits, pas des opinions.

RACHID *(il s'efforce de parler et de ravaler ses larmes)*. – Le robinet coulait, tu vois… Je l'avais fermé, mais il coulait tout de même, et puis Auggie a dû sortir, et je suis allé dans le magasin… et ensuite… Eh bien, ensuite… quand Auggie est revenu… tout était inondé. Ses cigares cubains étaient foutus… Complètement trempés… juste quand il allait les vendre… à ces richards en complet…

Vue de Paul debout au milieu de la chambre, en train de regarder Rachid qui est assis sur le lit.

PAUL. – Des cigares cubains. Tu veux dire qu'il avait une combine en cours avec ces types-là ?

RACHID. – Sans doute. J'étais pas au courant.

PAUL. – Pas étonnant qu'il soit furieux.

RACHID. – Il y était de cinq mille dollars, qu'il disait… Il n'arrêtait pas de répéter ça… Cinq mille dollars aux chiottes… Il n'arrêtait pas… Cinq mille dollars, cinq mille dollars… Il avait l'air d'avoir pété les plombs à cause de ces cinq mille dollars.

Silence. Paul marche de long en large en réfléchissant. Il s'assied sur une chaise près de la table. Réfléchit encore.

PAUL. – Voilà ce que tu vas faire : tu vas ouvrir ton sac à dos, en sortir ton paquet de fric et compter cinq mille dollars, et tu les donneras à Auggie.

RACHID *(horrifié)*. – Qu'est-ce que tu racontes ? *(Un temps.)* T'es pas sérieux !

PAUL. – Je suis tout ce qu'il y a de plus sérieux. Tu as une dette à régler envers Auggie. Puisque tu ne veux pas rendre l'argent au Putois, tu peux t'en servir pour arranger les choses avec Auggie. C'est sans doute mieux de toute façon. Mieux vaut garder ses amis que s'inquiéter de ses ennemis.

RACHID *(avec obstination. Ses larmes ont recommencé à couler)*. – Je le ferai pas.

PAUL. – Oh, si, tu vas le faire. Tu as déconné, tu dois réparer les dégâts. C'est comme ça, gamin. Si tu ne le fais pas, je te fous à la porte. Tu entends ce que je te dis ? Si tu ne paies pas à Auggie ce que tu lui dois, je ne veux plus de toi ici.

RACHID. – Si je paie Auggie j'aurai plus rien. Huit cents dollars et un ticket pour Chiotteville.

PAUL. – T'en fais pas pour ça. Tu as des amis maintenant, tu sais ? Conduis-toi correctement, et tout le reste s'arrangera.

52. INT. NUIT. UN BAR A BROOKLYN

Auggie est assis au bar, seul, en train de fumer une cigarette en buvant une bière. Il a l'air écœuré : il marmonne tout seul, jure dans sa barbe. Les affaires sont calmes, le bar est presque vide.

Paul et Rachid entrent et s'approchent d'Auggie au bar. Rachid porte un sac en papier brun. Auggie leur fait signe de la tête de le suivre dans l'arrière-salle.

Dans l'arrière-salle, tous trois s'installent à une table. Long silence embarrassé.

PAUL. – Il est désolé, Auggie

AUGGIE *(les sourcils froncés, il joue avec les serviettes sur la table).* – Ouais, eh ben, moi aussi je suis désolé. *(Un temps.)* Il m'a fallu trois ans pour économiser ces cinq mille dollars, et maintenant je suis rétamé. Je peux à peine me payer cette bière. Sans parler de ma crédibilité qui est foutue. Vous comprenez ce que je vous dis ? Ma crédibilité. Alors, oui, je suis désolé, moi aussi. Jamais été plus désolé de toute ma putain de vie.

PAUL. – Il a quelque chose à te dire, Auggie.

AUGGIE. – S'il a quelque chose à me dire, pourquoi il me le dit pas lui-même ?

Sans un mot, Rachid prend le sac sur ses genoux et le pose sur la table devant Auggie. Celui-ci examine le sac d'un œil soupçonneux.

RACHID. – C'est pour vous.

AUGGIE. – Pour moi ? Et je suis censé faire quoi avec un sac en papier ?

RACHID. – Ouvrez-le.

AUGGIE *(il jette un coup d'œil au contenu du sac).* – C'est quoi ce truc, une blague ?

RACHID. – Non, c'est cinq mille dollars.

AUGGIE *(écœuré)*. – Chierie, j'en veux pas de ton pognon, petit branleur. *(Il regarde à nouveau dans le sac.)* Il est sans doute volé, de toute façon.

RACHID. – Qu'est-ce que ça peut vous faire, d'où il vient. Il est à vous.

AUGGIE. – Et pourquoi t'irais me donner de l'argent ?

RACHID. – Comme ça je peux ravoir mon boulot.

AUGGIE. – Ton boulot. Tu as là cinq mille dollars. Qu'est-ce que t'en as à foutre de ce petit boulot de merde ?

RACHID. – C'est pour les magazines X. Je peux mater toutes les femmes nues que je veux pour pas un rond.

AUGGIE. – T'es qu'une pauvre tache de petit connard, tu sais ça ?

Auggie pousse le sac vers Rachid. Sans une seconde d'hésitation, Rachid le repousse vers Auggie.

PAUL. – Faites pas l'imbécile, Auggie. Il essaie de réparer ses torts, vous voyez pas ?

AUGGIE *(il soupire, hoche la tête, jette encore un coup d'œil au contenu du sac)*. – Il est naze.

PAUL. – Non, pas lui. Vous.

AUGGIE *(il hausse les épaules, commence à sourire)*. – Vous avez raison. J'étais pas sûr que vous le saviez.

PAUL. – Ça se lit sur votre figure comme une enseigne au néon. Maintenant dites quelque chose à Rachid pour qu'il se sente mieux.

AUGGIE *(il regarde de nouveau dans le sac et sourit)*. – Va te faire foutre, petit.

RACHID *(il commence à sourire)*. – Allez vous faire foutre aussi, espèce de sale Blanc.

PAUL *(un temps. Il rit. Puis, frappant des mains sur la table)*. – Bon. Je suis content que ce soit réglé.

53. INT. JOUR. L'APPARTEMENT DE PAUL

Paul est seul, à sa table, en train de taper à la machine. Tout à coup, les touches s'embrouillent, se bloquent.

PAUL *(il tend les mains devant lui, doigts écartés, et s'adresse à eux).* – Attention, petits. Faites gaffe.

54. INT. JOUR. L'APPARTEMENT DE PAUL

Plusieurs heures plus tard. Comme précédemment : Paul seul devant sa table, en train de taper à la machine. On entend frapper violemment sur la porte. Paul continue d'écrire. Nouveau coup violent sur la porte. Paul soupire, se lève et sort de la pièce.

On voit Paul traverser l'autre pièce et ouvrir la porte. Deux Noirs sont debout sur le seuil. L'un des deux est grand et fort, il doit avoir dans les trente-cinq ans ; l'autre est petit, guère plus de vingt ans. Ce sont Charles Clemm (le Putois) et son acolyte, Roger Goodwin.

PUTOIS. – M. Benjamin, je suppose ?

Sans laisser à Paul le temps de répondre, le Putois et Goodwin entrent en le bousculant. Goodwin claque la porte derrière eux. Paul recule avec nervosité. Il se place près des fenêtres qui donnent sur la rue.

GOODWIN. – Z'avez un problème de sécurité, dans c't' immeuble, vous savez ? La porte, là, en bas, elle ferme pas.

PUTOIS. – C'est pas recommandé, ça, en ces temps troublés. On sait jamais quel genre de crapule pourrait monter de la rue.

PAUL *(nerveux).* – J'en parlerai au propriétaire dès demain.

GOODWIN. – C'est ça. Voudriez pas de mauvaises surprises, n'est-ce pas ?

PAUL *(en les dévisageant).* – Et à qui ai-je le plaisir de parler ?

PUTOIS. – Le plaisir ? *(Il rit.)* C'est pas vraiment le mot, petit malin. Je parlerais plutôt de bizness.

PAUL. – Peu importe. Je sais qui vous êtes, de toute façon. *(Un temps.)* Vous êtes le Putois, n'est-ce pas ?

PUTOIS *(indigné).* – Le quoi ?

GOODWIN *(brandissant un automatique calibre 45 et le pointant sur Paul).* – Personne appelle Charles comme ça en face. *(Il empoigne le bras de Paul et lui fait une clé.)* Compris ?

PAUL *(avec un grognement de douleur).* – Sûr, j'ai compris.

Avant que Goodwin ait pu faire preuve d'une réelle violence, le Putois l'écarte d'un geste. A ce moment, Paul regarde par la fenêtre.

En bas, dans la rue, on voit Rachid qui approche de l'immeuble.

Du point de vue de Rachid, on voit Paul, en haut, dos à la fenêtre, faisant des gestes de la main comme pour l'écarter, pour l'avertir du danger.

Vue du visage de Rachid, intrigué.

Du point de vue de Rachid, on aperçoit dans le cadre la tête du Putois.

Vue de Rachid, qui s'éloigne en courant dans la rue. Pendant que tout cela se passe, on entend ce qui suit :

PUTOIS *(off).* – J'vais t'espliquer quel est le bizness qui nous amène. On a besoin de ta coopération afin de localiser un certain individu. Nous savons qu'il a logé ici, nous n'accepterons pas de démenti, compris ?

PAUL. – Quel individu cherchez-vous ?

GOODWIN *(off)*. – Le petit Tommy Cole. Un petit gars de chez nous avec une cervelle comme un pois chiche.

PAUL *(off, essayant de gagner du temps)*. – Tommy Cole ? Jamais entendu ce nom.

Rachid a maintenant disparu. Vue du visage de Paul. Il jette un coup d'œil à la rue par-dessus son épaule.

La rue : on ne voit plus trace de Rachid.

La caméra revient à Paul, le Putois et Goodwin debout dans la chambre.

PUTOIS. – Je suis pas sûr que tu m'as bien entendu la première fois. Nous *savons* que ce gamin est venu ici.

PAUL. – Vous croyez sans doute savoir, mais vous êtes mal informés. Je n'ai jamais entendu parler d'un nommé Tommy Cole.

GOODWIN *(il se balade dans la pièce et remarque le carnet de croquis de Rachid sur la table basse)*. – Vise-moi ça, Charles. Notre cousin Tommy, il aime pas gribouiller ?

Il ramasse le carnet, le feuillette, puis se met à déchirer les dessins et à les jeter par terre.

PAUL. – Eh, qu'est-ce que vous foutez ?

Avant que Goodwin ne réponde, le Putois s'approche de Paul et, sans le moindre avertissement, lui décoche un violent direct à l'estomac. Paul se plie en deux de douleur et tombe sur le sol.

PUTOIS. – Alors comment ça va se passer, petit malin ? Tu coopères, ou on t'expédie à l'hôpital ?

GOODWIN *(tout en se dirigeant vers la bibliothèque, s'adresse à Paul par-dessus son épaule)*. – J'espère que t'as une bonne assurance, mec.

Goodwin se met soudain à empoigner des livres sur les rayonnages et à les lancer par terre.

55. EXT. JOUR. DEVANT "THE BROOKLYN CIGAR CO."

On voit Auggie, un bras posé sur les épaules de Jimmy Rose. Ils sont en pleine conversation. Auggie parle, Jimmy fait de son mieux pour le suivre : il regarde par terre en hochant la tête, se cure le nez discrètement. Pendant qu'ils bavardent, on voit Paul arriver dans la rue. Il boite ; il a la moitié de la figure bandée et un bras en écharpe.

AUGGIE. – Si c'est oui, c'est oui. Si c'est non, c'est non. Tu comprends ce que je te dis ? On ne sait jamais ce qui va pouvoir se passer, et du moment qu'on croit le savoir, c'est justement qu'on n'en sait foutre rien. Ça c'est ce qu'on appelle un paradoxe. Tu me suis ?

JIMMY. – Sûr, Auggie, je te suis. Quand on ne sait rien, c'est comme au paradis. Et ça je sais ce que c'est. C'est quand on est mort et qu'on va au ciel s'asseoir avec les anges.

AUGGIE *(comme il s'apprête à reprendre Jimmy, il aperçoit Paul qui arrive au coin de la rue).* – Dieu du ciel, dans quel état vous êtes !

PAUL *(haussant les épaules).* – Ça aurait pu être pire. Si les flics n'étaient pas arrivés, je ne serais sans doute plus sur pied.

AUGGIE. – Les flics ? Voulez dire qu'ils ont pincé ces ordures ?

PAUL. – Non. Les... euh... les frères Bobbsey se sont tirés dès qu'ils ont entendu les sirènes. Mais au moins ils ont cessé de jouer leur duo de marimbas sur mon crâne. *(Un temps. Il sourit.) Assaltus interruptus.*

AUGGIE *(tout en examinant les blessures de Paul).* – Sacré *bordelus* ! Ils vous en ont fait, un numéro !

PAUL. – Pour la première fois de ma vie j'ai réussi à la fermer. C'est quelque chose dont je pourrais me vanter, je suppose.

Jimmy, qui dévore Paul des yeux depuis son arrivée, lève doucement une main hésitante et touche le visage meurtri de Paul. Celui-ci grimace un peu.

JIMMY. – Ça fait mal ?

AUGGIE. – Bien sûr que ça fait mal. Ça ne se voit pas ?

JIMMY *(calmement).* – Je pensais qu'il faisait peut-être semblant.

PAUL *(à Auggie).* – Vous n'avez pas de nouvelles de Rachid ?

AUGGIE. – Pas la moindre.

PAUL. – J'ai parlé à sa tante il y a quelques jours, mais elle aussi est sans nouvelles. Ça devient un peu inquiétant.

AUGGIE. – Ça pourrait être bon signe, remarquez. Ça veut peut-être dire qu'il s'en est tiré.

PAUL. – Ou le contraire. *(Un temps.)* Aucun moyen de le savoir, n'est-ce pas ?

56. EXT. JOUR. UNE RUE DE BROOKLYN

Paul marche dans la rue, il rentre chez lui. Il remarque un jeune Noir, de dos, qui porte le même T-shirt rouge marqué FIRE *que celui de Rachid à la séquence 48. Paul s'excite et se hâte en boitant pour le rattraper. Lorsqu'il est à sa portée, il frappe sur l'épaule du jeune homme.*

JEUNE HOMME *(il se retourne brusquement comme s'il avait été attaqué. Avec colère).* – Qu'est-ce que tu me veux, connard ?

PAUL *(embarrassé).* – Excusez-moi. Je vous avais pris pour un autre.

JEUNE HOMME. – Je suis pas un autre, compris ? Tu peux aller te faire foutre par ton autre.

57. INT. FIN D'APRÈS-MIDI. L'APPARTEMENT DE PAUL

Paul, assis dans son fauteuil, continue à travailler à son livre à la main. L'appartement a été plus ou moins remis en état, mais il reste des traces de la visite du Putois : des bouts de meubles cassés, une pile de livres saccagés dans un coin, etc.

Au bout d'un moment, Paul se lève et va allumer la télévision. On entend les bruits de foule d'un match de base-ball et la voix du commentateur qui décrit l'action, mais il n'y a pas d'image : seulement une ligne blanche en travers de l'écran sombre. Paul marmonne dans sa barbe et frappe un grand coup sur le dessus de l'appareil. Une image apparaît : un match de base-ball en cours. Paul recule pour regarder. Aussitôt, l'image disparaît. On voit de nouveau la ligne blanche à travers l'écran sombre. Paul fait un pas en avant et frappe de nouveau sur l'appareil. Rien ne se passe. Il frappe encore, mais la ligne blanche demeure. La caméra se rapproche lentement ; gros plan de l'écran de télé. La caméra le traverse, passe dans l'obscurité. Au bout d'un moment, on entend cliqueter les touches du clavier. Le bruit de la machine à écrire résonne dans le vide.

58. EXT. FIN DE MATINÉE. LA PROMENADE DE BROOKLYN

Dimanche, fin de matinée, soleil éclatant. Avec à l'arrière-plan la silhouette du bas Manhattan, on voit sur la promenade la foule des week-ends d'été : des vieux lisant le journal sur les bancs, de jeunes couples avec leurs bébés, des filles en patins à roulettes, des garçons en skate-board, des clochardes, des vagabonds. La caméra se balade. A travers ce fouillis de gens et de couleurs, on aperçoit, vers la droite, le pont de Brooklyn qui dresse devant les immeubles du haut Manhattan la toile d'araignée de ses câbles ; à gauche, on voit le port de New York, le ferry de Staten Island, la statue de la Liberté. Auggie et Ruby longent la promenade, absorbés par leur conversation. Auggie est rasé de près, il a les cheveux plaqués en arrière et est vêtu de son pantalon blanc et d'une chemise hawaïenne rouge vif. Ruby porte des lunettes de soleil, un pantalon noir moulant et des talons aiguilles.

AUGGIE. – Alors tu laisses tomber et tu rentres chez toi ?

RUBY. – J'ai pas vraiment le choix, si ? C'est assez clair qu'elle veut pas de moi.

AUGGIE *(il réfléchit).* – Tout de même, tu ne peux pas juste faire une croix dessus.

RUBY. – Ah non ? Et qu'est-ce que je suis censée faire. Il n'y a plus de bébé maintenant, et si elle veut fiche sa vie en l'air, c'est elle que ça regarde.

AUGGIE. – C'est qu'une gamine. Elle aura tout le temps d'avoir des bébés. Quand elle sera adulte.

RUBY. – Rêve toujours, Auggie. Elle a de la chance si elle atteint son dix-neuvième anniversaire.

AUGGIE. – Pas si tu lui fais suivre une cure de désintox.

RUBY. – J'arriverais jamais à la convaincre. Et même si j'y arrivais, ces trucs-là coûtent de l'argent. Et ça justement j'en ai pas. Je suis complètement raide.

AUGGIE. – Non, pas vrai.

RUBY *(elle s'immobilise).* – Tu me traites de menteuse ? Je te dis que je suis raide. J'ai même pas d'assurance pour ma putain de voiture.

AUGGIE *(ignorant ce qu'elle vient de dire).* – Tu te souviens de cette opération commerciale dont je t'avais parlé ? Eh bien, ça a marché. Je suis plein aux as.

RUBY *(elle fait la moue).* – Tant mieux pour toi.

AUGGIE. – Non, tant mieux pour toi.

Il plonge la main dans sa poche, en tire une longue enveloppe blanche qu'il donne à Ruby.

RUBY. – Qu'est-ce que c'est ?

AUGGIE. – Ouvre-la, tu verras bien.

RUBY *(elle ouvre l'enveloppe, qui est pleine de billets de banque).* – Doux Jésus, Auggie, y en a de l'argent là-dedans !

AUGGIE. – Cinq mille dollars.

RUBY *(incrédule).* – Et tu me donnes ça, à moi ?

AUGGIE. – C'est à toi, ma jolie.

RUBY *(émue, au bord des larmes).* – Cadeau ?

AUGGIE. – Cadeau.

RUBY *(elle pleure vraiment, maintenant).* – Je peux pas y croire. Bon Dieu, je peux pas y croire. *(Un temps, elle reprend son souffle.)* Tu es un ange, Auggie. Un ange du ciel.

Elle tente de le prendre dans ses bras, mais Auggie s'esquive.

AUGGIE. – Lâche-moi avec tes conneries. Prends ce fric, Ruby. Mais chiale pas, tu veux ? Je supporte pas les gens qui pleurnichent.

RUBY. – Désolée, mon chou. J'y peux rien.

Ruby sort un mouchoir de son sac et se mouche à grand bruit. Auggie allume une cigarette. Après quelques instants, ils reprennent leur marche.

AUGGIE. – Y a juste un truc que je voudrais savoir.

RUBY *(qui s'est reprise).* – Tout ce que tu veux, Auggie. T'as qu'à demander.

Auggie s'arrête de marcher.

AUGGIE. – Félicité. *(Un temps.)* C'est pas ma fille, hein ?

Longue pause. Gros plan du visage de Ruby.

RUBY. – Je ne sais pas, Auggie. Peut-être que oui. Et d'un autre côté, peut-être que non. Mathématiquement, c'est du cinquante-cinquante. A toi de dire.

Gros plan du visage d'Auggie. Au bout d'un moment, il commence à sourire. Fermeture au noir.

59. EXT. JOUR. LA 7e AVENUE

Paul marche dans la foule, une enveloppe jaune sous le bras.

60. INT. JOUR. LA LIBRAIRIE

April est derrière le comptoir. Elle enregistre l'achat d'une cliente, une Indienne en sari.

Paul entre et s'approche du comptoir. Quand April relève la tête et le reconnaît, son visage s'éclaire – et exprime aussitôt de l'inquiétude à la vue des blessures et pansements de Paul. Elle oublie complètement sa cliente.

APRIL. – Dieu du ciel, qu'est-ce qui vous est arrivé ?

PAUL *(il hausse les épaules).* – Ça paraît pire que ce n'est. Je vais bien.

APRIL. – Qu'est-ce qui s'est passé ?

PAUL. – Je vous raconterai ça… *(Il regarde autour de lui.)* … mais pas ici.

APRIL *(un temps. Timidement).* – Ça fait un moment. Je pensais que, peut-être, vous feriez signe.

PAUL. – Oui, euh, j'ai été un peu hors circuit. *(Un temps.)* Comment va Melville ?

APRIL. – Ça y est presque. Une semaine, dix jours et j'aurai fini.

CLIENTE *(qui s'impatiente).* – Mademoiselle, vous me rendez la monnaie, s'il vous plaît ?

APRIL. – Oh, excusez-moi.

Elle lui tend sa monnaie.

CLIENTE. – *Et* mon livre.

APRIL. – Désolée.

Elle glisse le livre – Portrait d'une femme – *dans un sac et le donne à la cliente.*

La cliente sort, non sans jeter par-dessus l'épaule un regard désapprobateur à April et Paul.

PAUL *(il tend à April l'enveloppe jaune).* – Mon histoire est finie. J'ai pensé que vous pourriez avoir envie d'y jeter un œil.

APRIL *(elle prend l'enveloppe – et, au même instant, elle comprend la signification du geste de Paul. Elle sourit).* – J'aimerais beaucoup.

PAUL. – Bien. J'espère que ça vous plaira. Ça a été long à venir.

APRIL *(elle regarde sa montre).* – Je vais déjeuner dans dix minutes. Je peux vous offrir un hamburger ?

PAUL *(embarrassé).* – Euh… franchement, il vaudrait peut-être mieux que vous lisiez ça avant. Appelez-moi quand vous aurez fini, d'accord ?

APRIL *(déroutée, déçue, mais faisant bonne figure).* – D'accord. Je le lirai ce soir et je vous appelle demain. *(Elle soupèse l'enveloppe.)* Ça n'a pas l'air très long.

PAUL. – Quarante et une pages.

Un nouveau client – un jeune Blanc d'une vingtaine d'années – apparaît au comptoir avec un exemplaire de Sur la route. *Paul commence à s'en aller vers la porte.*

Vous n'oublierez pas d'appeler ?

APRIL. – Je n'oublierai pas. C'est promis.

61. INT. NUIT. L'APPARTEMENT DE PAUL

Le téléphone sonne – deux, trois, quatre fois – mais personne n'est là pour répondre.

62. INT. NUIT. "THE BROOKLYN CIGAR CO."

Vue du magasin désert. On entend un téléphone qui sonne dans le lointain.

63. INT. NUIT. L'APPARTEMENT D'AUGGIE

Auggie est seul, assis à sa table de cuisine, en train de sortir d'une enveloppe Kodak des photos récemment développées. L'album 1990 est ouvert devant lui sur la table. L'une après l'autre, Auggie fixe de petites étiquettes blanches au coin inférieur droit de chaque photo et inscrit soigneusement la date sur chaque étiquette avec un stylo : 30.7.90 ; 31.7.90 ; 1.8.90, etc. Ensuite, l'une après l'autre, il glisse chaque photo à sa place dans l'album. Il fume une cigarette, chantonne en sourdine, sirote un verre de bourbon. Il a une dégaine d'écumeur de plages : mal rasé, ébouriffé, torse nu, vêtu d'un short déformé.

Le téléphone sonne. Auggie n'est pas d'humeur à se laisser bousculer ; il glisse encore une photo à sa place, avale une gorgée de bourbon et puis, enfin, répond :

AUGGIE. – Bureau des disparitions. Sergent Fosdick. *(Un temps, il écoute.)* Eh bien, que je sois... Jeannot Lapin est vivant ! *(Un temps.)* Ouais, au poil. Pas de problème. *(Un temps.)* Danzinger Road. A Peekskill. *(Un temps.)* Comment veux-tu que je sache ? J'y peux rien, s'il ne répond pas au téléphone. *(Un temps.)* Alors c'est toi qui as appelé les flics, hein ? Bien joué. *(Un temps.)* Bien sûr, je le pense. Bien joué. Ça lui a sans doute sauvé la vie.

(Un temps.) Tu peux le dire. Moche. Tu lui dois beaucoup, petit frère. *(Un temps.)* J'ai du travail, tête de piaf – tu te rappelles ? *(Un temps.)* Non, non, samedi non plus. Dimanche. *(Un temps.)* Oui. Bien. D'accord. *(Il sourit.)* Ouais, et puis mon cul, aussi. *(Il écoute, sourit de nouveau.)* Toi aussi.

Il raccroche.

64. EXT. JOUR. LA RUE DE PAUL

Paul et Auggie marchent ensemble sur le trottoir. Paul porte le sac à dos de Rachid.

PAUL. – Alors, qu'est-ce qu'il a dit quand il a appelé ?

AUGGIE. – Pas grand-chose. Que ses chaussettes et ses calcifs étaient sales, et est-ce qu'on viendrait lui apporter ses affaires. *(Un temps.)* Ces chers petits, hein ? Ils croient toujours que tout leur est dû.

Auggie s'arrête devant une voiture garée au bord du trottoir : un coupé DeVille rouge, vieux de quinze ans.

PAUL *(impressionné).* – Sacrée bagnole, Auggie. D'où sort-elle ?

AUGGIE. – Elle est à Tommy. Ce con-là me devait un service.

Auggie déverrouille la portière côté passager, puis fait le tour de la voiture pour l'ouvrir de l'autre côté.

PAUL *(en ouvrant sa portière).* – Ce n'est pas très loin. Une heure, une heure et demie. On sera rentrés pour le dîner.

AUGGIE. – Y a intérêt. J'ai pas passé une nuit loin de Brooklyn en quatorze ans, et je vais pas changer mes habitudes. D'ailleurs, faut que je sois à mon coin à huit heures pile demain matin.

Tous deux montent dans la voiture. Auggie met le moteur en marche.

65. INT./EXT. JOUR. PEEKSKILL. LE GARAGE COLE

Rachid est occupé à peindre les murs de la pièce du haut. Celle-ci est métamorphosée depuis la dernière fois qu'on l'a vue. Elle est maintenant tout à fait vide, et propre comme un sou neuf. A chaque coup de brosse, la peinture blanche que Rachid applique sur les murs améliore encore son aspect. Rachid travaille avec soin, fier de ce qu'il a déjà accompli.

On entend soudain une voiture en bas. Rachid va à la fenêtre ouverte pour regarder dehors.

Du point de vue de Rachid : Cyrus, Doreen et Junior sont arrivés dans la Ford bleue. Ils en descendent. Doreen porte une glacière de camping. Cyrus ouvre la portière arrière et détache Junior de son siège.

RACHID *(off, dans un marmonnement effrayé).* – Oh, zut ! Qu'est-ce qu'ils foutent ici un dimanche ?

DOREEN *(elle salue Rachid d'un geste du bras).* – Salut, Paul. On a décidé de faire un piquenique. Tu nous rejoins ?

On voit Rachid à la fenêtre.

RACHID. – Euh, oui, bien sûr. *(Un temps.)* Deux minutes. Je descends dans deux minutes.

On voit Rachid dans la pièce du haut. Il s'accroupit, dépose la brosse dont il se servait sur la boîte de peinture ouverte et commence à se frotter les mains avec un chiffon quand, tout à coup, on entend une autre voiture en bas. Rachid se redresse pour regarder.

Du point de vue de Rachid : le coupé DeVille rouge arrive péniblement à la station avec un pneu plat. La voiture s'arrête. Paul et Auggie en descendent.

Gros plan de Rachid qui regarde par la fenêtre. Son visage exprime la panique.

RACHID. – Catastrophe !

Il se rue vers la porte dans l'espoir d'arriver en bas près de Paul et Auggie avant que Cyrus ne leur parle. Dans sa hâte, il renverse le pot de peinture.

La scène s'achève avec un gros plan de la peinture blanche en train de s'étaler sur le plancher de bois nu.

66. EXT. JOUR. DEVANT LE GARAGE COLE

Vue de Cyrus, Doreen et Junior près de la table de pique-nique, sur laquelle ils sont en train de déballer leurs provisions. La caméra passe de Cyrus – qui commence à marcher vers Paul et Auggie – à ces derniers, debout à côté des pompes à essence. Paul et Auggie regardent en direction du bureau et se mettent à sourire. A l'instant précis où Cyrus arrive près d'eux, Rachid entre dans le cadre, essoufflé par sa descente précipitée.

PAUL. – Salut, toi.

RACHID *(choqué à la vue des blessures et des pansements de Paul).* – Hou là ! Qu'est-ce qu'ils t'ont mis, les cons !

PAUL. – Documentation. La scène figurera dans mon récit. *(Un temps.)* Grâce à quoi les frais médicaux sont cent pour cent déductibles de mes impôts.

AUGGIE *(sous cape).* – Fais avaler celle-là au contrôleur !

CYRUS *(qui a assisté à cet échange d'un air ahuri. A Rachid).* – Tu connais ces gens ? Je pensais qu'on avait des clients.

AUGGIE. – Ouais, il nous connaît. Mais vous avez aussi des clients. *(Pivotant sur lui-même, il donne un coup de pied à la voiture.)* Cet idiot de Tommy. Comptez sur lui pour se balader avec des pneus lisses.

PAUL. – On est venus livrer un peu de linge propre.

RACHID *(à Cyrus)*. – C'est tout bon. Je les connais vraiment.

CYRUS *(encore interdit, mais voulant se montrer amical)*. – Je suis le propriétaire. Cyrus Cole.

Il tend la main droite à Auggie.

AUGGIE *(serre la main à Cyrus)*. – Auguste Wren.

Cyrus tend la main droite à Paul.

PAUL *(serrant la main à Cyrus)*. – Paul Benjamin.

Gros plan du visage de Rachid. Le ciel vient de lui tomber sur la tête.

CYRUS *(plus abasourdi que jamais. Il se tourne vers Rachid)*. – Ça c'est drôle. Il a le même nom que toi.

RACHID *(paniqué)*. – Ben, toi et Junior aussi vous avez aussi le même nom !

CYRUS. – Oui, mais c'est mon fils. Rien d'étonnant à ça. C'est ma chair et mon sang. Mais toi tu as le même nom que ce type-là, et vous n'êtes pas de la même *couleur* !

RACHID *(improvisant)*. – C'est comme ça qu'on se connaît. On est membres du Club international des homonymes. Crois-le ou non, y a huit cent quarante-six Paul Benjamin en Amérique. Mais deux seulement dans la zone métropolitaine de New York. C'est comme ça que Paul et moi on est devenus si bons amis. On est les seuls à se rendre aux réunions.

AUGGIE *(écœuré)*. – Tu débloques, petit. Pourquoi tu dis pas la vérité ? Dis à ce type qui tu es.

Mue par la curiosité, Doreen est venue rejoindre les quatre hommes. Elle porte Junior dans ses bras.

CYRUS *(se tournant vers Paul)*. – Qu'est-ce que c'est que ce cirque ?

PAUL *(hausse les épaules, désigne Rachid)*. – Feriez mieux de lui demander.

AUGGIE. – Allez, Rachid, mon gars, dis-lui.

DOREEN *(d'une voix forte)*. – *Rachid* ?

PAUL *(à Doreen)*. – Parfois. C'est ce qu'on appelle un *nom de guerre*.

CYRUS *(qui comprend de moins en moins)*. – Mais de quoi est-ce qu'on parle ?

AUGGIE *(à Rachid)*. – Courage. Dis-lui ton vrai nom. Celui qui est sur ton extrait de naissance.

Gros plan du visage de Rachid. Sa lèvre inférieure tremble, des larmes se forment dans ses yeux.

RACHID *(presque inaudible)*. – Thomas.

CYRUS. – Paul. Rachid. Thomas. C'est quoi, à la fin ?

RACHID. – Thomas.

AUGGIE *(impatient)*. – Allez, allez, espèce de foie blanc. Ton nom entier. Prénom *et* nom de famille.

RACHID *(qui essaie de gagner du temps. Des larmes commencent à lui couler sur les joues)*. – Quelle différence ça peut faire ?

PAUL. – Si ça ne fait aucune différence, pourquoi tu le dis pas ?

RACHID *(à Paul, d'une voix brisée)*. – J'allais lui dire... mais le moment venu. Le moment venu...

AUGGIE. – Rien de tel que le moment présent, bonhomme.

CYRUS *(à Rachid)*. – Eh bien ?

RACHID *(clignant des yeux sur ses larmes. Il regarde Cyrus)*. – Thomas Cole. Je m'appelle Thomas Jefferson Cole.

CYRUS *(foudroyé)*. – Tu te fous de moi ? On se fout pas de moi ! Tu m'entends ? Je laisserai aucun petit voyou venir ici se foutre de moi !

DOREEN *(inquiète).* – Cyrus !

JUNIOR *(tendant les bras à Cyrus).* – Papa.

RACHID *(plus ferme).* – Que ça te plaise ou non, Cyrus, c'est mon nom. Cole. Juste comme toi.

PAUL *(à Cyrus).* – Maintenant demandez-lui qui était sa mère.

CYRUS *(hors de lui).* – J'aime pas ça. J'aime pas ça du tout.

RACHID. – Louisa Vail. Tu t'en souviens, Cyrus ?

CYRUS. – Tu vas te taire ? Tu vas te taire maintenant ?

Incapable de maîtriser sa fureur, Cyrus frappe violemment Rachid au visage. Rachid tombe.

AUGGIE *(inquiet).* – Eh, arrêtez !

Auggie prend un bon élan et frappe Cyrus sur la bouche. Doreen, en voyant son mari attaqué, envoie à Auggie un coup de pied rapide dans les tibias. Auggie pousse un hurlement et se met à sauter sur place.

DOREEN *(à Auggie).* – Pas de ça. Ça se passera pas comme ça chez moi, espèce de sale merdeux.

Doreen pose Junior par terre. Aussitôt, le petit garçon se précipite vers Paul et frappe avec énergie son bras blessé. Avec un cri de douleur, Paul s'effondre. La scène dégénère rapidement, devient chaotique.

Pendant ce temps, Rachid s'est remis sur ses pieds. Il repère Cyrus, se rue sur lui et le fait tomber. Ils roulent ensemble sur le macadam en luttant de toutes leurs forces. Au bout d'un moment, il semble que Cyrus prenne le dessus. Auggie tente de les séparer, mais sans résultat.

DOREEN *(tambourinant à coups de poing sur le dos de Cyrus).* – Arrête ! Arrête ! Tu vas le tuer, Cyrus !

Les cris perçants de Doreen font momentanément cesser le combat. Cyrus lâche Rachid et se lève. Rachid se lève à son tour. Mais entre eux la haine ne s'est pas apaisée. Cyrus brandit son crochet.

Doreen hurle.

C'est ton fils, nom de Dieu ! C'est ton fils ! Tu veux tuer ton fils ?

Brusquement, Cyrus cède. Il abaisse le bras et se cache le visage de la main droite. Après un instant, il fond en larmes. Ses sanglots sont terribles à entendre : une détresse pure, animale. Il titube, puis tombe à genoux, incapable de contenir ses larmes.

Vue de Rachid : il reste planté, immobile, à regarder Cyrus. Il laisse aller ses bras à ses côtés, desserre les poings. Les larmes ruissellent sur ses joues ; il respire fort. Gros plan de son visage.

Fermeture au noir.

67. EXT. JOUR. LA TABLE DE PIQUE-NIQUE A CÔTÉ DU GARAGE

Un peu plus tard. Plan général Tous les participants à la séquence précédente sont installés à la table de pique-nique, en train de déjeuner : poulet rôti, limonade, chips, etc. L'image fait l'effet d'un tableau vivant.

Doreen est assise à côté de Cyrus. Rachid tient Junior dans ses bras et le berce doucement tandis que l'enfant, les yeux fermés, boit du lait au biberon. Auggie et Paul sont assis l'un à côté de l'autre, ils mangent du poulet en écoutant Doreen (qui est la seule à avoir l'énergie de parler). Cyrus a l'air sombre, vaincu. De temps à autre, il lance un coup d'œil à Rachid. Celui-ci fait semblant de l'ignorer et garde les yeux fixés sur Junior endormi.

Au début on n'entend rien. Ensuite la caméra se rapproche et on commence à distinguer ce que raconte Doreen. Pendant qu'elle parle, on voit Paul plonger la main dans sa poche et en sortir une boîte de petits cigares. Il se penche en avant pour en offrir un à Cyrus, mais Cyrus va dans sa poche à lui et offre à Paul un gros cigare. Paul accepte et l'allume. Cyrus en allume alors un pour lui-même.

DOREEN. – … n'était peut-être pas le meilleur des investissements, mais ça ne coûtait pas cher, et si Cyrus y met un coup, on pourra en vivre. Cet homme-là s'y connaît en voitures, ça je peux vous le dire, mais le problème c'est que cette route est trop loin des voies de grande circulation. Depuis qu'on a créé ce centre commercial, il n'y a plus beaucoup de passage par ici. Mais on prend le meilleur avec le pire, pas vrai ? On fait de son mieux, et on espère que ça va marcher…

Musique.

68. ÉCRAN NOIR.

La musique continue. Après quelques instants, on voit apparaître sur l'écran les mots : TROIS MOIS PLUS TARD.

69. EXT. JOUR. LE MÉTRO AÉRIEN, A BROOKLYN

La musique continue. On voit le métro aérien avancer sur ses rails comme un serpent dans la lumière pâle de novembre.

70. INT. JOUR. "THE BROOKLYN CIGAR CO."

Auggie est derrière le comptoir, en chemise de flanelle. Les trois parieurs sont là aussi, comme à la scène 2. Jimmy entre dans le magasin et dépose un sac en papier sur le comptoir devant Auggie, après quoi il contourne le comptoir et va s'asseoir à côté de lui. Il observe sa montre avec attention. Auggie sort du sac un gobelet de café. Il ôte le couvercle, et un nuage de vapeur en sort. Pendant ce temps, les trois hommes discutent.

TOMMY. – Bien sûr qu'on va avoir la guerre. Tu crois qu'ils enverraient cinq cent mille types là-bas juste pour glander au soleil ? Je veux dire que le sable, y en a plein, mais y a pas tellement d'eau. Un demi-million de soldats. C'est pas des vacances à la plage, je peux te l'assurer.

JERRY. – Je sais pas, Tommy. Qui c'est qui va se prendre la tête au sujet du Koweït ? J'ai lu quelque chose à propos de leur grand cheikh, là-bas. Il se marie avec une pucelle chaque vendredi et puis il divorce le lundi. Tu crois qu'on envoie nos petits gars se faire tuer pour un type comme ça ? Belle manière de défendre les valeurs américaines, hein, Tommy ?

TOMMY. – Pouvez rigoler. Je vous dis qu'on va avoir la guerre. Avec la Russie qui tombe en morceaux, ces connards du Pentagone seront au chômage s'ils ne se trouvent pas un autre ennemi. Ils ont ce Saddam maintenant, et ils vont mettre le paquet contre lui. C'est moi qui vous le dis.

Paul entre dans le magasin, en blouson de cuir, avec une écharpe. Les trois hommes arrêtent de parler et le regardent s'approcher du comptoir.

AUGGIE. – Salut, Paul, comment ça va ?

PAUL. – Salut, Auggie.

Sans attendre que Paul le lui demande, Auggie se retourne, sort de l'armoire à cigares deux boîtes de Schimmelpenninck et les pose sur le comptoir.

AUGGIE. – Deux, c'est ça ?

PAUL. – Euh, vaut mieux ne m'en mettre qu'une.

AUGGIE. – D'habitude, t'en prends deux.

PAUL. – Ouais, je sais, mais j'essaie de diminuer. *(Un temps.)* On se préoccupe de ma santé.

AUGGIE *(levant les sourcils, malicieux).* – Ah ! ah !

Paul hausse les épaules, embarrassé, puis se met à sourire chaleureusement.

Et comment marche le boulot ces jours-ci, maestro ?

PAUL *(souriant encore. Distrait).* – Bien. *(Un temps. Il se reprend en main.)* Du moins jusqu'il y a quelques jours. Un gars du *New York Times* m'a appelé pour me demander d'écrire un conte de Noël. Ils veulent le publier le jour de Noël.

AUGGIE. – Une plume à ton chapeau, camarade. Le journal de référence !

PAUL. – Ouais, super. Le problème, c'est que j'ai quatre jours pour trouver quelque chose, et que je n'ai pas la moindre idée. *(Un temps.)* Tu t'y connais, toi, en contes de Noël ?

AUGGIE *(fanfaron).* – En contes de Noël ? Bien sûr, j'en connais des masses.

PAUL. – Quelque chose de bien ?

AUGGIE. – De bien ? Evidemment. Tu rigoles ? *(Un temps.)* Tu sais quoi ? Invite-moi à déjeuner, camarade, et je te raconterai la plus belle histoire de Noël que t'as jamais entendue. D'accord ? Et je te garantis qu'elle est vraie mot pour mot.

PAUL *(souriant).* – Pas besoin qu'elle soit vraie. Du moment qu'elle est belle.

AUGGIE *(il se tourne vers Jimmy).* – Occupe-toi de la caisse pendant que je suis parti, Jimmy.

Il commence à se dégager de derrière le comptoir.

JIMMY. – Tu veux que je m'en occupe, Auggie ? T'es sûr que tu veux que je m'en occupe ?

AUGGIE. – Sûr que je suis sûr. Rappelle-toi bien ce que je t'ai appris. Et ne te laisse emmerder par aucun de ces bavards. *(Geste en direction des parieurs.)* Si tu as un problème, viens me trouver. Je serai un peu plus loin, chez Jack. *(A Paul :)* Ça te va, Jack ?

PAUL. – Ça me va.

71. INT. JOUR. LE RESTAURANT DE JACK

Un bar à sandwichs casher, achalandé et bruyant, avec des photos de sportifs sur les murs : d'anciennes équipes des Dodgers de Brooklyn, les Mets en 1969, un portrait de Jackie Robinson. Attablés dans le fond, Paul et Auggie étudient le menu.

PAUL *(refermant le menu).* – Faut que j'aille pisser. Si le garçon vient, commande-moi un corned-beef au pain de seigle et un ginger ale, OK ?

AUGGIE. – C'est comme si c'était fait.

Paul se lève pour aller aux toilettes. Resté seul, Auggie jette un coup d'œil à la chaise vide à côté de lui et remarque un exemplaire du New York Post. *Le journal est ouvert à une page où un gros titre annonce :* FUSILLADE A BROOKLYN. *Auggie se penche pour voir ça de plus près. Gros plan de l'article : photographies de Charles Clemm (le Putois) et de Robert Goodwin, avec leurs noms. En sous-titre :* MORT DES CAMBRIOLEURS D'UNE BIJOUTERIE. *Pendant qu'Auggie est plongé dans la lecture de l'article, le garçon arrive pour prendre sa commande. C'est un type entre deux âges, rond, chauve, l'air las.*

LE GARÇON *(off).* – Qu'est-ce que ce sera, Auggie ?

AUGGIE *(il relève la tête).* – Euh… *(Il désigne la place vide de Paul.)* Mon copain, là, il voudrait un corned-beef pain de seigle et un ginger ale.

On voit le garçon, carnet et crayon à la main.

LE GARÇON. – Et pour toi, ce sera quoi ?

AUGGIE *(qui s'est replongé dans sa lecture, se souvenant soudain de la présence du garçon).* – Hein ?

LE GARÇON. – Pour toi, ce sera quoi ?

AUGGIE. – Pour moi ? *(Un temps.)* Je prendrai la même chose.

Il se remet à lire.

LE GARÇON. – Fais-moi plaisir, tu veux ?

AUGGIE *(relevant la tête).* – Quoi donc, Sol ?

LE GARÇON. – La prochaine fois que tu veux deux sandwichs corned-beef, tu dis "deux sandwichs corned-beef". Si tu veux deux ginger ales, tu dis "deux ginger ales".

AUGGIE. – Qu'est-ce que ça change ?

LE GARÇON. – C'est plus simple, voilà tout. Ça fait gagner du temps.

AUGGIE *(décontenancé ; pour faire plaisir au garçon).* – Oh ! Bien sûr, Sol. Puisque tu le demandes. Au lieu de dire "un sandwich corned-beef" et puis "un autre sandwich corned-beef", je dirai "deux sandwichs corned-beef".

LE GARÇON *(impassible).* – Merci. Je savais que tu comprendrais.

Le garçon s'éloigne. Auggie se replonge dans l'article. Paul arrive et se rassied en face d'Auggie.

PAUL *(il s'installe).* – Bon. On est prêts ?

AUGGIE. – Prêts. Quand tu voudras.

PAUL. – Je suis tout oreilles.

AUGGIE *(un temps. Il réfléchit).* – Tu te souviens que tu m'as un jour demandé comment je m'étais mis à faire des photos ? Eh bien, je vais te raconter comment j'ai eu mon premier appareil. En fait, c'est le seul appareil que j'aie jamais eu. Tu me suis, jusqu'ici ?

PAUL. – Mot pour mot.

AUGGIE *(gros plan de son visage).* – Bon. *(Un temps.)* Je vais donc te raconter comment ça s'est passé. *(Un temps.)* Bon. *(Un temps.)* C'était pendant l'été soixante-seize, l'époque où je commençais à travailler pour Vinnie. L'été du Bicentenaire. *(Un temps.)* Un jeune s'est amené un matin, et il s'est mis à voler des trucs dans la boutique. Il s'était planté devant le rayon des livres de poche, près de la vitrine, et il se fourrait des revues X sous sa chemise. Y avait foule près du comptoir, à ce moment-là, et je ne l'ai pas vu tout de suite…

Fondu du visage d'Auggie à celui de Paul. Les séquences suivantes se déroulent en noir et blanc : on y voit Auggie en train de vivre les événements qu'il décrit à Paul. La scène reproduit exactement les incidents montrés aux séquences 2 et 3, avec une différence : le voleur est à présent Roger Goodwin, l'homme qui a rossé Paul à la séquence 54, celui-là même dont Auggie vient de voir la photo dans le journal. L'action se déroule en silence, accompagnée par le récit d'Auggie :

(Off.) Mais quand j'ai remarqué son manège, je me suis mis à crier. Il a détalé comme un lapin, et le temps que je réussisse à m'extraire de derrière le comptoir, il cavalait déjà dans la 7e avenue. Je lui ai filé le train pendant un petit moment, et puis j'ai renoncé. Il avait laissé tomber quelque chose, et comme je n'avais plus envie de courir, je me suis penché pour voir ce que c'était.

On voit Auggie poursuivre le garçon, renoncer, se pencher et ramasser un portefeuille. Il retourne au magasin.

(Off.) Il se trouve que c'était son portefeuille. Y avait pas d'argent dedans, mais son permis de conduire y était, ainsi que trois ou quatre photos. Je suppose que j'aurais pu appeler les flics et le faire arrêter. J'avais son nom et son adresse sur le permis, mais il

me faisait un peu pitié. C'était qu'un petit voyou minable, et après que j'avais regardé les photos qu'étaient là-dedans, j'avais plus trop le cœur de lui en vouloir…

On voit Auggie qui regarde les photos. Gros plan des photos.

(Off.) Roger Goodwin. Comme ça qu'il s'appelait. Sur une des photos, je me souviens, il était debout à côté de sa mère. Sur une autre, il brandissait je ne sais quel trophée scolaire avec un sourire comme s'il venait de gagner au loto. J'avais tout simplement pas le cœur. Un pauvre gosse de Brooklyn qu'avait jamais eu grand-chose, et qui aurait fait un foin pour trois revues cochonnes de toute façon ?

Retour au restaurant (image couleur). Le garçon arrive à leur table avec la commande.

LE GARÇON. – Et voilà, messieurs. Deux sandwichs corned-beef. Deux ginger ales. Soyons brefs. Soyons simples.

Il s'en va.

PAUL *(tout en mettant de la moutarde sur son sandwich)*. – Et alors ?

AUGGIE *(il boit une gorgée)*. – Alors j'ai gardé le portefeuille. Régulièrement, une petite envie me prenait de le lui renvoyer, mais je remettais ça à plus tard et j'en ai jamais rien fait. *(Il met de la moutarde sur son sandwich.)* Et puis voilà Noël qui arrive et je suis là en plan, sans rien à faire. Vinnie devait m'inviter chez lui, mais sa mère est tombée malade et sa femme et lui ont dû partir en Floride à la dernière minute. *(Il mord dans son sandwich, mastique.)* Alors je me retrouve chez moi, ce matin-là, en train de m'apitoyer sur mon sort, et je vois le portefeuille de Roger Goodwin sur une étagère de la cuisine. Je me dis, après tout, pourquoi pas faire un truc sympa pour une fois, alors je mets mon manteau et je m'en vais rapporter le portefeuille.

Retour au noir et blanc : un grand ensemble, à Boerum Hill. Auggie erre seul entre les immeubles, tout ramassé contre le froid. En même temps, on entend :

(Off.) L'adresse était quelque part à Boerum Hill, dans un des grands ensembles. Il gelait dur ce jour-là, et je me souviens que je me suis perdu plusieurs fois avant de trouver le bon immeuble. Ils sont tous pareils dans ces ensembles, et on repasse tout le temps au même endroit en croyant qu'on se trouve ailleurs. Quoi qu'il en soit, j'ai fini par arriver à l'appartement que je cherchais et j'ai sonné…

On voit Auggie qui marche dans un corridor aux murs de parpaings couverts de graffitis. Il s'arrête devant une porte et appuie sur la sonnette.

(Off.) Pas de réponse. J'en conclus qu'y a personne, mais j'essaie encore un coup pour plus de sûreté. J'attends encore un peu, et juste au moment où je vais renoncer, j'entends des pas traînants derrière la porte. Une voix de vieille femme demande "Qui est là ?" et je réponds que je cherche Roger Goodwin. "C'est toi, Roger ?" demande la vieille, et puis elle tourne une quinzaine de verrous et elle ouvre la porte.

Vue d'une très vieille femme noire, mamie Ethel, en train d'ouvrir la porte. Un sourire ravi illumine son visage. La scène se déroule en silence, mais on voit Auggie et mamie Ethel prononcer les mots du dialogue qu'Auggie rapporte à Paul :

(Off.) Elle doit avoir au moins quatre-vingts ans, peut-être quatre-vingt-dix, et la première chose que je remarque, c'est qu'elle est aveugle. "Je savais que tu viendrais, Roger, qu'elle dit. Je savais que tu n'oublierais pas ta mamie Ethel le jour de Noël." Et elle ouvre grands les bras comme pour m'embrasser.

Auggie hésite un instant. Tandis qu'il raconte le fragment suivant de l'histoire, on le voit céder, ouvrir les bras et étreindre mamie Ethel. L'étreinte est ensuite répétée légèrement au ralenti ; et puis plus lentement ; et puis encore plus lentement ; enfin si lentement qu'on dirait une suite d'images fixes.

(Off.) J'avais pas le temps de réfléchir, tu comprends. Il fallait que je dise quelque chose et vite, et avant de savoir ce que je faisais, j'ai entendu ces mots qui me sortaient de la bouche : "Eh oui, mamie Ethel, je disais, je suis revenu te voir pour Noël." Ne me demande pas pourquoi j'ai fait ça. Je n'en ai pas la moindre idée. Ça s'est fait comme ça, c'est tout, d'un coup cette vieille femme qui me serrait dans ses bras sur le pas de sa porte et moi qui la serrais dans les miens. C'était comme un jeu qu'on serait tous les deux convenus de jouer – sans avoir à en discuter les règles. Je veux dire que cette vieille savait que j'étais pas son petit-fils. Elle était âgée et un peu gaga, mais pas au point de pas savoir la différence entre un étranger et un membre de sa famille. Elle était heureuse de faire semblant, et puisque je n'avais de toute façon rien de mieux à faire, j'étais heureux de lui emboîter le pas.

Auggie et mamie Ethel entrent dans l'appartement et s'installent au salon dans des fauteuils. On les voit parler et rire, cependant qu'on entend :

(Off.) On est donc entrés chez elle et on a passé la journée ensemble. Chaque fois qu'elle me demandait comment ça marchait pour moi, je lui mentais. Je lui ai raconté que j'avais un bon boulot chez un marchand de cigares, je lui ai raconté que j'allais me marier, je lui ai raconté cent belles histoires, et elle faisait comme si elle en croyait chaque mot. "C'est bien, ça, Roger, qu'elle disait en hochant la tête et en souriant. J'ai toujours su que les choses s'arrangeraient pour toi.

La caméra parcourt lentement l'appartement de mamie Ethel, s'attardant par instants sur différents objets. Entre autres, on voit des portraits de Martin Luther King Jr, de John F. Kennedy, des photos de famille, des boules de laine, des aiguilles à tricoter. Quand ce tour d'horizon est terminé, on voit Auggie rentrer dans l'appartement, vêtu de son manteau et chargé d'un grand sac de provisions. Comme décrit dans la narration simultanée :

(Off.) Au bout d'un moment, j'ai commencé à avoir faim. Il ne semblait pas y avoir grand-chose à manger dans la maison, alors je suis allé dans un magasin du quartier et j'ai ramené des tas de trucs. Un poulet rôti, du potage aux légumes, un pot de salade de pommes de terre, toutes sortes de choses. Ethel avait quelques bouteilles de vin cachées dans sa chambre, et on s'est donc débrouillés à nous deux pour nous offrir un repas de Noël très convenable…

Auggie et mamie Ethel, attablés dans la salle à manger, mangent, boivent, bavardent.

(Off.) On était tous les deux un peu pompettes, je me souviens, et après le repas on est allés s'asseoir dans le salon où les sièges étaient plus confortables…

Auggie soutient mamie Ethel en la tenant par le bras et l'aide à s'installer dans un fauteuil. Ensuite il sort du salon et se dirige vers la salle de bains.

(Off.) J'avais besoin de pisser, alors je me suis excusé et je suis allé à la salle de bains. C'est là que l'affaire s'est corsée. C'était assez dingue, déjà, mon petit numéro de petit-fils d'Ethel, mais ce que j'ai fait ensuite était de la folie pure, et je ne me le suis jamais pardonné…

Auggie est dans la salle de bains, en train de pisser ; on voit les boîtes contenant les appareils, telles qu'il les décrit :

(Off.) En entrant dans la salle de bains, j'aperçois contre le mur, près de la douche, une pile de six

ou sept appareils photo. Flambant neufs, des trente-cinq millimètres, encore dans leurs boîtes. Je me dis ça c'est le travail du vrai Roger, une planque pour le butin d'un de ses derniers coups. J'ai jamais pris une photo de ma vie, et sûr que j'ai jamais rien volé, mais à l'instant où je vois ces appareils entassés dans la salle de bains, je décide que j'en veux un pour moi. Juste comme ça. Et sans un instant d'hésitation, je me fourre une des boîtes sous le bras avant de retourner au salon…

Auggie revient au salon avec l'appareil photo. Dans son fauteuil, mamie Ethel est profondément endormie. Auggie pose l'appareil, débarrasse la table et va à la cuisine faire la vaisselle.

(Off.) Je peux pas avoir été parti plus de trois minutes, mais pendant ce temps mamie Ethel s'était endormie. Trop de chianti, je suppose. Je suis allé à la cuisine faire la vaisselle, et elle a dormi malgré tout ce raffut en ronflant comme un bébé. Je ne voyais pas l'intérêt de la déranger et j'ai décidé de partir. Je pouvais même pas lui écrire un mot d'adieu, puisqu'elle était aveugle, alors je suis simplement parti. J'ai déposé le portefeuille de son petit-fils sur la table, j'ai ramassé l'appareil photo, et je suis sorti de l'appartement.

On voit Auggie, penché sur mamie Ethel endormie ; il décide de ne pas la réveiller. On le voit poser le portefeuille sur la table et prendre l'appareil photo, sortir de l'appartement. On voit la porte qui se ferme.

(Off.) Et voilà, l'histoire est finie.

La caméra revient sur le visage de Paul. Paul et Auggie sont attablés, ils terminent leurs sandwichs.

PAUL. – T'es jamais retourné la voir ?

AUGGIE. – Une fois, trois ou quatre mois plus tard environ. Je me sentais si dégueulasse d'avoir volé cet appareil que je m'en étais même pas servi. J'ai fini par me résoudre à le rapporter, mais mamie

Ethel n'habitait plus là. Quelqu'un d'autre occupait l'appartement, et il a pas pu me dire où elle était.

PAUL. – Elle est morte, sans doute.

AUGGIE. – Ouais, sans doute.

PAUL. – Ce qui signifie qu'elle a passé son dernier Noël avec toi.

AUGGIE. – Sans doute. J'avais jamais vu ça comme ça.

PAUL. – C'était une bonne action, Auggie. C'était bien, ce que tu as fait pour elle.

AUGGIE. – Je lui ai menti, et puis je l'ai volée. Je vois pas comment tu peux appeler ça une bonne action.

PAUL. – Tu l'as rendue heureuse. Et de toute façon, c'était un appareil volé. Ce n'est pas comme si tu l'avais pris à son vrai propriétaire.

AUGGIE. – Tout pour l'art, hein, Paul ?

PAUL. – Je ne dirais pas ça. Mais au moins tu as fait bon usage de cet appareil.

AUGGIE. – Et maintenant tu l'as, ton conte de Noël, non ?

PAUL *(un temps. Il réfléchit).* – Oui, je pense bien que oui.

Paul regarde Auggie. Un sourire malicieux envahit le visage d'Auggie. L'expression de ses yeux est si mystérieuse, comme teintée par le reflet d'une jubilation secrète, que Paul est soudain frappé par l'idée qu'il a tout inventé. A l'instant où il va demander à Auggie s'il l'a mené en bateau, il y renonce, se rendant compte qu'Auggie ne le lui dira jamais. Paul sourit.

Débloquer demande un grand talent, Auggie. Pour inventer une bonne histoire, il faut savoir pousser sur tous les bons boutons. *(Un temps.)* Je dirais que tu es au rang des maîtres.

AUGGIE. – Que veux-tu dire ?

PAUL. – Je veux dire que c'est une bonne histoire.

AUGGIE. – Bah ! Si on ne peut pas partager ses secrets avec ses amis, quel genre d'ami est-on ?

PAUL. – Exactement. La vie ne vaudrait pas la peine d'être vécue, pas vrai ?

Auggie sourit toujours. Paul lui rend son sourire. Auggie allume une cigarette ; Paul allume un petit cigare. Ils soufflent la fumée en l'air, sans cesser de se sourire.

La caméra suit la fumée qui monte vers le plafond. Gros plan de la fumée. Plan fixe pendant quelques instants.

Fondu au noir. Musique. Postgénérique.

LE CONTE DE NOËL D'AUGGIE WREN

Je tiens ce récit d'Auggie Wren. Comme il n'y fait pas très bonne figure, en tout cas pas aussi bonne qu'il le souhaiterait, il m'a demandé de ne pas citer son vrai nom. A part cela, toute l'histoire du portefeuille perdu, de la vieille aveugle et du repas de Noël est décrite ici telle qu'il me l'a racontée.

Il y a maintenant près de onze ans que nous nous connaissons, Auggie et moi. Il travaille derrière le comptoir d'un marchand de cigares dans Court Street, au cœur de Brooklyn, et comme cette boutique est la seule où l'on peut trouver les petits cigares hollandais que j'aime fumer, j'y vais assez souvent. Pendant longtemps, je n'ai guère prêté attention à Auggie Wren. Il était ce petit homme étrange, vêtu d'un sweat-shirt à capuchon, qui me vendait des cigares et des revues, ce personnage malicieux et blagueur qui avait toujours quelque chose de comique à dire sur le temps, les Mets ou les politiciens de Washington, et ça n'allait pas plus loin.

Et puis un jour, voici plusieurs années, en feuilletant une revue dans sa boutique, il est tombé sur un article consacré à l'un de mes livres. Il a su qu'il s'agissait de moi à cause de la photographie qui accompagnait l'article, et après cela nos relations se sont modifiées. J'avais cessé d'être pour Auggie n'importe quel client, j'étais devenu quelqu'un de spécial. La plupart des gens se contrefichent des livres et des écrivains, mais il se trouve qu'Auggie se tenait pour un artiste. Maintenant qu'il avait percé le secret de mon identité, il m'adoptait comme un allié, un confident, un frère d'armes. A dire vrai, je m'en sentais plutôt embarrassé. Enfin – c'était presque inévitable – est arrivé le moment où il m'a demandé si je désirais voir ses photographies. Compte tenu de son enthousiasme et de ma bonne volonté, il m'a paru impossible de refuser.

Dieu sait à quoi je m'attendais. A tout le moins, pas à ce qu'Auggie me montra le lendemain. Dans une petite pièce dépourvue de fenêtres, à l'arrière du magasin, il ouvrit un carton et en sortit douze albums photographiques, noirs, identiques. Ils contenaient l'œuvre de sa vie, m'expliqua-t-il, et il ne lui fallait pas plus de cinq minutes par jour pour l'accomplir. Chaque matin depuis douze ans, il se plantait au coin d'Atlantic Avenue et de Clinton Street à sept heures précises et prenait un seul instantané en couleurs de la même vue, précisément. L'entreprise comportait maintenant plus de quatre mille photographies. Chaque album représentait une année différente, et toutes les photographies étaient rangées par ordre chronologique, du 1er janvier au 31 décembre, leur date notée avec soin au bas de chacune d'elles.

Je me mis à feuilleter les albums et à examiner le travail d'Auggie, sans trop savoir que penser. Ma première impression fut qu'il s'agissait de la chose la plus bizarre, la plus ahurissante que j'avais jamais vue. Toutes les photos étaient pareilles. L'entreprise entière consistait en une rafale étourdissante de répétitions, la même rue et les mêmes immeubles encore et toujours, un délire obstiné d'images redondantes. Ne trouvant rien à en dire à Auggie, je continuai à tourner les pages avec des hochements de tête de feinte appréciation. Auggie, lui, ne manifestait aucune émotion et m'observait avec un large sourire mais, après m'avoir laissé faire pendant quelques minutes, il m'interrompit soudain en disant :

— Tu vas trop vite. Si tu ne ralentis pas, tu ne comprendras jamais.

Il avait raison, bien entendu. Si on ne prend pas le temps de regarder, on n'arrive jamais à rien voir. Je pris un autre album et m'obligeai à le parcourir de façon plus systématique. Je portai plus d'attention aux détails, notai les variations du temps, guettai les angles changeants de la lumière au fil des saisons. Finalement, je devins capable de discerner de subtiles différences dans le flot de la circulation, d'anticiper le rythme des différents jours (l'agitation des matins de travail, le calme relatif des fins de semaine, le contraste entre les samedis et les dimanches). Alors, peu à peu, je commençai à reconnaître les visages des gens qui figuraient à l'arrière-plan, les passants sur le chemin du travail, les mêmes aux mêmes endroits chaque matin, en train de vivre un instant de leur vie dans le champ de l'objectif d'Auggie.

Dès lors qu'ils me devenaient familiers, je me mis à étudier leurs attitudes, leur façon de se tenir d'un matin à l'autre ; j'essayais de découvrir leur humeur d'après ces indications superficielles, comme si j'avais pu leur imaginer des histoires, comme si j'avais pu pénétrer les drames invisibles dissimulés dans leurs corps. Je passai à un autre album. Je ne ressentais plus d'ennui, ni la perplexité du début. Auggie photographiait le temps, je m'en rendis compte, le temps naturel et le temps humain à la fois, et il accomplissait cela en se postant dans un coin minuscule de l'univers que sa volonté avait fait sien, en montant la garde devant l'espace qu'il s'était choisi. Me voyant absorbé dans son œuvre, Auggie continuait de sourire avec satisfaction. Puis, presque comme s'il avait pu lire mes pensées, il se mit à réciter un vers de Shakespeare. "Demain et demain et demain, murmura-t-il à voix basse, le temps s'avance à pas menus." Je compris alors qu'il savait exactement ce qu'il faisait.

Cela se passait il y a plus de deux mille images. Depuis ce jour-là, Auggie et moi avons fréquemment discuté de son travail, mais c'est seulement la semaine dernière que j'ai appris comment il est d'abord entré en possession de son appareil, comment il s'est mis à prendre des photographies.

Au début de cette semaine-là, on m'appela du *New York Times* pour me demander si j'accepterais d'écrire une nouvelle, à paraître dans le journal du matin de Noël. Mon premier réflexe fut de refuser mais mon interlocuteur déploya un tel charme et tant d'insistance qu'à la fin de la conversation je lui répondis que j'essaierais. A peine avais-je raccroché le téléphone que je sombrai néanmoins dans une panique profonde. Qu'est-ce que je connais à Noël ? me demandai-je. Que connaissais-je à la rédaction de nouvelles sur commande ?

Je passai plusieurs jours dans le désespoir, bataillant avec les fantômes de Dickens, O. Henry et autres maîtres de l'esprit de saison. Les seuls mots "conte de Noël" évoquaient pour moi des associations désagréables, des débordements hypocrites de bouillie et de mélasse. Dans les meilleurs des cas, les contes de Noël n'étaient que rêves de désirs comblés, contes de fées pour adultes, et pour rien au monde je ne m'autoriserais à écrire des choses pareilles. Et pourtant comment pourrait-on envisager de raconter une histoire de Noël non sentimentale ? Il y avait là une contradiction dans les termes, une impossibilité, une énigme totale. Autant essayer d'imaginer un cheval de course sans jambes, ou un moineau sans ailes !

Je n'arrivais à rien. Le jeudi, je sortis faire une longue promenade, avec l'espoir que le grand air m'éclaircirait les idées. Juste après midi, je m'arrêtai chez le marchand de cigares pour me réapprovisionner, et j'y trouvai Auggie, comme toujours, debout derrière le comptoir. Il me demanda comment j'allais. Sans en avoir vraiment eu l'intention, je me mis à lui confier tous mes ennuis.

— Un conte de Noël ? fit-il lorsque j'eus terminé. C'est tout ? Si tu m'offres à déjeuner, mon ami, je te raconterai le plus beau conte de Noël que tu aies jamais entendu. Et je te garantis que c'est une histoire vraie, mot pour mot.

Nous nous rendîmes au coin de la rue, chez Jack, une charcuterie bondée et bruyante où l'on sert de bons sandwichs au corned-beef et dont les murs sont garnis de photographies d'anciennes équipes des Dodgers. Lorsque nous eûmes trouvé une table au fond de la salle et commandé notre repas, Auggie se lança dans son histoire.

C'était pendant l'été 1972, commença-t-il. Un matin, un gosse est entré dans le magasin et s'est mis à faucher des choses. Il devait avoir dix-neuf ou vingt ans et je crois que de ma vie je n'ai vu un voleur plus pathétique.

Planté devant le rayon des livres de poche, le long du mur du fond, il bourrait de livres son imperméable. Il y avait beaucoup de monde autour du comptoir à ce moment-là, et je ne l'ai pas remarqué tout de suite. Mais lorsque je me suis aperçu de ce qu'il était en train de faire, j'ai commencé à crier. Il a décampé comme un lapin et quand j'ai enfin réussi à contourner le comptoir et à sortir, il filait déjà le long d'Atlantic Avenue. Je l'ai poursuivi sur la distance d'un demi-bloc et puis j'ai abandonné. Il avait laissé tomber quelque chose au passage, et comme je n'avais plus envie de courir, je me suis penché pour voir de quoi il s'agissait.

C'était son portefeuille. Il ne contenait pas d'argent, mais son permis de conduire ainsi que trois ou quatre photos. Je suppose que j'aurais pu appeler les flics et le faire arrêter. J'avais son nom et son adresse sur le permis, mais il m'inspirait une vague pitié. Ce n'était qu'un petit vaurien minable, et après un coup d'œil aux photographies trouvées dans son portefeuille, je n'arrivais plus à éprouver beaucoup de colère à son égard.

Robert Goodwin. C'est ainsi qu'il s'appelait. Sur l'une des images, je me souviens qu'on le voyait debout avec un bras autour de sa mère ou de sa grand-mère. Sur une autre, il était assis, âgé de neuf ou dix ans, vêtu d'un uniforme de base-ball, le visage éclairé d'un large sourire. Je n'ai pas eu le cœur. Il doit être drogué, maintenant, me suis-je dit. Un pauvre gamin de Brooklyn à qui la vie n'offrait pas grand-chose et, de toute façon, qui se souciait de quelques livres de poche merdiques ?

J'ai donc gardé le portefeuille. De temps à autre, l'idée me venait de le lui renvoyer, mais je tergiversais sans cesse et ne m'exécutais jamais. Et puis Noël est arrivé, et je restais en panne, sans rien à faire. D'habitude, le patron m'invite à passer la journée chez lui, mais cette année-là il était parti avec sa famille voir des parents en Floride.

Me voilà donc seul chez moi, ce matin-là, en train de m'attendrir un peu sur mon sort, et j'aperçois le portefeuille de Robert Goodwin sur une étagère de la cuisine. Je me dis merde, pourquoi ne pas faire quelque chose de chouette pour une fois, et j'enfile mon manteau et m'en vais restituer ce portefeuille en main propre.

C'était une adresse du côté de Boerum Hill, quelque part dans les grands ensembles. Il faisait glacial ce jour-là, et je me rappelle m'être perdu plusieurs fois en essayant de trouver le bon immeuble. Tout est pareil, dans ces ensembles, et on repasse tout le temps au même endroit en croyant qu'on est ailleurs. En tout cas, je finis par arriver à l'appartement que je cherchais, et je sonne. Rien ne se passe. Je me dis qu'il n'y a personne mais j'essaie encore un coup, pour plus de sûreté. J'attends un peu et, juste quand je vais renoncer, j'entends que quelqu'un s'approche de la porte en traînant les pieds. Une voix de vieille femme demande qui est là et je réponds que je cherche Robert Goodwin.

— C'est toi, Robert ? fait la vieille femme et, après avoir déverrouillé au moins quinze verrous, elle m'ouvre la porte.

Elle devait avoir dans les quatre-vingts, ou même quatre-vingt-dix ans, et la première chose qui m'a frappé, c'est qu'elle était aveugle.

— Je savais que tu viendrais, Robert, dit-elle. Je savais que tu n'oublierais pas ta mamie Ethel le jour de Noël.

Et alors elle ouvrit les bras comme pour m'embrasser.

Je n'avais pas beaucoup le temps de réfléchir, tu comprends. Il fallait que je dise quelque chose tout de suite et, avant de savoir ce qui m'arrivait, j'entends ces mots me sortir de la bouche :

— Eh oui, mamie Ethel, je dis, je suis revenu te voir pour Noël.

Ne me demande pas pourquoi j'ai fait ça. Je n'en ai pas la moindre idée.

Je n'avais sans doute pas envie de la décevoir, quelque chose comme ça. Je n'en sais rien. C'est juste sorti, comme ça, et puis cette vieille femme s'est tout à coup mise à me serrer dans ses bras, là, devant la porte, et moi je la serrais dans les miens.

Je ne lui ai pas exactement dit que j'étais son petit-fils. Mais si je ne le lui ai pas dit, du moins c'est resté implicite. Pourtant, je n'essayais pas de la tromper. C'était comme un jeu que nous aurions tous deux décidé de jouer – sans avoir à en discuter les règles.

Je veux dire que cette femme savait que je n'étais pas son petit-fils Robert. Elle était âgée et un peu gaga, mais pas au point de ne pas remarquer la différence entre un étranger et sa propre famille.

Elle était heureuse de faire semblant, et puisque je n'avais de toute façon rien de mieux à faire, j'ai été heureux de lui emboîter le pas.

Nous sommes donc entrés chez elle, et nous avons passé la journée ensemble.

Cet appartement était une vraie poubelle, soit dit en passant, mais qu'attendre d'autre d'une vieille aveugle qui s'occupe elle-même de son ménage ? Chaque fois qu'elle m'interrogeait, qu'elle me demandait comment j'allais, je lui mentais. Je lui ai raconté que j'avais trouvé un bon boulot chez un marchand de cigares, je lui ai raconté que j'étais sur le point de me marier, je lui ai raconté cent belles histoires, et elle faisait comme si elle en croyait chaque mot.

— C'est bien, ça, Robert, disait-elle en hochant la tête et en souriant. J'ai toujours su que les choses s'arrangeraient pour toi.

Après quelque temps, j'ai commencé à avoir faim. Il ne semblait pas y avoir grand-chose à manger dans la maison et je suis donc allé acheter des masses de trucs dans un magasin des environs. Un poulet rôti, un potage aux légumes, un pot de salade de pommes de terre, un gâteau au chocolat, toutes sortes de choses.

Ethel avait quelques bouteilles de vin cachées dans sa chambre et nous nous sommes donc débrouillés à nous deux pour nous offrir un repas de Noël très convenable. Le vin nous a rendus tous deux un peu pompettes, je m'en souviens, et après le repas nous sommes allés nous installer dans le salon, où les fauteuils étaient plus confortables.

J'ai eu besoin de pisser et me suis donc excusé, puis rendu dans la salle de bains au bout du couloir. C'est là que l'affaire se corse. Mon numéro en tant que petit-fils d'Ethel était déjà assez dingue, mais ce que j'ai fait après relève de la folie complète, et je ne me le suis jamais pardonné.

En entrant dans la salle de bains, j'aperçois contre le mur, près de la douche, une pile de six ou sept appareils photographiques flambant neufs, encore dans leurs boîtes, de la marchandise de première qualité. Je me dis : Ça c'est l'œuvre du vrai Robert, une planque pour le butin d'un de ses derniers coups. Je n'ai jamais pris une photo de ma vie, et je n'ai certainement jamais rien volé, mais dès l'instant où je vois ces appareils entassés dans la salle de bains, je décide que j'en veux un pour moi. Juste comme ça. Et sans un instant d'hésitation, je me fourre une des boîtes sous le bras avant de retourner au salon.

Je ne peux pas avoir été parti plus de trois minutes, mais pendant ce temps-là mamie Ethel s'était endormie dans son fauteuil. Trop de chianti, je suppose. Je suis allé faire la vaisselle dans la cuisine, et elle a dormi malgré tout ce chahut, en ronflant comme un bébé. Je ne voyais pas l'intérêt de la déranger et j'ai pris le parti de m'en aller. Je ne pouvais même pas lui écrire un mot d'adieu, puisqu'elle était aveugle, et je suis simplement parti. J'ai déposé le portefeuille de son petit-fils sur la table, ramassé l'appareil photo et quitté l'appartement. Et voilà, l'histoire est finie.

— Es-tu jamais retourné la voir ? demandai-je.

— Une fois, répondit-il. Trois ou quatre mois plus tard, environ. Je me sentais si moche d'avoir volé cet appareil que je ne m'en étais même pas encore servi. Je me suis enfin résolu à aller le rapporter, mais Ethel n'était plus là. Je ne sais pas ce qui lui est arrivé ; quelqu'un d'autre s'était installé dans l'appartement, et il n'a pas pu me dire ce qu'elle était devenue.

— Elle est sans doute morte.

— Oui, sans doute.

— Ce qui veut dire qu'elle a passé avec toi son dernier Noël.

— Je crois que je n'y avais jamais pensé de cette façon.

— C'était une bonne action, Auggie. C'était bien, ce que tu as fait pour elle.

— Je lui ai menti, et puis je l'ai volée. Je ne vois pas comment tu peux appeler ça une bonne action.

— Tu l'as rendue heureuse. Et de toute façon, c'était un appareil volé. Ce n'est pas comme si tu l'avais pris à son vrai propriétaire.

— Tout pour l'art, hein, Paul ?

— Je ne dirais pas ça. Mais du moins, tu en as fait bon usage.

— Et maintenant, tu as ton conte de Noël, non ?

— Oui, répondis-je, je pense bien.

Je me tus un instant en observant le visage d'Auggie qu'envahissait un sourire malicieux. Je n'ai aucune certitude, mais l'expression de ses yeux à ce moment me parut si mystérieuse, comme teintée par le reflet d'une joie secrète, que l'idée me frappa soudain qu'il avait tout inventé.

A l'instant où j'allais lui demander s'il m'avait mené en bateau, je me rendis compte qu'il ne me le dirait jamais. Il avait réussi à me faire croire à son histoire, et rien d'autre ne comptait. Du moment qu'une personne y croit, il n'existe pas d'histoire qui ne puisse être vraie.

— Tu es un as, Auggie, lui dis-je. Merci de ton aide.

— Quand tu veux, répondit-il, avec encore cette lueur de folie dans le regard. Après tout, si on ne peut pas partager ses secrets avec ses amis, quel genre d'ami est-on ?

— Je suis ton obligé.

— Tu ne me dois rien. Contente-toi de l'écrire telle que je te l'ai racontée, et tu ne me dois rien du tout.

— Sauf le déjeuner.

— C'est ça. Sauf le déjeuner.

Je répondis au sourire d'Auggie par un sourire à ma façon, puis j'appelai le garçon pour lui demander l'addition.

BROOKLYN BOOGIE

"C'EST BROOKLYN, ICI. ON N'EST PAS DES NUMÉROS !"

Brooklyn Boogie n'est pas la suite de *Smoke.* Bien qu'on y retrouve des lieux et des personnages du premier film, le second s'envole dans une tout autre direction. Son esprit, c'est le comique ; son moteur, les mots ; son principe directeur, la spontanéité. Ainsi que l'a dit très justement Peter Newman, le producteur, la première fois qu'on lui en a parlé : c'est une aventure où les internés s'emparent de l'asile.

Le projet original de *Brooklyn Boogie** était beaucoup plus simple que l'empoignade tourbillonnante qui a fini par en sortir. L'idée de départ consistait à revenir dans le débit de tabac qui figure au début et à la fin de *Smoke* afin d'esquisser un portrait de l'univers d'Auggie Wren. Des personnages secondaires du premier film deviendraient les personnages principaux du second. A part Auggie, un seul des personnages principaux de *Smoke* interviendrait – dans un petit rôle.

Notre démarche était primitive à l'extrême. Nous inventerions pour ces personnages des situations ayant chacune la durée d'un rouleau de pellicule, dix minutes environ. Deux prises par scène suffiraient, pensions-nous. Une pour la mise en train et l'autre pour de bon. Nous présenterions chaque séquence comme un chapitre, en continu, sans coupure, en ajoutant, par souci de variété, des

* Le titre anglais est *Blue in the Face*, une expression suggérant un état-limite de tension nerveuse. *(N.d.T.)*

intermèdes musicaux entre ces chapitres. Etant donné que nous ne disposions que de trois jours pour le tournage, nous ne voyions pas comment faire beaucoup plus.

Les notes que je préparais pour les acteurs étaient rédigées dans la plus grande hâte, juste le temps de tracer les mots sur le papier. Leur seul objet était d'ébaucher le contenu général de chaque scène, et nous ne les avons jamais considérées que comme des poteaux indicateurs rudimentaires, une sténo rapide chargée de nous rappeler ce que nous pensions devoir faire. Au moment où je les tapais, je savais déjà que tout pouvait être modifié.

Non seulement nous demandions aux acteurs d'improviser leurs textes, mais nous comptions aussi sur eux pour créer des scènes entières sans la moindre répétition. La réussite ou le ratage du film dépendaient d'eux, et nous devions leur laisser une totale liberté d'aller où ils voulaient.

La plupart des situations ont été concoctées sur le siège arrière d'une voiture roulant dans les embouteillages du centre-ville après avoir vu les rushes de *Smoke*. Wayne et moi, on se lançait des idées au petit bonheur : Et si… ? Et encore… ? Que penserais-tu de… ? On prévoyait onze ou douze scènes, minimum et maximum. Minimum, parce qu'on savait d'avance qu'une partie de ce qu'on allait tourner ne serait pas utilisable, et qu'on ne voulait pas se trouver coincés avec trop peu de matériau. Maximum, parce qu'on ne croyait pas possible de tourner plus de quatre scènes par jour.

Miramax a donné le feu vert début juin. On était alors en pleine production de *Smoke*, et tandis que Wayne se rendait chaque jour sur le plateau pour le tournage de ce premier film, je rencontrais les acteurs en ville, dans des restaurants et des bureaux, afin de préparer le second. Peu à peu, de nouveaux acteurs se sont joints à nous et il a fallu leur inventer des rôles (Dot, Pete, Bob, etc.), mais notre démarche restait la même : donner des repères aux comédiens, braquer la caméra et voir ce que ça donnait.

Ce que ça a donné s'est révélé tout à fait extraordinaire. Il y a eu quelques scènes ratées, certains acteurs étaient plus doués que d'autres pour l'improvisation, mais dans l'ensemble tous ont réussi des performances d'un niveau étonnant. Nous avons accumulé neuf ou dix heures de film pendant ces trois jours (les 11, 12 et 13 juillet) et, en voyant le résultat, nous avons su aussitôt qu'il nous faudrait jeter aux orties notre idée de départ. Il faudrait morceler certaines scènes, organiser leur succession selon un ordre nouveau et complexe et, là où un simple montage ne suffirait pas, recourir aux coupures, au fondu enchaîné et autres petits trucs qui empêchent l'action de flancher.

C'est alors que le monteur Chris Tellefsen est entré à part entière dans l'aventure. Travaillant en collaboration serrée avec Wayne et moi, il a donné au matériau que nous lui fournissions l'exubérance et la légèreté qui désormais caractérisent le film. Il n'y avait ni scénario à respecter, ni intrigue à suivre, aucune structure préétablie ne contribuait à simplifier les décisions. Tout était question d'instinct, il fallait sentir les qualités et les défauts du film original et exploiter les temps forts pour mettre au point la version définitive. Wayne et moi, nous avons passé des heures avec Chris dans la salle de montage à essayer des quantités d'idées différentes, en une incessante discussion triangulaire, et son énergie et sa patience étaient sans faille. A tous les sens du terme, il est coauteur du film.

Reste qu'il est difficile de le caractériser, ce film. Oui, il est comique. Oui, il est vulgaire, tapageur et saugrenu – et ce serait une grosse erreur d'y voir autre chose qu'une joyeuse célébration de la vie quotidienne à Brooklyn. Et pourtant, malgré toute son absurdité, je crois que quelque chose, dans *Brooklyn Boogie*, en fait plus qu'un divertissement frivole. Une certaine verdeur, peut-être. Une certaine façon "d'encaisser" qui ne pourrait être mieux résumée que dans la réplique lancée par Giancarlo Esposito à Lily Tomlin : "C'est Brooklyn ici, on n'est pas des numéros !" Les gens fument comme des cheminées, se disputent, se bouffent le nez. Ils remontent leurs manches et gueulent, ils s'insultent, ils disent des trucs abominables. Dans presque chaque scène de *Brooklyn Boogie*, il y a un conflit. Les personnages sont agressifs, imbus de leurs opinions, acharnés dans la colère. Néanmoins, tout bien considéré, le film est vraiment amusant et on en retire une impression de profonde chaleur humaine. Je trouve ça intéressant. Ça signifie peut-être que, dans une certaine mesure, les conflits ont du bon. Que nous avons peut-être, à l'occasion, besoin d'un peu de répit vis-à-vis de tous les beaux principes qui nous disent comment on est censé parler à son prochain. Je n'affirme rien, mais la question me paraît valoir qu'on s'y arrête.

Quelque description qu'on en donne, le film réalisé à partir de ces trois jours de tournage s'est révélé beaucoup plus riche et plus drôle que nous ne l'avions imaginé. Il y avait d'évidents points faibles, mais l'un dans l'autre l'expérience était positive. Quand nous l'avons projeté en octobre pour nos commanditaires, Harvey et Bob Weinstein, ils ont réagi avec enthousiasme. Cependant, s'ils trouvaient le film excellent, ils avaient la conviction qu'on pouvait l'améliorer encore. Il était difficile de les contredire. Ils ont proposé de financer trois jours de tournage supplémentaires, et dès l'instant où nous sommes sortis de leur bureau, la course folle a recommencé. Il a fallu rassembler les acteurs et l'équipe, engager de nouveaux comédiens, trouver des remplaçants pour certains emplois, et tout ça sans le moindre délai. Notre acteur principal, Harvey Keitel, partait à l'étranger neuf jours plus tard pour commencer le travail sur un autre film et ne devait pas revenir à New York avant plusieurs mois. C'était tout de suite ou jamais.

Dieu sait comment, nous avons réussi à nous organiser et, le 27 octobre, on s'est tous retrouvés au débit de tabac pour une nouvelle série de prises de vue. On a bouclé le lundi suivant, c'était Halloween. Lorsque nous avons enfin été prêts à quitter le lieu du tournage, la nuit était tombée et les rues de Brooklyn étaient pleines d'enfants déguisés. Certains d'entre eux, prenant la *Brooklyn Cigar Company* pour un vrai magasin, sont entrés pour demander des bonbons. Le magasin pouvait bien n'être qu'un décor, il y avait tout de même de vrais bonbons sur les étagères et nous avons donc rempli les sacs des gosses de chewing-gums et de tablettes de chocolat. Une bonne façon, nous semblait-il, de faire nos adieux à notre monde imaginaire, une fin parfaite pour *Brooklyn Boogie*.

PAUL AUSTER
29 décembre 1994

NOTES POUR LES ACTEURS

JUILLET

1. PHILOSOPHES

La dame aux Macanudo, Auggie, Jimmy Rose, Tommy, Jerry, Dennis.

Dennis entre dans la boutique et raconte l'histoire suivante : "Hier après-midi, comme je me baladais dans la 7e avenue, j'ai vu un gamin d'une douzaine d'années faucher le sac d'une passante. Il le lui a arraché de l'épaule, zou, et il a détalé... Il y avait beaucoup de monde, mais personne ne réagissait, et voilà ma bonne femme (pas mal, la nana, d'ailleurs !) qui hurle à tue-tête sur le trottoir : «Au voleur, au voleur, il a volé mon sac !» Alors, en bon citoyen que je suis, je me lance à la poursuite du gosse. Je finis par rattraper ce petit connard deux ou trois rues plus loin... et je le ramène à la bonne femme. Je me disais, au strict minimum, elle va me filer un rencart pour saluer mon héroïsme. Ou, au moins, un petit câlin, un baiser sur la joue, quoi. A ce moment-là, y avait toute une foule massée autour d'elle pour voir ce qui se passait. «Le v'là, que j'lui dis, en lui rendant son sac, v'là votre voleur, maintenant on appelle les flics.» Mais la salope y jette un coup d'œil et déclare : «Je peux pas faire ça. Il est trop jeune. Je veux pas être responsable qu'on l'envoie en prison. C'est qu'un bébé.»

Alors là, elle me fait chier. Après tout ce que j'ai fait pour elle ! Non seulement je me suis foutu en nage, mais en plus j'ai déchiré ma chemise en attrapant le gosse... *(Il pointe un doigt vers son aisselle.)* ... Ici. Toute neuve qu'elle était, cette chemise, pure soie ! M'avait coûté quatre-vingt-huit dollars, merde ! «Ecoute, la petite dame, que j'y dis, c'est ton devoir de citoyenne d'appeler les flics. C'est ça le genre de ville où t'as envie de vivre ? Où des mômes fauchent les sacs des gens – tranquillos ? C'est des gens comme toi qui transforment New York en merdier. Vous prenez pas vos responsabilités.» Mais elle mollissait pas. «Je le ferai pas, qu'elle répétait. Je le ferai pas, c'est qu'un enfant.» Je commençais à avoir les boules. Non seulement j'allais pas me faire la nana, mais en plus j'avais coursé le môme pour rien. Alors vous savez ce que j'ai fait ? J'y ai arraché son sac des mains et je l'ai rendu au voleur. Vous parlez d'un air ahuri. Le gosse flippait tellement que j'ai cru qu'il allait chier dans son froc. «Allez, file, que j'lui dis, il est à toi. Fous le camp. Prends ça et fous le camp.» Et, croyez-moi si vous voulez, c'est ce qu'il a fait. Il a détalé dans la rue, comme la première fois, et plus personne ne l'a poursuivi."

Les autres réagissent et donnent leur avis. Auggie pense que Dennis a bien fait. Tommy trouve que Dennis aurait dû aller lui-même chez les flics. Jerry, plein de sympathie pour le voleur, dit que, d'abord, Dennis n'aurait jamais dû le prendre en chasse.

Des arguments sont échangés. La situation s'échauffe. Au moment où elle va dégénérer en engueulade généralisée, une femme élégante d'une trentaine ou d'une quarantaine d'années entre dans la boutique...

LA DAME *(à Auggie)*. – Une boîte de Macanudo, s'il vous plaît.

AUGGIE. – Votre mari doit les aimer, ceux-là ! Ça fait bien la dixième fois que vous venez en acheter depuis le début de l'été.

LA DAME. – Mon mari ?

AUGGIE. – Je voulais pas être indiscret.

LA DAME. – Ce n'est pas grave. Mais mon mari ne fume pas. Et d'ailleurs, on n'est plus mariés. Histoire que tout soit bien clair.

AUGGIE. – Ah !

LA DAME. – Histoire que tout soit bien clair, ces bébés sont pour moi.

Jimmy Rose observe cet échange avec fascination. Il est foudroyé, éperdument amoureux de la dame aux Macanudo. Au moment où elle va sortir :

JIMMY. – M'dame… Je peux vous demander quelque chose ?

LA DAME. – Bien sûr…

JIMMY. – Vous me laisseriez vous embrasser… sur la bouche ?

LA DAME. – Quoi !

JIMMY. – Vous en faites pas. On se mariera après. Mais d'abord je veux savoir si vous embrassez bien.

Auggie commence à enguirlander Jimmy pour sa grossièreté, mais au même moment la dame aux Macanudo retrouve son assurance et donne un baiser à Jimmy. Après quoi elle sort de la boutique. Suit une longue discussion sur le sexe et l'amour. Tout le monde y va de son grain de sel, y compris Jimmy, qui ne cesse de répéter : "C'est ça que vous dites toujours, vous autres." C'est Tommy qui s'amuse le plus. Il félicite Jimmy pour sa capacité de dire ce qu'il a à dire. "J'ai eu envie de demander ça à des centaines de femmes, dans la rue. J'ai jamais eu le culot."

*

L'incident décrit dans cette scène repose sur un événement réel. Ma femme me l'a raconté il y a plus de dix ans, et je ne l'ai jamais oublié : c'est l'histoire new-yorkaise par excellence, une histoire qui incarne les dilemmes sociaux et moraux de la vie urbaine contemporaine... avec un tour étrangement comique.

Depuis le début, nous savions que ce serait la première scène du film. Elle avait non seulement le ton voulu, mais elle présentait aussi les principaux personnages en donnant un avant-goût de la vie quotidienne dans le débit de tabac. Malheureusement, cette scène a été tournée tout au début du premier jour, avant que nous ayons abandonné notre règle arbitraire des deux prises par scène. Les acteurs étaient encore en train de s'échauffer, et malgré l'excellence des interprétations, l'histoire du sac volé ne ressortait pas assez clairement. Nous avons monté Philosophes *de cinquante-sept façons différentes, et personne n'était jamais satisfait du résultat. Le ratage de cet épisode a été la raison principale de la reprise du tournage en octobre.*

Quant à la dame aux Macanudo, nous avons tourné cette scène comme une scène distincte – avec un résultat également décevant. La dame aux Macanudo avait été un personnage secondaire de Smoke, *mais j'avais dû la supprimer du scénario dans sa version définitive. L'idée de la ressusciter dans* Brooklyn Boogie *nous avait paru bonne, mais ce que nous en attendions ne s'est jamais vraiment matérialisé sur l'écran.*

2. GAUFRES BELGES

L'amateur de gaufres belges, Jerry, Tommy, Dennis, Auggie, Violette, John Lurie et ses deux batteurs.

Un mendiant dépenaillé est planté devant la porte de la *Brooklyn Cigar Company.* L'un après l'autre, Auggie et les trois parieurs sortent et à l'un après l'autre il pose la même question : "Pardon, monsieur, vous auriez pas quatre dollars, quatre-vingt-dix-neuf cents ? Comme ça, je pourrais m'acheter une gaufre belge avec une boule de glace à la pistache. En ce moment, c'est la seule chose au monde dont j'aie envie. J'en ai une telle envie que ça me rend malade. Une gaufre belge… avec de la glace à la pistache."

Première rencontre : Jerry. Il se montre plein de sympathie, mais il n'a pas un sou. A preuve, il retourne ses poches.

Deuxième rencontre : Tommy. Il dit au type d'aller se faire voir.

Troisième rencontre : Dennis. Il fait au clochard un sermon sur les méfaits du sucre. "Je te filerais bien deux dollars pour un Big Mac, dit-il, mais je sais que tu en profiteras pour acheter cette gaufre, et je ne veux pas être responsable d'un diabète ni d'une maladie de cœur."

Quatrième rencontre : Auggie. Il commence par résister, mais la demande du clochard est si étrange et ses manières si bizarres qu'il finit par céder et lui donner un dollar. L'amateur de gaufres est très touché et reconnaissant. "Merci, mon bon monsieur, dit-il. Encore quelques-uns de vos semblables, et mon rêve sera réalisable. *(Une pause.)* Eh, ça rime, ça, non ? *(Il récite.)* Encore quelques-uns de vos semblables, et mon rêve sera réalisable !"

Il s'éloigne en se récitant son poème.

Un instant plus tard arrive Violette. Elle embrasse Auggie sur la joue.

AUGGIE. – Salut, Violette. T'aimes ça, les gaufres belges ?

VIOLETTE. – Les gaufres belges ? Tu crois que j'ai envie de manger c'te saloperie et foutre en l'air un corps comme le mien ? Pas question de gaufres belges, Auggie. Je te file un baiser français, à la place.

AUGGIE. – Là, maintenant ?

Ils s'embrassent.

VIOLETTE. – Tu te souviens des pas que je t'ai appris la semaine dernière, Auggie ?

AUGGIE. – Ouais, sûr. Un-deux-trois, un-deux-trois.

VIOLETTE. – Voyons ça.

Il s'exécute ; elle le corrige.

John Lurie et ses deux batteurs sont assis sur des chaises sur le trottoir avec leurs instruments. Lurie sourit jusqu'aux oreilles.

AUGGIE. – Qu'est-ce qui te fait sourire ?

LURIE. – Tu dois être le pire danseur que j'aie jamais vu.

AUGGIE. – Ouais, et alors, c'est dur de danser sans musique ! Faut sentir la mesure.

VIOLETTE. – Vrai. Pourriez jouer une rumba, vous autres ?

Ils commencent à jouer. Violette et Auggie dansent. Après quelques instants, les musiciens s'arrêtent. Lurie dit à Auggie : "Avec ou sans musique, t'es toujours le pire danseur que j'aie jamais vu."

*

L'amateur de gaufres belges est un autre personnage secondaire supprimé du scénario de Smoke *– et, ici aussi, la scène s'inspire d'un événement réel. J'ai rencontré l'amateur de gaufres au coin d'une rue de Brooklyn il y a cinq ans environ. Le speech qu'il m'a adressé était textuellement celui qui figure dans ces notes.*

Ce qui m'avait le plus impressionné en lui, c'était sa détermination, l'absolue spécificité de son désir. Voilà un homme qui savait ce qu'il voulait, et quel que soit le nombre de gens qu'il devrait solliciter ou le nombre d'heures que ça lui prendrait, il aurait sa gaufre belge. Depuis lors, les mots "gaufre belge" sont restés pour moi lourds de sens. Ils sont une métaphore de la patience et de la constance, des chimères et de la poursuite du plaisir, de l'irréductible capacité de manigances du désir humain.

Le rôle de l'amateur de gaufres avait beau être simple, nous avons eu beaucoup de difficultés à trouver un acteur pour le jouer. Un comédien a accepté et puis renoncé, et deux ou trois autres ont refusé. Le temps filait et nous commencions à croire qu'il faudrait faire sauter la scène. Et puis, quelques jours à peine avant la date prévue pour le tournage, Lily Tomlin a dit oui. Pendant un seul week-end, nous avons dû avoir ensemble quatre ou cinq conversations téléphoniques. Nous pensions d'abord qu'elle le jouerait en femme, mais lorsque je lui ai dit que ce n'était pas indispensable, elle a décidé de le faire en homme. Elle a préparé elle-même tout ce qui concernait son personnage : le costume, la voix, les cheveux, tout. Elle est arrivée en avion de Los Angeles la veille du jour où elle était programmée, s'est pointée tôt le matin sur le lieu du tournage et est aussitôt allée s'habiller dans la caravane qui servait de loge. Et sitôt en costume, elle a été le personnage. Elle n'était plus Lily Tomlin, elle était l'amateur de gaufres – même entre les prises. Quand j'y repense aujourd'hui, je suis stupéfait de ce qu'elle a pu faire d'indications aussi sommaires – de simples allusions, en vérité. Ce que je lui avais fourni n'était guère qu'une chanson enfantine, et elle l'a transformée en grand air d'opéra…

Quant à la dernière partie de la scène, quand Violette arrive et danse avec Auggie, ça a été un succès complet. Mel Gorham n'a jamais fait le moindre faux pas, dans aucune de ses scènes, et quand le film n'était constitué que des trois journées de juillet, cet élément en faisait partie. On l'a coupé ensuite pour des raisons de structure d'ensemble, mais la performance n'était pas en cause.

3. BLESSURES DE GUERRE

Tommy, Auggie.

Tommy entre dans la boutique au moment où Auggie s'apprête à fermer. Il dit qu'il apporte de mauvaises nouvelles et ne voulait pas le faire au téléphone. Auggie l'invite à entrer.

Tommy annonce que son frère Chuck est mort la veille au soir. "Je l'ai appris ce matin. Crise cardiaque. Il était en train de boire un verre de bière, et il a basculé."

Auggie est interdit. "Mais il n'a que quarante-six, quarante-sept ans. C'est pas un âge pour mourir." Au fil de la conversation, on apprend qu'Auggie et Chuck étaient bons amis dans la marine – ce qui explique comment Tommy et Auggie se connaissent.

Auggie se souvient du bon vieux temps : du jour où Chuck a cassé la gueule à un type qui l'avait traité de nègre, de la chance qu'il avait au poker, de son rire, de son goût pour les filles nommées Wanda. Et puis Auggie se met à raconter comment Chuck l'a sauvé, un soir, dans un bar de Manille.

Tommy rappelle que Chuck ne s'est jamais vraiment remis de la guerre ; combien il était devenu gros ; la difficulté qu'il avait à garder un boulot ; son mariage raté. "Mon grand frère, répète-t-il. Mon grand frère…"

Tommy demande à Auggie s'il viendrait dire quelques mots aux funérailles. Auggie accepte.

*

Une seule prise. Elle a eu lieu à la fin de la dernière journée, tout le monde avait chaud et était épuisé, prêt à s'écrouler. Etant donné tout ce que nous avions déjà filmé, il paraissait évident que cette scène-ci ne survivrait pas au montage définitif

– mais nous avions décidé de la tourner tout de même. Il se trouve que ces douze ou quelques minutes ont été déchirantes. Harvey et Giancarlo pleuraient tous les deux, et tous les assistants ont été sensibles à l'intense émotion de leur jeu. Mais (comme prévu) le ton ne correspondait pas à celui du reste du film, et tout cet effort a échoué sur le sol de la salle de montage.

4. GRONDE, RUMBA !

Auggie, Dot, Violette.

Auggie est seul dans la boutique, occupé à l'inventaire. Entre Dot (la femme de Vinnie). Elle se plaint de Vinnie…

DOT. – Y me parle même plus.

AUGGIE. – Ça fait quinze ans que vous êtes mariés et tu voudrais qu'il te parle encore ?

DOT. – Je lui ai donné quinze ans de ma vie, et tout ce que je reçois c'est des regards vides et froids.

AUGGIE. – Et une villa à Massapequa. Et une Cad blanche. Et ces bidules autour de ton cou.

DOT. – Ça les vaut pas. Je regrette que tu me l'aies jamais présenté, Auggie. Ç'a été la plus grosse bourde de ma vie.

AUGGIE *(taquin)*. – Ben, t'avais eu ta chance avec moi, mais t'es partie avec les dollars… pas avec l'étalon !

DOT. – Ça va, Auggie, je rigole pas. Faut que je te parle.

AUGGIE. – 'Coute, Dot, Vinnie est mon copain. J'ai pas envie d'être mêlé à ça. Je peux pas me mettre à prendre parti.

Avant qu'ils aient pu en dire plus, Violette entre… et Dot sort du magasin.

Violette rappelle à Auggie qu'ils sont convenus d'aller danser le samedi soir. Auggie a oublié et a fait d'autres projets.

AUGGIE. – Je croyais que c'était le samedi *d'après.*

VIOLETTE. – Mon cul, Auggie. On avait dit le seize. Qu'est-ce que tu essaies de me faire gober ?

AUGGIE. – J'ai promis à Tommy de l'aider à vider l'appartement de son frère. Chuck. On était ensemble dans la marine. Il est mort il y a quelques jours.

VIOLETTE. – J'sais pas de quoi tu parles. Chuck, Chuck. C'est qui, ça, Chuck ?

AUGGIE. – Allez, on ira la semaine prochaine.

VIOLETTE. – Tu me doubles, hein, mon chou ? C'est qui ? Dot ? Sally ? Ou peut-être cette petite serveuse avec un gros cul ?

Auggie est de plus en plus irrité, sur la défensive… et puis, d'un coup, Violette se met à faire du charme. Elle danse une rumba pour Auggie et au bout d'un moment celui-ci s'y met aussi. De fil en aiguille, ils se retrouvent sur le plancher derrière le comptoir…

*

Roseanne est la première actrice "extérieure" à qui nous ayons demandé de jouer dans Brooklyn Boogie. *Jusqu'alors, nous avions prévu de limiter la distribution aux comédiens qui avaient participé à* Smoke, *mais quand nous avons appris que ça pouvait l'intéresser de jouer un rôle pour nous, nous n'avons pas hésité à l'inviter. C'est ainsi qu'est née Dot – littéralement, du jour au lendemain.*

Roseanne était à l'étranger à ce moment-là, mais je lui ai téléphoné deux ou trois fois pour discuter de son personnage. Dès le début, elle a paru saisir intuitivement quel genre de film nous nous proposions de réaliser. Nous avons dîné avec elle à New York, Wayne et moi, le soir avant le début du tournage (deux jours exactement après avoir terminé Smoke*) et, bien qu'elle ne dût pas travailler avant le deuxième jour, Roseanne est venue sur le plateau dès le lendemain matin et a fini par rester déjeuner – pour reconnaître le terrain, si on peut dire, et s'imprégner de l'atmosphère. Le soir même, elle a rencontré Harvey Keitel et Victor Argo, et à eux trois ils ont combiné une bonne partie des éléments les plus importants auxquels ils allaient être confrontés dans* Blackjack. *Le lendemain, elle était fin prête, et sa première scène s'est déroulée magnifiquement à chaque prise.*

5. C'EST DONNÉ !

Charles Clemm, Auggie, Tommy, Vinnie.

Charles Clemm entre dans la boutique. Il affecte ce jour-là la dégaine d'un fourgue. Il porte une serviette remplie de montres volées, qu'il essaie de vendre à bas prix à Auggie et à Tommy.

Mais ça se passe mal. Tommy met en doute l'authenticité des montres et charrie Clemm. Celui-ci fait bonne figure un moment, puis commence à s'énerver. Il se lance dans une diatribe contre le tabac. "Vous tuez les gens dans ce magasin, vous le savez ? Vous me traitez de voleur, mais vous, vous êtes des assassins."

La tension monte. La question des races vient sur le tapis. Dans sa colère, Clemm s'en prend à Tommy : "Qu'est-ce tu fous ici, toi, mec ? Tu te prends pour un Blanc ou quoi ?"

Au moment où la dispute semble sur le point de dégénérer en bagarre, Vinnie entre dans la boutique et demande ce qui se passe. "Rien, répond Auggie. On attendait que tu t'amènes pour nous chanter une chanson."

Après s'être fait un peu prier, Vinnie prend sa guitare et chante une ballade mélancolique du genre "country".

*

Rien ne s'est passé comme prévu, mais tout a marché mieux qu'on ne s'y attendait. Malik Yoba est un tourbillon et, au début, j'ai eu un peu peur de ses rodomontades et de son humeur querelleuse. Je craignais que ça ne rende pas bien à l'écran, mais je me trompais. Rodomontades et querelles font le cœur même du film.

Si incroyable que ça paraisse, la petite chanson que Malik chante en s'accompagnant à la guitare a été inventée sur le tas.

6. LA FONDATION BOSCO

Tommy, Pete.

Tommy est seul, assis sur une chaise devant le débit de tabac, en train de parcourir paresseusement un journal. Arrive un homme portant un attaché-case. C'est Peter Malone, un ex-condisciple de Tommy. Ils ne se sont plus vus depuis quinze ou vingt ans.

PETE. – Tommy Fratello, c'est ça ?

TOMMY. – C'est ça. Et toi, c'est… c'est… *(Claque des doigts.)* … Peter Malone. Le petit crack de Midwood High.

Ils commencent à bavarder. Tommy demande à Pete ce qu'il est devenu depuis tout ce temps, et Pete lui raconte son histoire. Petit à petit, il devient manifeste que Pete est un peu fêlé.

PETE. – J'ai passé ma licence à Harvard, et puis je suis allé à Yale faire un doctorat. Des études pluridisciplinaires : philosophie et biologie.

TOMMY *(impressionné).* – Dis donc ! Et puis ?

PETE. – Euh, je suis parti.

TOMMY. – Parti ?

PETE. – Ouais. Mission de recherche pour le gouvernement. Top secret. Euh, j'suis pas vraiment censé en parler.

Tommy commence à soupçonner que c'est dans un hôpital psychiatrique que Pete devait être parti. Il demande à Pete ce qu'il fait maintenant, et Pete lui explique qu'il travaille comme consultant pour la Fondation Bosco.

TOMMY. – Bosco ? C'est pas le lait chocolaté qu'on buvait quand on était mômes ?

PETE. – Ça, c'est un autre Bosco. T'as jamais entendu parler de Giuseppe Bosco, l'industriel milanais ? T'es à moitié italien, non ?

TOMMY. – Ouais, tu sais, j'ai un peu perdu le contact avec le pays de mes ancêtres.

PETE. – Bosco a inventé la Bible électronique. Il a gagné des millions avec ça et, après sa mort, ses enfants ont créé une fondation internationale pour la recherche sociale. Le principe, c'est qu'on étudie les attitudes des gens face à eux-mêmes et au monde, pour voir si on ne peut pas les aider à être plus heureux.

TOMMY. – Et vous faites ça comment ?

PETE. – Eh bien, d'abord, on demande aux gens de répondre à des questions.

TOMMY. – Intéressant. Quel genre de questions ?

Pete ouvre son attaché-case et se met à en sortir des chemises bourrées de papiers en désordre.

PETE. – Ecoute, si t'as le temps, tu voudrais pas compléter un de ces questionnaires avec moi ?

TOMMY. – Là, maintenant ?

PETE. – Ouais, maintenant. Ça sera pas long.

TOMMY. – D'accord, pourquoi pas ? Vas-y, Pete.

Pendant la durée du questionnaire, Pete devient de plus en plus surexcité. Les dix questions sont :
1. Croyez-vous qu'il y a une vie sur d'autres planètes – ou que nous sommes seuls dans l'univers ?
2. Existe-t-il une personne que vous haïssiez au point de souhaiter sa mort ? Si quelqu'un vous disait qu'il peut tuer cette personne pour vous sans que le crime soit jamais découvert, lui permettriez-vous de le faire ?
3. Pensez-vous que les athlètes professionnels sont surpayés ?
4. Etes-vous satisfait de la taille et de la forme de votre pénis ?
5. Croyez-vous en Dieu ?
6. Regardez-vous le produit de vos intestins avant de tirer la chasse ?
7. Si un génie venait vous proposer d'exaucer un de vos souhaits, quel serait-il ?
8. Quel est l'endroit le plus inattendu où vous ayez fait l'amour ?
9. Si vous étiez président des Etats-Unis, citez trois choses que vous changeriez.
10. Quelle somme d'argent serait nécessaire pour vous convaincre de manger un bol de merde ?

Pendant que Tommy répond, Pete transcrit frénétiquement ses paroles dans un carnet. Tommy comprend que Pete est fêlé et que la Fondation Bosco n'existe pas, mais il n'en répond pas moins aux questions avec sérieux. Il a pitié de Pete et fait de son mieux pour jouer le jeu. A la dernière question, il hoche la tête en souriant.

TOMMY. – Tout homme a son prix, hein ? Eh ben, avec moi ça ne marchera pas, Pete. Ma religion m'interdit de manger de la merde.

PETE. – Ah ? Et c'est quoi, ta religion ?

TOMMY. – La religion du bon sens. Tu devrais penser à te convertir. Ça te rendrait la vie sacrément plus facile.

PETE. – Oh, j'en ai été. Mais on m'a excommunié. *(Il rit, puis redevient sérieux. Commence à remettre les papiers dans son attaché-case.)* Merci pour ta collaboration, Tommy. *(Il se lève et serre la main à Tommy.)* Tu m'as été d'une grande aide pour la cause de la vérité et du bonheur. Et ne te fais aucun souci. Tes réponses resteront strictement confidentielles.

Pete s'en va, la démarche bondissante. Toujours assis sur sa chaise, Tommy regarde son ancien condisciple s'éloigner dans la rue.

*

Cette scène est un ajout de dernière minute, imaginé sur le tard. Tout était décidé, les notes destinées aux acteurs étaient rédigées, on avait discuté avec eux (sauf l'amateur de gaufre, qui restait à trouver) quand, tout à coup, on m'annonce que Michael J. Fox s'est joint à nous. Me serait-il possible d'écrire un rôle pour lui ? A vrai dire, je ne le pensais pas. J'étais mort de fatigue, et quelle qu'elle fût, l'ardeur saugrenue qui m'avait poussé à concocter les autres situations s'était éteinte depuis longtemps. J'étais un romancier, pas un auteur de gags, et je ne me sentais pas d'humeur à inventer un sketch stupide de plus. La seule chose dont j'avais envie, c'était de passer le week-end du 4 juillet au calme, chez moi, avec ma famille, et de rattraper mon retard de sommeil.

Mais il fallait le faire, mon samedi et mon dimanche étaient fichus. Je me sentais épuisé, écœuré, incapable de trouver la moindre idée. Toutes les scènes étaient programmées, l'équilibre des personnages avait été réglé, et l'ajout d'un élément à ce mélange risquait de tout perturber. Le lundi, Siri, ma femme, a écouté mes plaintes avec patience. Nous avons discuté de plusieurs possibilités dont aucune n'était très prometteuse et puis, tout à coup, elle m'a lancé l'idée du questionnaire. Ça m'a remis en marche, et quelques heures plus tard la scène de la Fondation Bosco était terminée.

Quelques jours plus tard, Michael J. Fox est arrivé sur le plateau de Smoke, *à Garrison, New York, où se déroulait la dernière semaine de tournage. J'ai été impressionné par son enthousiasme envers le projet, son intelligence, sa bonne volonté. Quand il est reparti, les réticences que j'avais éprouvées quant à l'ajout de cette scène avaient complètement disparu. Le soir même, j'en ai parlé au téléphone à Giancarlo Esposito, et la Fondation Bosco a été insérée comme la première scène à tourner le deuxième jour.*

Par un caprice du hasard, ce deuxième jour a été mon premier en tant que réalisateur. Wayne avait attrapé une bronchite à Garrison pendant les derniers jours de Smoke. *Il avait passé le weekend au lit (sauf une brève sortie le dimanche soir pour dîner avec Roseanne) et se trouvait sur le plateau le lundi matin. Toutes les scènes tournées ce jour-là étaient des intérieurs. Il avait fallu couper la climatisation pour l'enregistrement de la bande son et, avec des températures extérieures frisant les quarante degrés, on étouffait dans la boutique. Dans l'après-midi, il était devenu difficile de respirer. Wayne a tenu le coup, mais manifestement il n'en pouvait plus, et en début de soirée il avait perdu la voix et était malade comme un chien. Le soir, il a téléphoné de chez lui à Peter Newman pour le prévenir qu'il lui serait impossible de venir le mardi. "Paul se débrouillera, assura-t-il à Peter, il n'y aura pas de problème."*

Il ne pouvait rien en savoir, bien entendu, mais c'était sympathique de sa part de l'affirmer. J'ai donc pris sa place pendant deux jours, et j'ai fait de mon mieux. La première scène prévue était la Fondation Bosco, et les trois prises ont marché du feu de Dieu. J'avais de la chance. Fox, Esposito et Harris formaient une combinaison formidable et tous les membres de l'équipe ont été très gentils avec moi, surtout Adam Holender (le directeur de la photographie) et Todd Pfeiffer (l'assistant-réalisateur). Le seul problème était mon incapacité à prononcer le mot "coupez". Pendant les premières prises, quand je voulais qu'Adam arrête de tourner, je baissais le bras comme pour faire le geste de trancher. Adam ne le voyait pas, bien entendu, et le film continuait à se dérouler. Il m'a fallu un ou deux coups de coudes de Todd pour me décider à ouvrir la bouche. Ainsi que je l'ai expliqué à Peter Newman quand la scène a été terminée, je trouvais difficile de faire un nouvel usage d'un vieux mot. Jusqu'à ce matin-là, la seule fois que j'avais jamais dit "coupé", c'était quand j'avais vu du sang couler de mon doigt.

7. BLACKJACK

Auggie, Dot, Vinnie.

Canevas : Auggie est seul dans la boutique quand Dot entre. Elle épanche son cœur et annonce à Auggie son projet de quitter Vinnie et de partir à Las Vegas pour y tenir une table de blackjack. Au bout d'un moment, Vinnie arrive. Il se trouve que l'acte de propriété de la boutique est au nom de Dot, ce qui fait d'elle la propriétaire légale de la *Brooklyn Cigar Company*. Entre Vinnie et Dot, c'est à qui criera le plus fort. Auggie les flanque à la porte.

Suggestions :

DOT. – Ecoute, Auggie, faut vraiment que tu m'écoutes. Pas de blagues, cette fois-ci.

AUGGIE. – Fous-moi la paix, Dot. Je veux pas être mêlé à ça.

DOT. – Eh ben, que tu le veuilles ou non, tu y *es* mêlé, et je sors pas de cette boutique avant que tu m'écoutes.

AUGGIE. – Bon, bon, d'accord. Mais vite, alors. J'ai du boulot. Une grosse livraison qui s'amène dans moins d'une heure.

DOT. – Je quitte Vinnie.

AUGGIE. – Celle-là je l'ai déjà entendue.

DOT. – Cette fois-ci c'est sérieux. Je quitte Vinnie.

AUGGIE. – Et les gosses ? Tu vas les laisser en plan ?

DOT. – Ils ont plus besoin de moi. Sont assez grands pour se débrouiller. Et d'ailleurs, ils m'aiment même pas. Petits merdeux, ils peuvent vivre avec leur père. Qu'il s'en occupe, pour changer.

AUGGIE. – Et tu comptes aller où ?

DOT. – C'est de ça que je veux te parler.

AUGGIE. – A moi ? Qu'est-ce j'en ai à fiche ?

DOT. – Je voudrais que tu viennes avec moi, Auggie. On s'en va dans l'Ouest et on commence une nouvelle vie ensemble.

AUGGIE. – Quoi !

DOT. – J'ai tout prévu. On part à Las Vegas ouvrir une table de blackjack. Y en a marre de Brooklyn, marre de Long Island. Il est temps de s'éclater un peu.

AUGGIE *(il la regarde comme si elle était folle)*. – Et t'en as parlé à Vinnie, de ton projet ?

DOT. – Pas encore. Je voulais d'abord savoir ce que tu dirais.

AUGGIE. – Eh ben, ce que je dis, c'est que t'es cinglée.

DOT. – Allez, Auggie, prends le temps d'y penser un peu. *(Elle fait la coquette, la séductrice.)* C'est pas parce que j'ai fait le mauvais choix quand j'étais jeune que je peux pas faire le bon maintenant que je suis… que je suis… mûre.

AUGGIE. – J'ai déjà quelqu'un. Tu le sais très bien. Si Violette entend parler de cette conversation, elle t'arrachera les yeux. Et à moi aussi.

DOT. – Sois pas nouille, Auggie. Laisse tomber ta chiquita de pacotille. Je sais que t'en pinces encore pour moi.

AUGGIE. – Allez, Dot. Arrête ça. Toi et Vinnie, vous êtes dans une mauvaise passe, c'est tout. Ça va s'arranger.

DOT. – Me fais pas rire. Ça fait quinze ans qu'on est dans une mauvaise passe.

AUGGIE. – Il est fou de toi. Il me répète ça tout le temps. "J'aime cette petite dodue autant que le jour où je l'ai épousée." Il me répète ça tout le temps.

DOT. – Foutaises, Auggie. N'importe quel crétin le pigerait.

Entre Vinnie.

VINNIE *(à Dot)*. – C'est là que tu es. Je t'ai cherchée partout.

DOT. – J'ai une conversation privée avec Auggie, Vin'. Casse-toi.

VINNIE. – C'est ma boutique ici, non ? J'y viens quand je veux.

DOT. – Rappelle-toi, ô mon cher époux. Les papiers concernant cet endroit sont à mon nom. T'as oublié cette petite astuce fiscale que t'avais mise au point avec ton comptable, y a deux ans ? C'est ma boutique maintenant, et je t'y veux pas.

Dot et Vinnie se disputent. Auggie s'efforce de les calmer, sans succès. A la fin, il leur hurle à tous deux de partir. Il a du travail, et s'ils ont envie d'une querelle conjugale, ils n'ont qu'à faire ça chez eux. Dot et Vinnie se dirigent vers la porte, mais Dot revient précipitamment et plante à Auggie un baiser passionné sur la bouche.

DOT *(à Auggie)*. – Dommage, camarade. Tu viens de dire adieu à la chance de ta vie. J'espère que t'auras le temps de le regretter.

*

Cette scène nous a donné du fil à retordre. Nous avons dû faire sept prises, en tentant chaque fois de l'aborder autrement, alors que nous étions tous écrasés par la chaleur de la mi-journée. La tension due à la nécessité de réaliser quelque chose d'utilisable était énorme, et il y a eu des moments, au début, où j'ai frôlé le désespoir. Rien ne semblait se passer comme je l'avais espéré. Néanmoins, vers la troisième ou la quatrième prise, de bons éléments ont commencé à émerger : les cris de Roseanne, le baiser, la dispute sur le thème de l'écoute et de la communication, la colère et l'incompréhension de Vic, le magnifique sourire de Harvey, à la fin. Quelque chose de réel était en train de se produire dans cette pièce, et une grande partie de ce qu'il y a de bon dans la scène s'est cristallisée pendant que la caméra tournait. L'idée de départ était que Dot partait seule à Las Vegas, mais la performance de Roseanne a été si persuasive, son envie d'y aller si puissante, qu'elle a bel et bien convaincu Vic de l'y accompagner. C'est arrivé comme ça, de la même façon que les choses arrivent, "comme ça", dans la vie.

Les trois acteurs se sont donné beaucoup de mal, mais de toutes les scènes que j'ai dirigées, c'est celle que j'ai eu le moins l'impression de maîtriser. Dans mon souvenir, cette expérience figure comme une sorte de tabassage mental. Et néanmoins, dans sa forme définitive, c'est une des séquences les plus fortes du film.

7. TOUCHANTS ADIEUX

Bob, Auggie, Jimmy Rose.

Bob entre dans la boutique. Auggie lui demande où il est parti : on ne l'a plus vu depuis quelque deux mois. Au Japon, répond Bob : il y avait une exposition de ses photographies à Tokyo. Auggie demande à Bob s'il veut un paquet de Lucky (la marque habituelle de Bob.) Non, répond Bob. Qu'est-ce qui se passe, demande Auggie, vous changez de marque après tant d'années ? Bob répond que non, qu'il essaie d'arrêter. En fait, il en est à sa dernière cigarette – et c'est pour ça qu'il est venu : pour fumer sa dernière cigarette en compagnie d'Auggie.

Bob s'assied, sort la cigarette du paquet et la garde en main. Pendant le restant de la scène, il s'adresse alternativement à Auggie, à Jimmy et à la cigarette.

Suit un monologue : souvenirs d'un fumeur. De la première cigarette du gosse à la dernière bouffée de l'adulte. Le tabac et le sexe. Le tabac et la table. Le tabac et le travail. Comme l'a un jour dit Schoenberg, à qui on demandait pourquoi il gardait une cigarette en train de se consumer sur son bureau pendant qu'il travaillait : "La composition est une affaire solitaire, j'aime que cette cigarette soit là pour me tenir compagnie." Le tabac et le stress. Le tabac et la relaxation. Toutes les occasions de fumer sont bonnes : célébrations ou deuils. Fumer comme penser, comme méditer, comme agir. Fumer comme danger : en cachette dans les toilettes de l'école, fumer comme un rappel constant de notre nature mortelle. Fumer comme dans camaraderie, ou dans amour : partager une cigarette avec une femme, au lit. Fumer comme l'acte ultime : la dernière bouffée avant le bandeau sur les yeux de l'homme qui va passer devant le peloton d'exécution. Chaque bouffée est un souffle humain. Chaque bouffée est une pensée. Chaque bouffée est un rappel de plus que vivre est aussi mourir.

Bob gratte une allumette et allume la cigarette.

*

Le rôle de l'homme qui entre dans la boutique pour y fumer sa dernière cigarette était conçu à l'origine pour William Hurt. Malheureusement, il n'était pas disponible le jour où nous avions besoin de lui, et Paul le romancier est donc sorti de scène, cédant la place à Bob le photographe (Jim Jarmusch).

Jim et moi, nous sommes allés dîner un soir dans un restaurant proche du bureau de la production de Smoke, *rue Lafayette, et en quelques heures nous avons pondu des quantités d'idées supplémentaires pour ce rôle. Le fait que Jim est un fumeur de cigarettes invétéré donnait à sa performance une authenticité et une conviction spontanées. Non seulement c'est un bon réalisateur, mais il est d'un naturel parfait devant la caméra.*

J'avais toujours imaginé cette scène comme un pur monologue, mais Jim et Harvey l'ont plutôt jouée comme une conversation. Il en est résulté un bon nombre de digressions intéressantes, en particulier le rappel par Harvey du Commando de la mort, *qui à leur tour nous ont incités à rechercher, pour l'introduire dans cette séquence, un extrait du vieux film de Richard Conte.*

9. COW-BOYS ET INDIENS

Sue, Auggie, Tommy, Jerry, Dennis, Jimmy Rose.

Repères : Sue est serveuse dans un café-restaurant de la rue. Dennis sort avec sa jeune sœur, Mary. Sue est divorcée de Phil. Phil et Dennis travaillent parfois ensemble (trafic de tickets).

Sue entre dans la boutique et demande à Auggie un paquet de Kool. Elle aperçoit Dennis.

SUE. – T'as rien de mieux à faire que de traîner ici toute la journée ?

DENNIS *(sarcastique)*. – Salut, Sue.

SUE. – Mary m'a dit que tu lui as posé un lapin, hier soir. Bien joué, p'tite tête. Je comprends toujours pas ce que ma sœur peut trouver à un nullard comme toi.

Echange d'insultes d'intensité croissante. A un moment donné, Dennis lance que Phil s'est plaint de la frigidité de Sue.

SUE. – Ouais, ben, t'essaieras de coucher avec quelqu'un qui n'a plus pris de bain depuis la première administration Nixon.

DENNIS. – C'est pas la version que j'ai entendue.

Bouleversée, Sue marche sur Dennis et le gifle. Auggie et Tommy traitent Dennis de salaud.

Jimmy Rose, tout triste pour Sue, va la serrer dans ses bras. "T'en fais pas, lui dit-il. Moi aussi, je suis rigide. Juste comme lui." Il montre du doigt l'Indien en bois qui sert d'enseigne à la porte du débit de tabac. Ce commentaire de Jimmy est si louftingue, si à côté de la plaque que Sue se met à rire à travers ses larmes.

Dennis sort, écœuré. La scène s'achève sur Jimmy en train de faire des imitations de l'Indien.

*

Une de nos tactiques préliminaires pour Brooklyn Boogie *consistait à confier à chaque comédien des informations secrètes, privées, qui n'étaient pas communiquées aux autres acteurs de la scène. Notre espoir était d'insuffler de la spontanéité dans leur jeu, de donner à l'action un air aussi "réel" que possible. Il y a eu des moments où cette méthode s'est retournée contre nous et où les acteurs travaillaient involontairement à contresens, mais il y en a eu d'autres où elle a été capitale pour le succès de la scène.* Cow-boys et Indiens *est sans doute le meilleur exemple de ce qui se produit quand le secret est un bon secret.*

Dennis (Steve Gevedon) ne soupçonnait pas que Sue (Peggy Gormley) allait le gifler. Comme Dennis est le personnage le plus odieux du film, Steve avait pour instructions d'insulter Peggy sans merci, de s'en prendre à elle de tout le poids de son machisme brooklynien – et on ne lui avait rien dit de plus. Quand la gifle est arrivée, sa surprise a été totale. Son expression de stupeur était authentique, et pourtant il a réussi, Dieu sait comment, à rester son personnage même pendant qu'il encaissait le coup.

10. BOUTS DE FICELLES

Tommy, Jerry.

Tommy et Jerry sont assis sur des chaises devant le magasin. Tommy est fâché contre Jerry : "Tu deviens une vraie cloche, lui dit-il, un terrain vague plein de mauvaises herbes." Jerry réplique qu'il fait de son mieux : "J'suis pas un type futé comme toi."

Tommy regarde le gilet de Jerry. C'est un truc compliqué, un gilet de pêcheur, avec des quantités de petites poches. Des bouts de ficelles de différentes couleurs sortent des poches et sont fixés aux épaules par des épingles de sûreté. "Qu'est-ce que c'est que ce gilet ?" demande-t-il.

Jerry explique. Il oublie toujours tout. Alors il a un compartiment spécial pour chaque objet qu'il porte sur lui : une poche pour les lunettes de soleil, une poche pour les cigarettes, une poche pour son briquet, une pour son canif, une pour son chewing-gum, etc. – avec une ficelle différente attachée à chaque objet. Les couleurs sont codées. Du moment qu'on sait que bleu veut dire cigarettes et rouge, briquet, on ne peut pas se tromper de poche. Jerry se lance dans une intarissable exégèse infiniment détaillée du système qu'il a mis au point.

Il ennuie et agace Tommy, qui l'interrompt pour le sermonner sur la façon de bien s'habiller et la valeur de l'apparence.

*

Cette scène est un vestige de notre première idée du film, avant que nous ne décidions d'ouvrir la distribution à des acteurs qui n'avaient pas joué dans Smoke. *Dans le rôle de l'homme qui disserte sur l'importance d'être bien vêtu, Giancarlo était magnifique. Il avait une allure folle avec sa veste jaune vif, tout rayonnant, du début à la fin, de force, de joie de vivre et de confiance en soi. Hélas, cette scène n'a pas trouvé sa place dans la structure générale du film, mais on peut apercevoir Giancarlo et sa veste dans le post-générique.*

11. AÏE, VEGAS !

Auggie, Tommy, Jerry, Dennis, Jimmy Rose, Vinnie.

Silence absolu. Auggie est derrière le comptoir, plongé dans un livre. Tommy lit un journal. Jerry joue avec les ficelles de son gilet. Dennis somnole. Jimmy Rose époussette l'Indien. Au bout d'un long moment arrive Vinnie, d'une humeur massacrante. Il réprimande Auggie parce qu'il laisse les parieurs traînailler dans la boutique sans rien acheter. Il les met à la porte. Jimmy continue son époussetage.

Lorsqu'ils sont seuls, Auggie demande à Vinnie ce qui ne va pas. Dot a disparu, voilà ce qui ne va pas. Elle a laissé un mot ? Ouais, un mot : au revoir.

AUGGIE. – Qu'est-ce que tu lui as fait, Vin' ?

VINNIE. – J'y ai rien fait. L'est dingue, cette femme. Complètement malade.

AUGGIE. – Alors t'as peut-être de la chance d'en être débarrassé.

VINNIE. – C'est ma femme. Et d'ailleurs j'peux pas m'occuper seul des gosses. Ils me rendent cinglé.

AUGGIE. – Téléphone. Elle est peut-être chez sa mère.

VINNIE. – J'ai téléphoné. J'ai appelé sa mère, sa sœur, son frère, ses putains de tantes et d'oncles, ses partenaires au mah-jong… personne sait rien.

AUGGIE. – Essaie Vegas.

VINNIE. – Tu veux dire Las Vegas ?

AUGGIE. – Aïe, Vegas !

VINNIE. – Merde, Auggie, c'est pas drôle.

AUGGIE. – Non, sans blague. C'est là qu'elle m'a dit qu'elle voulait aller. Pour tenir une table de blackjack.

La conversation se poursuit. Finalement :

VINNIE. – Eh ben, j'ai plus qu'à aller à Vegas, alors.

AUGGIE. – Oublie pas de prendre ta guitare, Vinnie. T'auras peut-être des occasions de jouer pendant que t'es là-bas.

VINNIE *(il réfléchit).* – Tu sais quoi ? C'est pas une mauvaise idée. Me tirer quelque temps du panier de crabes. Je pourrai peut-être m'incruster dans un de ces petits clubs…

Un peu plus tard :

VINNIE. – Pourquoi tu viens pas avec moi, Auggie ? On va s'éclater.

AUGGIE. – Je peux pas. Et d'ailleurs j'ai pas envie.

VINNIE. – J'aime pas l'idée de te voir vieillir derrière ce comptoir.

AUGGIE. – T'en fais pas pour moi. Tout le monde vieillit. Qu'est-ce que ça peut faire, où ça se passe ?

*

Cette scène n'a pas été filmée. Elle était devenue superflue, puisque Dot avait persuadé Vinnie de partir à Vegas avec elle.

11. ENCORE UNE FOIS, AVEC ÂME

Charles Clemm, Tommy, Jerry, Dennis, Auggie, Jimmy Rose.

Charles Clemm entre dans la boutique. Cette fois il est vêtu d'un élégant costume trois-pièces et parle avec l'accent de la haute jamaïcaine. Il demande du tabac à pipe.

Tommy le dévisage et le reconnaît. "T'es pas jamaïcain, dit-il. T'est ce fourgue qu'est venu la semaine dernière essayer de nous refiler des montres." Clemm sourit : "Je me suis lassé de ce numéro. Il m'a semblé qu'il était temps d'en essayer un nouveau." Dennis est impressionné. "Dis donc, t'es vachement fort. Tu m'as complètement eu, avec cette voix." Clemm : "C'est rien, ça. J'en ai encore une centaine en réserve."

Pendant le restant de la scène, Dennis, Tommy, Clemm et Auggie essaient divers accents et s'éblouissent mutuellement par leurs mimiques extravagantes. Tout se termine dans les rires.

*

Ici encore, on a frôlé la catastrophe. C'était le premier jour de tournage. L'idée de cette scène m'était venue sur le plateau de Smoke. *Chacun de son côté, et en plus d'une occasion, Steve Gevedon et Malik Yoba m'avaient l'un et l'autre mis en joie par leur capacité d'imiter des accents – n'importe lesquels, du japonais au jamaïcain. Ça paraissait une bonne façon de terminer le film, d'avoir tout le monde dans la boutique en train d'imiter tout le monde, mais ça n'a pas marché. On a fait deux prises sans succès, après quoi on s'est retrouvés dans un coin, Wayne et moi, à tenter désespérément de trouver comment s'en sortir. Ensuite on s'est séparés, et on a parlé à chaque comédien individuellement, en lui donnant de nouvelles indications. Je me revois avec Giancarlo, en train de lui suggérer quelques histoires qu'il pourrait raconter à Malik. En fait, celle qu'il a racontée était entièrement de son cru – vraie ou inventée, je l'ignore. Elle a non seulement posé la scène et donné une forme à l'action, mais aussi, par son contenu, rappelé plusieurs des sujets abordés dans* Philosophes. *Outre sa contribution à la réussite de cette scène en particulier, cette petite histoire de crime et de rédemption a apporté au film en général un enrichissement certain.*

13. INTERVIEW DE JIMMY ROSE

Parce que nous étions obligés de travailler en grande hâte, toutes les scènes ont été tournées en plan général. Nous n'avions pas le temps de tourner de ces plans de sécurité qui sont l'usage normal quand on fait un film – et dont on apprécie l'intérêt au moment du montage. Un de nos projets prévoyait de consacrer la dernière heure du dernier jour à tourner quelques gros plans de Jimmy Rose (Jared Harris) ainsi que d'un certain nombre d'objets inanimés dans le débit de tabac : l'Indien, la caisse enregistreuse, la vitrine, etc. Malheureusement, quand le moment est arrivé de filmer ces plans, le générateur est tombé en panne (à cause de la chaleur, je suppose) et nous avons été privés de lumière. Nous avons aussitôt décidé d'installer Jared sur une chaise à l'extérieur du magasin et de lui poser une série de questions : Jimmy Rose parlant de l'amour, de la vie, des différents personnages qui entrent et sortent de la boutique. Jared s'en est tiré magnifiquement, mais quand nous avons examiné le film le lendemain, nous sommes tous tombés d'accord qu'il y avait trop peu de lumière. Quand nous sommes revenus au débit de tabac en octobre, nous avons recommencé cette interview.

14. INTERVIEW DE LOU REED

J'avais rencontré Lou Reed l'année précédente et, depuis, une amitié était née entre nous. Quand nous avons commencé, Wayne et moi, à préparer Brooklyn Boogie, *j'ai eu l'idée de demander à Lou d'y participer. Je ne sais pas très bien pourquoi. Quelque chose à voir avec sa sensibilité caustique, peut-être, avec sa façon d'apprécier les ironies de la vie, ou peut-être simplement à cause de son merveilleux accent new-yorkais. Quelle que fût la raison, Wayne a trouvé l'idée bonne.*

Nous avons décidé d'utiliser Lou pour ce qu'il est, pas en tant qu'acteur : de l'installer derrière le comptoir du débit de tabac et de le faire parler de sujets divers. Il serait le philosophe en résidence de la Brooklyn Cigar Company, un homme qui se trouve là, comme ça, sans raison particulière, à disserter de choses et d'autres. Nous considérions sa présence comme une possibilité de séparer les scènes dramatiques et de donner au film un peu de variété, mais nous n'avions pas une idée très claire de la façon dont ça se passerait.

L'interview a été filmée à la fin de la deuxième journée, tout de suite après l'expérience tumultueuse et éprouvante du tournage de Blackjack *avec Roseanne, Harvey et Vic. J'étais alors si fatigué que c'est tout juste si je pouvais ouvrir la bouche pour poser les questions à Lou. Nous avons tourné pendant vingt ou vingt-cinq minutes et, durant tout ce temps, je me souviens d'avoir pensé que Lou était plat, pas du tout en forme, et que rien de tout ça ne figurerait au montage final. Lou était exactement du même avis. Nous sommes rentrés chez moi à pied pour prendre un verre après la fin de la journée de travail, déçus, tous les deux, hochant la tête et tâchant de nous faire une raison. "Voilà, c'est comme ça, le show-biz", nous disions-nous. Et nous avons parlé d'autre chose.*

Ainsi que le savent tous ceux qui ont vu le film, le show-biz nous a donné tort, à tous les deux. Lors de toutes les projections de Brooklyn Boogie *auxquelles j'ai assisté, c'est la performance de Lou qui a provoqué le plus de rires et de commentaires. Il crève l'écran.*

OCTOBRE

1. EXT. JOUR. DEVANT "THE BROOKLYN CIGAR CO."

Auggie et Violette sont debout devant le magasin. Auggie a l'air distrait. Pendant que Violette lui parle, il parcourt la rue des yeux, comme à la recherche d'une pensée égarée.

VIOLETTE. – Bon, Auggie, t'as compris ?

AUGGIE. – Ouais, j'ai compris.

VIOLETTE. – Samedi seize.

AUGGIE. – D'accord.

VIOLETTE. – Faut que ce soit ce soir-là, parce que c'est le seul où Ramón et son groupe jouent à Brooklyn. C'est mon frère, Auggie, et je t'assure, c'est lui le meilleur.

AUGGIE. – T'en fais pas, mon cœur. C'est convenu.

VIOLETTE. – Tu vas cartonner, Agosto. Rappelle-toi bien ces pas que je t'ai appris, c'est tout, on te prendra pour ce Fred Astaire de mes deux.

AUGGIE. – D'accord, Ginger. Puisque tu le dis.

A ce moment on voit arriver par la droite du cadre un gamin noir de onze ans environ et une femme blanche proche de la trentaine. Le gamin arrache son sac à la femme et détale, tourne le coin devant Auggie et Violette et sort à gauche.

LA FEMME. – Au voleur, au voleur ! Il a volé mon sac !

AUGGIE *(sous cape).* – Merde !

Il se lance à la poursuite du gosse et sort du cadre par la gauche.

Entre-temps, la porte de la boutique s'ouvre et quelques clients, attirés par l'incident, sortent et se groupent devant le seuil avec la femme et Violette. Parmi eux se trouvent les trois parieurs (Tommy, Dennis et Jerry).

LA FEMME. – Incroyable ! Il me l'a arraché des mains ! Trois cents dollars en espèces et toutes mes cartes de crédit.

DENNIS *(dévisageant la femme de haut en bas).* – Ouais, c'est dégueulasse, pas vrai ? Une jolie petite dame comme vous, et vous pouvez plus vous balader seule dans les rues de cette ville ! Ce qu'il vous faut…

VIOLETTE *(observant la rue avec excitation).* – Regardez, regardez, Auggie, il l'a eu !

DENNIS. – … c'est un homme pour vous protéger.

Tommy et Jerry regardent Dennis d'un air dégoûté, ils paraissent tous deux écœurés par ces avances grossières.

DENNIS *(d'un air innocent, à Tommy et Jerry).* – Quoi ? Qu'est ce que j'ai fait ?

TOMMY. – Mets les pouces, Dennis. Tu vois pas qu'elle est chamboulée ?

Auggie et le gamin rentrent dans le cadre. D'une main, Auggie tient le gamin par le col et de l'autre, le sac de la femme. Le gamin a l'air terrifié.

AUGGIE *(il rend son sac à la femme).* – Voilà votre sac.

LA FEMME. – Merci. Vous avez été… extraordinaire. Je ne sais pas comment vous remercier.

AUGGIE. – Entrez maintenant, et appelez les flics, qu'on arrête ce petit voyou.

La femme examine le gamin, qui reste planté là, immobile et silencieux. Les autres observent, fascinés, l'échange entre Auggie et la femme.

LA FEMME. – Qu'on l'arrête ?

AUGGIE. – Bien sûr. C'est un voleur, oui ou non ?

La femme continue à examiner le gamin. Peu à peu, on voit sa détermination s'effriter.

LA FEMME. – Mais c'est qu'un bébé.

AUGGIE *(qui commence à s'énerver)*. – Qu'est-ce que ça peut faire ? Il a volé votre sac.

LA FEMME. – Je l'ai, maintenant, mon sac. On devrait peut-être laisser tomber.

AUGGIE. – Laisser tomber ? Qu'est-ce que vous racontez ?

LA FEMME. – C'est qu'un bébé. Je peux pas envoyer un bébé en prison.

AUGGIE *(vraiment en colère, maintenant)*. – C'est votre devoir. C'est ça le genre de ville où vous avez envie d'habiter ? Où des petits morveux fauchent leur sac aux passants – et s'en tirent ?

LA FEMME. – Je peux pas faire ça. Je peux pas, c'est tout.

Auggie regarde la femme ; ensuite il regarde le gamin ; ensuite, de nouveau la femme. Dans un éclair, il prend une décision impulsive, radicale : il arrache le sac des mains de la femme et le rend au gamin.

LA FEMME *(interdite)*. – Eh ! Qu'est-ce que vous faites ?

AUGGIE *(au gamin, en le chassant du geste)*. – Allez, gamin, file. Il est à toi.

Complètement ahuri, le gamin reste là sans un mot, le sac entre les mains. Il est figé sur place.

LA FEMME *(à Auggie, d'un ton outragé).* – Vous êtes malade ?

Elle ôte d'un coup son sac des mains du gosse. Sans hésiter, Auggie le lui reprend et le rend au gamin.

AUGGIE *(au gamin).* – T'es sourd ? Le sac est à toi. Fous-moi le camp, maintenant.

Il envoie une bourrade au gosse, qui détale avec le sac et sort du cadre.

LA FEMME *(hors d'elle).* – Espèce de salaud ! Y a tout mon argent là-dedans ! Vous avez perdu la tête ?

AUGGIE *(fou furieux).* – Non, c'est vous, ma p'tite dame ! C'est à cause de gens comme vous que New York devient un tel merdier. Vous refusez vos responsabilités ! Si on n'apprend pas à ces gosses la différence entre le bien et le mal, qui va le faire ?

*

Cette fois, les notes étaient rédigées sous la forme traditionnelle d'un scénario. Nous avions une idée bien plus claire de ce que nous cherchions, et les scènes d'octobre avaient été conçues dans un esprit tout à fait différent de celles que nous avions tournées en été : dans le but de remplir des trous, de resserrer le fil des récits et de rassembler ce qui avait déjà été fait. L'expérimentation était terminée, pour l'essentiel, et nos efforts étaient concentrés sur la réalisation d'un film viable.

D'autre part, ce n'est pas parce que nous avions un scénario que les acteurs étaient moins libres d'improviser. Tous ceux qui ont participé à cette nouvelle version de Philosophes *ont fait un boulot excellent à partir et autour des indications écrites et les ont, à mon avis, énormément améliorées à chacune des répliques qu'ils prononçaient. Mira Sorvino était notre principale nouvelle venue, et elle s'est intégrée comme si elle avait joué avec nous depuis le début. Il se passe sans cesse plusieurs choses en même temps dans cette scène, et la dispute annexe entre Auggie et Violette, ainsi que les hennissements de rire de Dennis, sur le seuil, lui donnent toute la confusion à plusieurs niveaux d'une véritable scène de rue.*

2. INT. NUIT. LA CHAMBRE DE VIOLETTE

Violette est seule ; assise devant son miroir, elle se passe du fond de teint sur le visage.

VIOLETTE. – Auggie, tu me mets dans un de ces états ! Mes *tripas*... elles tremblent... Oh, Auggie, tu serais si merveilleux... si seulement t'étais différent. *(Une pause. Elle commence à ouvrir des pots, sur la table devant elle.)* Cet Auggie, il va me rendre marteau. D'abord il dit oui, et puis il dit non. C'est oui, c'est non, c'est une autre fois. Mais Ramón, une autre fois, il connaît pas. Il joue chez Freddy le seize, et maintenant Agosto il m'annonce qu'il est pas libre le seize. Pourtant j'y avais dit : samedi seize. Qu'est-ce qu'y se passe ici, hein ? Y a quelqu'un qui est sourd ou quoi ? Je me tue à y espliquer et ça sert jamais à rien. *(Pause. Elle s'applique nerveusement du mascara. Ote le capuchon de son rouge à lèvres et s'en met. Se fait la bouche en cœur devant le miroir. De plus en plus en colère, comme si elle s'adressait à Auggie :)* Auggie, c'est décidé. Ecoute bien ce que j'ai décidé. J'ai décidé que si tu fais pas ce que t'as promis de faire, je te dis plus jamais rien. T'as compris ? Plus jamais. Rien. Jamais. *(Pause. Elle examine ses lèvres dans le miroir. Encore plus en colère, mais d'une voix basse, sourde, brûlante.)* Tu me mens, Auggie.

Et les gens qui mentent méritent pas qu'on les aime. Si tu déconnes avec Violetta, Violetta, elle se défend. *(Presque chuchoté :)* Je t'arrache les tripes, Auggie. Comme un tigre. Comme un putain de tigre – avec des dents aussi coupantes que des lames de rasoir.

*

Le monologue de Violette est la seule scène d'intérieur filmée ailleurs que dans le débit de tabac, mais nous n'avions pas loin à aller : juste derrière le coin, dans un appartement vide de la 16e rue. Un autre écart avec la première série de tournages : le gros plan. Pour la première fois, nous avons réussi à filmer une scène sous deux angles différents.

3. INT. JOUR. "THE BROOKLYN CIGAR CO."

Auggie et Vinnie sont seuls dans la boutique, en pleine discussion :

VINNIE. – J'sais pas, Auggie. C'est une fortune. Je serais idiot de refuser.

AUGGIE. – Après dix-neuf ans, tu t'en irais comme ça ? Je peux pas le croire.

VINNIE. – Question de fric. Ça fait des années que ce magasin perd de l'argent, tu le sais aussi bien que moi. C'est un bon mois quand on solde à zéro.

AUGGIE. – Mais t'es plein aux as, Vin. Toutes ces affaires immobilières là-bas sur l'île. Ces pertes, t'as qu'à les déduire de tes revenus.

VINNIE. – C'est trop tard. Le contrat est en cours.

AUGGIE. – Alors la Brooklyn Cigar Company va se transformer en boutique bio ?

VINNIE. – Les temps changent. Exit le tabac, place aux germes de blé. *(Une pause.)* Ce serait peut-être pas plus mal pour toi non plus, Auggie. Je veux dire, pour toi aussi, il est peut-être temps de bouger. J'aime pas l'idée de te voir vieillir assis derrière ce comptoir.

AUGGIE. – Tout le monde vieillit. Qu'est-ce que ça peut faire, où ça se passe ?

VINNIE *(allumant un cigare ; souriant).* – Plus de cigares à l'œil, hein, Auggie ?

AUGGIE *(pensif).* – Tu devrais vraiment y réfléchir à fond avant qu'il soit trop tard, Vincent. Je veux dire, d'accord, c'est qu'une petite boutique de rien du tout, mais tout le monde s'y retrouve. Pas seulement les fumeurs... les écoliers viennent pour leurs bonbons... la vieille Mrs McKenna pour ses magazines à l'eau de rose... Louis le Louf pour ses pastilles contre la toux... Frank Sanchez pour son *El Diario*... le gros Mr Chen pour ses recueils de mots croisés. Tout le quartier vit dans cette boutique. C'est un foyer. Va voir à vingt rues d'ici : des mômes de douze ans s'entretuent pour une paire de tennis. Si tu fermes cette boutique, t'enfonceras un clou de plus dans le cercueil. Tu aideras à achever ce quartier.

VINNIE. – T'essaie de me flanquer des remords, c'est ça ?

AUGGIE. – Non. Je te rappelle les faits, c'est tout. T'en fais ce que tu veux.

*

Victor Argo jouait dans une pièce à Los Angeles et ne pouvait travailler avec nous que le lundi, son jour de relâche, qui était le dernier de nos trois jours de tournage. Harvey Keitel, de son côté, n'était disponible que les deux premiers jours, le jeudi et le vendredi. Que faire ? Comment filmer une conversation entre deux hommes qui ne pouvaient se trouver ensemble dans la même pièce ?

La seule solution, c'était de tricher. Nous avons filmé les deux moitiés de la scène deux jours différents. Les deux fois, Peggy Gormley (Sue dans Cow-boys et Indiens*) a lu les répliques de l'acteur absent.*

4. INT. JOUR. "THE BROOKLYN CIGAR CO."

Vinnie est seul, assis, agité, mal remis de sa récente conversation avec Auggie.

VINNIE. – Cet Auggie. Il va me rendre dingue. J'ai à peine arrangé c't' affaire, et crac, le v'là qui vient me jouer ses putains de violons. Brooklyn, Brooklyn. Je devrais me soucier de Brooklyn, moi ? J'y habite même plus, dans ce trou à rats.

Vinnie se penche en avant, les coudes sur les genoux, et se prend la tête entre les mains. Il fixe le sol. Quelques instants se passent.

Une silhouette entre dans le cadre : un grand Noir vêtu de l'uniforme des *Brooklyn Dodgers*, avec un numéro 42 dans le dos. C'est Jackie Robinson. Il s'immobilise devant le banc et regarde Vinnie. Le reste de la scène se joue sur le visage de ce dernier.

JACKIE ROBINSON. – Salut, Vinnie. Tu te souviens de moi ?

VINNIE *(stupéfait, un peu effrayé)*. – Jackie ?

JACKIE ROBINSON. – En personne, vieux.

VINNIE *(bégayant)*. – Jackie… Le plus grand de tous les joueurs. Je priais pour toi tous les soirs, quand j'étais gosse.

JACKIE ROBINSON. – Je suis le type qui a transformé l'Amérique, Vinnie. Et j'ai fait ça ici même, à Brooklyn. On m'a craché dessus, on m'a maudit, on a fait de ma vie un enfer sans fin… et j'ai pas eu le droit de me défendre. C'est pas donné, d'être un martyr. Je suis mort à cinquante-trois ans, Vinnie, plus jeune que toi maintenant. Mais j'étais un sacré joueur, pas vrai ?

VINNIE. – Le meilleur. T'étais le meilleur qu'y ait jamais eu, Jackie.

JACKIE ROBINSON. – Et après moi, les choses ont commencé à changer. Je ne veux pas dire seulement pour les Noirs, je veux dire aussi pour les Blancs. Après moi, les Blancs et les Noirs n'ont plus jamais pu se regarder de la même façon. Et tout ça s'est passé ici, vieux. A Brooklyn.

VINNIE. – Ouais. Et là-dessus il a fallu qu'ils déplacent l'équipe. Ça m'a presque brisé le cœur. *(Une pause.)* Qu'est-ce qu'ils avaient besoin de faire une connerie pareille ?

JACKIE ROBINSON. – Question de fric, Vinnie. Ebbets Field a peut-être disparu, mais ce qui s'y est passé vit encore dans les mémoires. C'est ça qui compte, Vinnie. L'esprit passe avant la matière. *(On voit Vinnie qui écoute intensément et fait le lien entre le destin des Dodgers et celui du débit de tabac.)* Et d'ailleurs, il y a des choses plus importantes dans la vie que le base-ball. *(Une pause. Il regarde par la fenêtre.)* Mais Brooklyn se porte bien, dirait-on. Plus ou moins pareille que la dernière fois que je l'ai vue. Et Prospect Park, là-bas, au fond… toujours aussi beau. *(Une pause.)* Dis donc, Vinnie. Est-ce qu'on vend encore de ces gaufres belges, tu sais ? Bon Dieu, qu'est-ce que je donnerais pas pour enfoncer mes dents dans une gaufre belge ! Avec deux boules de glace à la pistache – et peut-être un paquet de fraises et de bananes par-dessus le marché. Seigneur, ce que ces trucs-là peuvent me manquer !

VINNIE *(avec empressement)*. – Des gaufres belges ? Sûr qu'on en fait encore. *(Montrant du doigt.)* A deux, trois rues d'ici, tu verras le *Cosmic Diner*. T'as qu'à y entrer, on te donnera toutes les gaufres belges que tu voudras.

JACKIE ROBINSON. – Merci, camarade. Ça me déplairait pas. *(Il commence à sortir du cadre. S'arrête.)* Une journée à Brooklyn ne serait pas complète si on ne s'offrait pas une gaufre belge, pas vrai ?

Il sort. Toujours assis sur sa chaise, Vinnie suit Jackie Robinson des yeux. Au bout d'un moment, il se retourne et regarde droit vers la caméra. Son visage est totalement dénué d'expression. Plan fixe pendant quelques instants.

*

Cette scène a été écrite deux ou trois jours après les autres séquences d'octobre, et l'idée provenait directement de Harvey Weinstein, le président de Miramax.

Il était dix heures du soir quand le téléphone a sonné chez moi. Au bout du fil se trouvait Harvey, qui m'appelait de sa chambre d'hôtel à Londres, où il était trois heures du matin. Il venait de rêver de Brooklyn Boogie, *me dit-il, et il se demandait si son rêve ne pourrait pas figurer dans le film : après sa conversation avec Auggie à propos de la vente du débit de tabac, Vinnie se sent malheureux et confus ; il s'assied pour peser les pour et les contre de son dilemme, quand tout à coup, surgis du néant, quelques-uns des anciens* Dodgers *lui apparaissent et se mettent à évoquer leurs souvenirs de Brooklyn. Qu'en pensais-je ? Je pensais que c'était un trait de génie. Dès le lendemain matin, je me mettrais à l'ouvrage pour voir ce que je pourrais en faire.*

Un des Dodgers *en question était Jackie Robinson. Harvey ne pouvait pas le savoir, bien sûr, mais j'avais pensé toute ma vie à Jackie Robinson. Déjà, quand j'étais en neuvième, tous les élèves de mon école avaient été invités à participer à un concours public d'éloquence. Le sujet, cette année-là, était "le personnage que j'admire le plus". J'ai consacré mon speech à Jackie Robinson et me suis retrouvé gagnant du premier prix. C'était en 1961, je n'avais que quatorze ans, mais la rédaction de ce speech a été un des événements clés de ma vie. A partir de ce jour, j'ai su que je voulais devenir écrivain .*

Quand j'ai entrepris d'écrire cette scène, je me suis rendu compte que Jackie Robinson devait être le seul des Dodgers *à apparaître, que sa présence dirait tout ce qu'il y avait à dire...*

5. EXT. JOUR. DEVANT "THE BROOKLYN CIGAR CO."

Debout devant la porte, Auggie fume une cigarette tout en observant la rue.

Arrive une jeune femme dans la tenue minimale des girls de Las Vegas et coiffée d'une petite casquette de groom. Elle tient à la main une enveloppe jaune. Auggie la dévisage avec un mélange d'amusement et de curiosité.

JEUNE FEMME. – La Brooklyn Cigar Company, c'est ici ?

AUGGIE. – Soi-même. Que puis-je pour vous ?

JEUNE FEMME *(examinant l'enveloppe)*. – Je cherche M. Augustus Wren.

AUGGIE. – Vous l'avez trouvé, beauté.

JEUNE FEMME *(soulagée)*. – Super. J'étais encore jamais venue à Brooklyn. J'étais pas sûre de vous dénicher.

AUGGIE. – Vous savez, Brooklyn est sur la carte. On a même des rues, par ici. Et aussi l'électricité.

JEUNE FEMME *(sarcastique)*. – Pas possible ! *(Une pause.)* Alors ?

AUGGIE. – Alors, quoi ?

JEUNE FEMME. – J'ai un télégramme pour vous.

AUGGIE. – Personne n'est mort, j'espère. *(Il tend la main.)* Voyons ça.

JEUNE FEMME. – Un télégramme chantant.

AUGGIE *(avec un large sourire)*. – De mieux en mieux.

JEUNE FEMME *(s'apprêtant à faire son numéro)*. – Prêt ?

AUGGIE. – Quand vous voudrez.

JEUNE FEMME *(elle danse et chante, d'une voix rauque de chanteuse de boîte de nuit.)*
Marché annulé… stop.
Ba-ba-ba-ba-ba-boum.
Vends pas la boutique… stop.
Ba-ba-ba-ba-ba-boum.
A la semaine prochaine… stop.
Ba-ba-ba-ba-ba-boum.
Te fais plein d'bises… bises… bises
De Las Vegas !
Ba-ba-ba-ba-ba-boum.

AUGGIE *(il applaudit)*. – De la dynamite !

Le jeune femme fait une petite révérence polie (en contraste absolu avec son numéro canaille) et sourit.

AUGGIE. – A mon avis, ça vaut au moins une prime de cinq dollars, non ?

Il sort son portefeuille de sa poche.

JEUNE FEMME *(calmement ulcérée)*. – Cinq dollars ?

Auggie lui tend un billet de cinq dollars ; elle lui remet l'enveloppe jaune.

AUGGIE. – Si des fois vous avez d'autres bonnes nouvelles à apporter, vous savez où me trouver.

JEUNE FEMME *(elle regarde le billet)*. – Merci, m'sieu. Je vais enfin pouvoir acheter cet appareil auditif dont ma mère a besoin depuis si longtemps.

Elle s'éloigne. Auggie ouvre l'enveloppe et commence à lire le télégramme en chantonnant doucement : ba-ba-ba-ba-ba-boum.

*

Je n'avais encore jamais écrit de texte destiné à être chanté. Certes, les quelques lignes de ce télégramme n'ont rien de sensationnel, mais je les ai écrites avec, en tête, une mélodie précise. A ma grande surprise, Madonna les a chantées exactement telles que je les avais imaginées. Mesure pour mesure, phrase pour phrase, elle a chanté le petit air que j'avais à l'esprit. Seule différence : il y avait cinq "ba" avant chacun de mes "boum", et elle en a mis sept.

6. EXT. JOUR. DEVANT "THE BROOKLYN CIGAR CO."

Assis devant le magasin sur son pliant en plastique, Auggie est plongé dans la lecture des *Investigations philosophiques* de Ludwig Wittgenstein ; il fume deux cigarettes en même temps. A ses pieds, un radio-cassette.

Violette arrive, en robe moulante, et se plante devant la chaise longue d'Auggie.

VIOLETTE. – Je voulais juste te montrer comment je m'habille ce soir. *(Elle tourne sur elle-même en jouant les mannequins.)* Pour que tu saches ce que tu manques si tu fais pas ce que t'as promis de faire.

AUGGIE *(admiratif)*. – Très joli !

VIOLETTE *(remarquant qu'Auggie a deux cigarettes à la bouche)*. – Auggie, t'as deux cigarettes dans ta bouche. Qu'est-ce t'as besoin de faire des trucs comme ça ?

AUGGIE *(haussant les épaules).* – J'sais pas. Ça m'avait l'air d'une bonne idée. *(Une pause.)* T'en veux une ?

Violette hausse les épaules à son tour. Auggie prend une des cigarettes qu'il a entre les lèvres et la lui tend.

VIOLETTE *(elle fume).* – Alors, et toi, qu'est-ce tu mets ce soir, Auggie ?

AUGGIE *(haussement d'épaules).* – J'sais pas. J'y ai pas encore pensé.

VIOLETTE. – J'espère que tu seras prêt, c'est tout ce que je peux te dire. *(Avec un geste désignant son corps.)* Ce serait dommage de dire adieu à tout ça, non, Auggie ?

AUGGIE. – Qu'est-ce que tu racontes ? Je suis prêt, là.

VIOLETTE. – T'es même pas habillé. Comment tu pourrais être prêt ?

AUGGIE. – J'suis peut-être pas habillé. Mais je suis prêt.

VIOLETTE. – Qu'est-ce que tu racontes ?

AUGGIE. – Regarde.

Il appuie sur un bouton du radio-cassette. Une salsa sonore s'échappe de l'appareil. Auggie se lève et invite Violette à danser.

La caméra commence à prendre du champ. Violette penche la tête en arrière en riant et puis se met à danser devant Auggie. Après quelques instants, d'autres personnes entrent dans le cadre et dansent au son de la musique.

Coupé. La rue, vue d'en haut. Des quantités de gens ont surgi de partout. Une fête de quartier débridée bat son plein. Auggie et Violette continuent à danser en riant au milieu de cette pagaille.

*

Pour des raisons encore difficiles à comprendre, la première partie de cette scène ne donnait pas bien à l'écran. Le jeu des acteurs était bon, mais la lumière peut-être, ou l'angle de prise de vue, ou la qualité du son n'allaient pas, et nous l'avons à regret supprimée du film.

Les images de la fête de quartier, par contre, nous ont fourni notre conclusion. La grande blonde qui danse au milieu de la foule est RuPaul.

7. STATISTIQUES

Les uns après les autres, debout devant le débit de tabac, toutes sortes de gens récitent les données suivantes concernant Brooklyn :

— Il y a deux millions trois cent mille personnes qui habitent Brooklyn.

— Il y a mille six cents miles de rues, quatre mille cinq cent treize bornes d'incendie et cinquante miles de rivages à Brooklyn.

— Il y a six cent soixante-douze mille cinq cent soixante-neuf personnes vivant à Brooklyn qui sont nées dans des pays étrangers.

— Il y a trois millions deux cent soixante-huit mille cent vingt et un nids-de-poule à Brooklyn.

— Il y a six cent cinq mille cinq cent cinquante-quatre personnes de moins de dix-huit ans qui habitent Brooklyn.

— Mille soixante-six viols ont été commis l'an dernier à Brooklyn.

— Il y a huit cent soixante-douze mille trois cent cinq Afro-Américains qui habitent Brooklyn.

— Il y a quatre cent douze mille neuf cent six Juifs qui habitent Brooklyn.

— Il y a quatre cent soixante-deux mille quatre cent onze Latino-Américains qui habitent Brooklyn.

— Il y a cinq cent quatorze mille cent soixante-trois personnes vivant en dessous du seuil de pauvreté à Brooklyn.

— Il y a eu trente-deux mille neuf cent soixante-dix-neuf voitures volées l'an dernier à Brooklyn.

— Il y a quatre-vingt-dix groupes ethniques différents, trente-deux mille entreprises et mille cinq cents églises, synagogues et mosquées à Brooklyn.

— Trente mille neuf cent soixante-treize vols, quatorze mille cinq cent quatre-vingt-seize agressions criminelles et sept cent vingt meurtres ont été commis l'an dernier à Brooklyn.

— Chaque jour, sept mille neuf cent quatre-vingt-dix-neuf gaufres belges sont consommées dans les restaurants de Brooklyn.

— Autrefois, il y avait à Brooklyn une équipe de base-ball de *major league.* Mais il y a très longtemps de cela.

*

Lors du montage des éléments tournés en juillet (avant de savoir que nous aurions l'occasion de tourner à nouveau en octobre), j'avais suggéré un certain nombre de petits sujets qu'on pourrait ajouter au film à moindre frais. Le plan de Brooklyn que l'on voit au début (assorti des mots VOUS ÊTES ICI*) était l'une de ces suggestions. Une autre consistait à faire passer rapidement sur l'écran, à certains moments clés, une série de données statistiques concernant Brooklyn. Lorsque les trois jours supplémentaires nous ont été accordés, nous sommes convenus qu'il serait plus intéressant de faire réciter ces chiffres par un assortiment des clients d'Auggie sur le trottoir devant le tabac. On a organisé à la hâte une audition, et plus de cent personnes s'y sont présentées pour ces rôles on ne peut plus brefs. (Parmi eux se trouvait Michelle Hurst, qui avait joué la tante Em de Rachid dans* Smoke.*) J'ai reçu une cassette vidéo et en moins de deux heures j'avais choisi une douzaine de personnes pour jouer nos "statisticiens" de Brooklyn. C'est un parfait exemple des défis* *auxquels nous avons eu à faire face lors du second tournage.*

8. VIOLETTE CHANTE *FEVER*

A la fin des trois premières journées de tournage, en juillet, Miramax a organisé une fête pour l'équipe chez Sammy, un restaurant roumain du Lower East Side. Le point culminant de la soirée a été atteint quand Mel Gorham est montée sur la petite estrade et a chanté une inoubliable interprétation de Fever. *Wayne, qui luttait toujours contre ses microbes, était déjà parti et a manqué ça. Un ou deux jours à peine avant que nous recommencions à tourner, il m'a dit : "Tout le monde est encore à répéter combien Mel était formidable quand elle à chanté* Fever. *Pourquoi ne lui demanderions-nous pas de le faire pour nous à la fin de son monologue ?" "Pourquoi pas ?" ai-je répondu.Nous avons donc engagé deux musiciens pour accompagner Mel, et Wayne l'a enfin entendue faire son numéro – dans une version radicalement différente.*

Plus tard, quand nous terminions le montage du film, nous avons fait revenir Mel pour post-synchroniser la prise.

9. L'AFFICHE DES GAUFRES BELGES

L'amateur de gaufres trimbale partout un menu de gaufres belges qui arbore une appétissante photo couleur de l'objet de son désir. Quand nous avons filmé la scène avec Lily Tomlin en juillet, nous n'avons pas eu le temps d'y insérer une vue de la photo, qui aurait donné au public une idée précise de ce dont son personnage avait si désespérément envie. En octobre, pour remédier à ce manque, nous avons préparé une prise de vue de l'affiche des gaufres belges – il s'est trouvé que ça devait être la dernière image du film...

On avait collé l'affiche au mur à l'intérieur du magasin. Nous avions prévu de tourner pendant un certain nombre de secondes (je ne sais plus combien). La caméra a commencé à tourner. Alors qu'il ne restait que deux ou trois secondes, le papier collant a soudain lâché et l'affiche est tombée du mur. L'instant était caractéristique de Brooklyn Boogie. *On pensait avoir terminé, et puis le dieu des adhésifs avait décidé de nous jouer une dernière blague. Il a donc fallu replacer l'affiche et recommencer la prise.*

Cette fois, ça a marché. Cette fois le film était vraiment fini.

10. MATÉRIEL VIDÉO

Ceci constitue la pièce finale du puzzle. En discutant des moyens d'élargir le film, nous avons été séduits, Wayne et moi, par l'idée d'aller dans Brooklyn parler avec des gens réels, de faire passer certaines parties de notre film dans le domaine du documentaire pur. Oui, le débit de tabac était un lieu imaginaire peuplé de personnages imaginaires, mais le jeu des comédiens avait dégagé une telle énergie vitale qu'il ne nous semblait pas contradictoire de tenter d'y inclure l'univers réel de Brooklyn autour du magasin… on verrait bien ce qui se passerait lorsqu'on mêlerait les deux éléments. Dans un but d'économie de temps et d'argent, Wayne a proposé qu'on tourne ces séquences documentaires en vidéo super-huit et qu'ensuite, dans la salle de montage, on transfère sur film les éléments qu'on souhaiterait conserver. Comme nous serions trop occupés sur le plateau pour nous en occuper nous-mêmes, il a fallu engager quelqu'un pour nous aider. Ce quelqu'un fut Harvey Wang, auteur du New York d'Harvey Wang.

Etant donné que notre acteur principal et notre producteur s'appellent tous deux Harvey et que le nom de famille de Wayne est Wang, le fait que le type le plus qualifié pour ce travail s'appelait Harvey Wang relevait d'une sorte d'étrange plaisanterie cosmique. Ce qui rend la coïncidence encore plus belle, c'est qu'Harvey Wang n'est pas chinois (comme Wayne) mais juif (comme le codirecteur de Wayne). Donc, une équipe sino-juive en train de faire un film sur Brooklyn faisait appel à un Juif au nom chinois qui, comme par hasard, habitait Brooklyn. Que rêver de plus approprié ? Nous en avons beaucoup ri, tous les trois, et Wayne ne s'est jamais lassé de présenter Harvey aux gens comme son frère. Mais, sous la farce, il y avait là quelque chose qui s'accordait merveilleusement à l'esprit de notre entreprise. C'était Brooklyn Boogie *même : étrange et imprévisible, sur fond de diversité, de tolérance et d'affection.*

Harvey s'est mis à l'ouvrage avec enthousiasme. En huit jours de travail, il a amassé plus de seize heures de film. On n'en a pas utilisé plus de quelques minutes dans Brooklyn Boogie, *mais moi qui ai vu chacune des nombreuses interviews qu'il a enregistrées, je pense qu'elles constitueraient un film excellent en soi : un portrait documentaire de Brooklyn dans toute sa gloire désordonnée. Ainsi que l'a écrit Harvey : "Il n'y a pas une voix unique pour tout Brooklyn. Comme dans un orchestre, chaque voix contribue par un accent, une attitude «tire-toi de là, vieux, c'est la place de ma caisse», une acclamation, une jérémiade. La cacophonie qui en résulte est la bande son de ce lieu unique en son genre.*

Tout ça se trouve dans son film.

Brooklyn Boogie

BROOKLYN BOOGIE

Réalisé par Wayne Wang et Paul Auster

Situations imaginées par Paul Auster et Wayne Wang

Directeur de la photographie : Adam Holender

Montage : Christopher Tellefsen

Décors : Kalina Ivanov

Costumes : Claudia Brown

Distribution

(par ordre d'apparition à l'écran)

L'homme aux lunettes bizarres : Lou Reed

Auggie Wren : Harvey Keitel

Violette : Mel Gorham

Un gamin : Sharif Rashed

La jeune femme : Mira Sorvino

Jerry : José Zuniga

Dennis : Steve Gevedon

Vinnie : Victor Argo

Sue : Peggy Gormley

Jimmy : Jared Harris

Tommy : Giancarlo Esposito

Dot : Roseanne

Bob : Jim Jarmusch

L'amateur de gaufres : Lily Tomlin

Le rappeur : Malik Yoba

Pete : Michael J. Fox

Jackie Robinson : Keith David

La messagère : Madonna

Les musiciens : John Lurie, Billy Martin, Calvin Weston

Une danseuse : RuPaul

Résidents de Brooklyn : Rusty Kanokogi
Sasalina Gambino
Chief Bey
Ian Frazier
Luc Sante
Robert Jackson

1. INT. JOUR. "THE BROOKLYN CIGAR CO."

Un homme portant des lunettes bizarres est assis derrière le comptoir.

L'HOMME. – Je crois qu'une des raisons pour lesquelles je vis à New York c'est que… je m'y retrouve dans New York. Je ne m'y retrouve pas dans Paris. Je ne m'y retrouve pas dans Denver. Je ne m'y retrouve pas dans Maui. Je ne m'y retrouve pas dans Toronto, et cetera, et cetera. C'est presque par défaut. Je ne connais pas beaucoup de gens qui vivent à New York et qui ne disent pas, eux aussi : "Mais je m'en vais." Moi, je pense à m'en aller depuis… trente-cinq ans maintenant. Je suis quasi prêt.

2. CARTES ET PLANS

On voit une carte de la section nord-est des Etats-Unis. La caméra se rapproche de New York. Un plan de la ville de New York apparaît. La caméra se rapproche des rues de Brooklyn. Au moment où elle atteint le coin de la 16e rue et de Prospect Park West, un cercle entoure cette zone. Les mots VOUS ÊTES ICI *s'inscrivent sur l'écran.*

3. EXT. JOUR. "THE BROOKLYN CIGAR CO."

Plan d'ensemble du débit de tabac vu de l'autre côté de la rue.

Plan plus rapproché : on voit plusieurs clients entrer et sortir du magasin.

4. EXT. JOUR. DEVANT "THE BROOKLYN CIGAR CO."

Auggie et Violette sont debout ensemble au coin de la rue.

VIOLETTE. – Samedi seize.

AUGGIE *(imitant l'accent de Violette).* – Samedi seize.

VIOLETTE. – Oui.

AUGGIE *(corrigeant sa prononciation).* – Samedi seize.

VIOLETTE. – Samedi seize. Il faut que ce soit ce soir-là. Il le faut parce que c'est le seul soir où Ramon et son groupe jouent à Brooklyn. D'accord ? Auggie, c'est mon frère. Fais-moi confiance, d'accord ?

AUGGIE. – T'en fais pas, mon cœur. C'est promis.

VIOLETTE. – Merci. Ecoute, tu vas être extra. T'auras qu'à te rappeler les pas que je t'ai appris, et tu seras aussi bien que ce Fred Astaire de mes deux.

AUGGIE. – D'accord, Ginger. Tout ce que tu veux.

A l'arrière-plan, on voit un gamin qui fauche son sac à une jeune femme. Il passe en courant près d'Auggie et Violette, tourne le coin et sort du cadre.

JEUNE FEMME. – Au voleur ! Au voleur ! Il a pris mon sac !

Auggie se lance à la poursuite du gamin. Quelques instants plus tard, il revient en le traînant par le col. Il rend son sac à la jeune femme.

A Auggie.

Merci. Merci beaucoup, monsieur.

AUGGIE. – Ça va ?

JEUNE FEMME. – Je vous suis très reconnaissante. Merci. C'était formidable.

AUGGIE. – Bon, d'accord. C'est bien. *(Il regarde le gamin.)* Bon, allons appeler les flics. Qu'on arrête ce petit gars.

JEUNE FEMME. – Eh, attendez, minute !

AUGGIE. – On va téléphoner de ma boutique.

JEUNE FEMME. – Vous allez le faire arrêter ?

AUGGIE. – Ouais.

La jeune femme se penche vers le gosse et l'observe avec attention.

Non, non, faites pas ça !

JEUNE FEMME *(au gamin)*. – Tu as quel âge ?

AUGGIE. – Je lis ça dans vos yeux. *(Prenant une voix de petit garçon :)* "Moi ? J'ai que douze ans." C'est cet air-là que vous allez me chanter maintenant, ma petite dame ?

JEUNE FEMME. – Il est mort de trouille. Allez…

AUGGIE. – C'est *lui* qui me fout la trouille ! *(Reprenant sa voix de petit garçon :)* "J'ai que douze ans…"

JEUNE FEMME. – Vous l'avez rattrapé en cinq secondes à peine…

AUGGIE. – "… mais je m'attaque qu'aux gens qui ne peuvent pas m'attraper, les trop vieux…"

JEUNE FEMME. – Eh, m'sieu ! Ecoutez, je vous remercie de me l'avoir récupéré, mais laissez-le partir, il est trop petit.

VIOLETTE *(elle essaie de mettre un terme à la dispute).* – Eh, oh ! Ça va.

AUGGIE. – Vous n'allez pas porter plainte contre lui ? Vous n'allez pas porter plainte ?

JEUNE FEMME. – Non. Regardez-le. C'est qu'un bébé.

AUGGIE. – Je le regarde. Et alors ?

JEUNE FEMME. – Il me fait penser à mon petit frère.

AUGGIE. – Ma jolie, y a des bébés qui trouent la peau des gens dans New York aujourd'hui.

JEUNE FEMME. – Vous voyez une arme sur lui ? Allez…

AUGGIE. – Vous lisez les journaux ? *(Au gamin :)* T'as une arme ?

Il commence à le fouiller.

JEUNE FEMME. – Allez, vous me faites marcher. Laissez-le partir, d'accord ? Allez… la plaisanterie a assez duré.

VIOLETTE *(à Auggie).* – Ça suffit, arrête !

JEUNE FEMME. – Laissez-le, je vous en prie.

JERRY. – Y a qu'à appeler les flics.

JEUNE FEMME. – Laissez-le filer, d'accord ? Ça m'est égal. Je n'ai pas envie de porter plainte. Merci. Je vous suis très reconnaissante de m'avoir rapporté mon sac, mais je vous en prie, laissez-le filer. Il se conduira bien. Regardez-le… *(Au gamin :)* Tu ne feras plus de bêtises, n'est-ce pas ?

Auggie prend son sac à la jeune femme et le tend au gamin.

AUGGIE *(au gamin).* – Tiens, il est à toi.

JEUNE FEMME. – Quoi ? Oh, doucement !

Elle reprend le sac au gamin.

VIOLETTE *(à Auggie).* – Je te préviens, tu cherches les ennuis de nouveau. Tu cherches les ennuis.

Une deuxième fois, Auggie saisit le sac de la jeune femme et le donne au gamin. Cette fois, il le pousse d'une bourrade.

AUGGIE *(au gamin).* – File ! File !

Le gamin détale. Aussitôt, la jeune femme sort en le poursuivant.

VIOLETTE *(à Auggie).* – Pourquoi tu fais ça ? Espèce de salaud ! Regarde cette pauvre fille. Pourquoi tu fais ça ? Connard. *(Elle se tourne vers les badauds.)* Pourquoi vous restez plantés là ? Faites quelque chose ! Vous trouvez ça drôle ?

La jeune femme revient, les mains vides.

JEUNE FEMME *(à Auggie).* – Comment avez-vous osé ? Comment osez-vous me prendre mes affaires et les donner comme ça ! Vous savez ce qu'y avait là-dedans ?

Dennis se met à rigoler.

JEUNE FEMME *(à Dennis).* – La ferme !

Toujours riant, Dennis entre dans le magasin.

AUGGIE. – Ma p'tite dame…

JEUNE FEMME. – Quoi, qu'est-ce que vous foutez ?

AUGGIE. – Si ce sac était si important pour vous, fallait vous y accrocher.

JEUNE FEMME. – Vous êtes quoi, vous, un vigile, ou quoi ?

AUGGIE. – J'ai risqué ma vie pour rattraper ce gosse.

JEUNE FEMME. – Oui, merci beaucoup. Mais j'ai le droit de pardonner sans être punie pour ça.

VIOLETTE. – D'accord…

AUGGIE. – Vous avez la responsab… *(A Violette :)* Excuse-moi, mon cœur. Lâche-moi une minute. Lâche-moi une minute !

VIOLETTE. – Me parle pas comme ça, Auggie !

Auggie se retourne vers la jeune femme et lui agite un doigt sous le nez.

AUGGIE. – Vous avez la responsabilité d'apprendre à ce gosse…

JEUNE FEMME. – Otez votre doigt de là. Vous n'avez aucun droit… !

AUGGIE. – Non, ma p'tite dame. Ma p'tite dame…

JEUNE FEMME. – Oh, ma p'tite dame, ma p'tite dame ! Quoi ?

AUGGIE. – Vous avez la responsabilité d'apprendre à ce gosse ce qui est bien ou mal.

JEUNE FEMME. – J'ai… Oh ? Et vous, vous venez de lui apprendre ce qui est bien ou mal ? C'était le bien ou le mal, ça ? Vous l'avez récompensé, c'est tout !

AUGGIE. – Vous savez ce que vous lui avez appris, vous ? *(Une pause. Air surpris.)* Je l'ai récompensé ? *(Il se retourne, prend le ciel à témoin, gesticule.)* Mama ! Oh, Dieu ! Par pitié !

JEUNE FEMME. – Vous le lui avez rendu ! Arrêtez votre cirque !

AUGGIE *(incrédule)*. – Moi, je l'ai récompensé ?

JEUNE FEMME. – Vous le lui avez rendu. C'était quoi, ça ? C'était un encouragement ! Moi, je lui enseignais la clémence !

AUGGIE. – La clémence ?

JEUNE FEMME. – Je lui montrais un peu de bonté.

AUGGIE. – Ma petite dame ! *(Il crie :)* C'est New York, ici !

5. INT. JOUR. “THE BROOKLYN CIGAR CO.”

L'homme aux lunettes bizarres, comme précédemment.

L'HOMME. – J'ai peur dans mon propre appartement. J'ai peur vingt-quatre heures sur vingt-quatre. Mais pas nécessairement à New York. En réalité, je me sens assez à l'aise, à New York. J'ai peur… par exemple en Suède. Vous savez, cette sorte de vide. Ils sont tous soûls. Tout fonctionne. Si vous vous arrêtez à un feu de circulation sans couper votre moteur, des gens viennent vous en parler. Si vous ouvrez l'armoire à pharmacie, vous découvrez une petite affichette qui dit : “En cas de suicide, appelez…” Vous allumez la télé, vous tombez sur une opération de l'oreille. Ces trucs-là me font peur. New York ? Non.

6. EXT. JOUR. DEVANT “THE BROOKLYN CIGAR CO.”

L'une après l'autre, trois personnes récitent les statistiques suivantes :

PREMIÈRE FEMME. – Il y a deux millions trois cent mille personnes qui habitent Brooklyn.

VIEILLARD. – Il y a quatre-vingt-dix groupes ethniques différents, trente-deux mille entreprises et mille cinq cents églises, synagogues et mosquées à Brooklyn.

SECONDE FEMME. – Trente mille neuf cent soixante-treize vols, quatorze mille cinq cent quatre-vingt-seize agressions criminelles et sept cent vingt meurtres ont été commis l'an dernier à Brooklyn.

7. INT. JOUR. "THE BROOKLYN CIGAR CO."

Auggie et Vinnie sont seuls dans le magasin. On les surprend en pleine conversation.

AUGGIE. – Pas de problème, Vin. Tout baigne. Je pourrais tenir cette boutique les yeux fermés.

VINNIE. – Je sais. Ça fait combien de temps que tu bosses pour moi, Auggie ?

AUGGIE. – J'sais pas. Treize, quatorze ans. Quelque chose comme ça.

VINNIE. – C'est un peu idiot, tu crois pas ? Je veux dire, un type intelligent comme toi. Qu'est-ce que tu as besoin de t'accrocher à un boulot sans avenir comme celui-là ?

AUGGIE. – J'sais pas. Sans doute parce que je t'aime, patron.

Vinnie se rapproche d'Auggie et lui passe un bras autour des épaules.

VINNIE. – Moi aussi, je t'aime bien.

Auggie se dégage en faisant un "signe de croix" pour maintenir Vinnie à distance.

8. EXT. JOUR. LE PONT DE BROOKLYN

Une voiture roule sur le pont en direction de Brooklyn. Tourné en vidéo.

9. CARTON

Les mots suivants apparaissent sur l'écran : BROOKLYN ATTITUDE.

10. INTERVIEW D'HABITANTS DE BROOKLYN

Tourné en vidéo. Intérieur d'un appartement.

RUSTY KANOKOGI *(avec son mari à ses côtés).* – L'attitude brooklynienne, à mon avis, c'est d'abord : savoir ce qu'on fait, avoir raison et aller jusqu'au bout. Et ne jamais cesser d'aller jusqu'au bout de ce qu'on croit juste. Et si on doit le défendre – physiquement, verbalement, spirituellement, de toutes les façons, on doit le défendre. Les gens de Brooklyn sont toujours prêts à payer le prix pour ce qu'ils croient juste. C'est être aux premières lignes et aller jusqu'au bout. Et ne s'en laisser conter par personne.

11. INT. JOUR. "THE BROOKLYN CIGAR CO."

Auggie se tient derrière le comptoir. Sue, une serveuse, dépose des pièces de monnaie devant lui. Jimmy est en train d'épousseter l'Indien de bois. Tommy, Jerry et Dennis sont assis sur des chaises le long de la vitrine latérale.

SUE. – Un paquet de Kool, s'il vous plaît.

DENNIS *(bougonnant).* – Qu'est-ce qu'elle fout ici, celle-là ?

SUE. – Je t'ai entendu, Dennis.

DENNIS. – Hein ?

SUE. – Je t'ai entendu. C'est un lieu public, ici.

DENNIS. – Ouais, c't un lieu public, c'est ça. *(Sarcastique :)* Comment ça va, Sue ?

SUE *(va se planter face à Dennis ; également sarcastique).* – Comment ça va, Dennis ?

DENNIS. – Oh, bien. Je vais toujours bien.

SUE. – Bon, je suis contente de voir que t'as pas les doigts cassés.

DENNIS. – Qu'est-ce que… Ça veut dire quoi, ça ?

SUE. – Eh ben, si t'avais les doigts cassés, au moins t'aurais une excuse pour ne pas avoir appelé Mary hier soir. Elle a passé la soirée à côté du téléphone. Elle pensait qu'il était arrivé quelque chose. Oh, peut-être que Dennis… peut-être qu'il lui est arrivé quelque chose. La conne ! Si tu lui dis que tu vas venir, tu viens. Ou au moins tu téléphones.

DENNIS. – Quoi ?

SUE. – Oh, Dennis, fais pas semblant. Fais pas comme si tu ne savais pas de quoi je parle.

DENNIS. – Oh, minute ! Minute, minute… Qu'est-ce que tu fous à venir ici me dire…

SUE. – J'espérais bien tomber sur toi.

DENNIS. – Minute… Qu'est-ce tu fous à venir ici me dire… non, laisse-moi finir. Qu'est-ce tu fous à venir me dire ce que j'ai à faire avec ma petite amie ?

SUE. – Ta petite amie ?

DENNIS. – Je crois…

SUE. – Si t'avais la moindre affection pour Mary, tu ne la laisserais pas passer toute une nuit à t'attendre.

DENNIS. – Mary et moi, on s'est mis d'accord. Moi je gagne ma croûte. *(Haussant le ton pour l'empêcher de parler :)* Toi, j'sais pas ce que tu fais. Si, j'sais ce que tu fais. Tu passes dix heures par jour sur tes jambes dans un restau minable pour te faire vingt-cinq dollars… Moi, je gagne ma croûte. J'ai un emploi du temps. J'ai des gens…

SUE. – Un emploi du temps ?

DENNIS. – Un très…

SUE. – Le match des *Knicks* à huit heures. C'est-à-dire qu'à sept heures t'es là avec les tickets. Ça, un emploi du temps ?

DENNIS. – C'est un emploi du temps. C'est un boulot. C'est là que je dois être. C'est quelque chose qu'elle comprend, elle. Vu ? *(Il hausse le ton, de nouveau.)* Et toi, qu'est-ce tu fous là ? Je sais pas, moi, qu'est-ce tu fous là à décider ce qu'elle doit penser que je dois faire ? Qu'est-ce t'as à me casser les couilles ?

SUE. – Je me fous pas mal de ce que tu fais de ta vie. Tu fais ce que tu veux.

DENNIS. – Eh ben alors, tu la fermes.

SUE. – Mais tu fous la paix à ma sœur.

DENNIS. – Tu la fermes, à la fin ? Tu la fermes ? Pourquoi tu viens ici ? Cet endroit…

Dennis se tourne vers les autres en gesticulant. Sue lui effleure le dos.

SUE. – Je n'aime pas voir ma sœur…

DENNIS *(pivotant sur lui-même)* – Tu me touches pas ! Tu m'approches même pas, t'entends ? Tu poses pas sur moi tes sales petits doigts graisseux de serveuse de merde. Compris ?

SUE. – Quoi ?

DENNIS. – Tu sais, tu sais, je…

Il se tourne vers les autres.

SUE. – Où est-ce que tu décroches ?

DENNIS. – Pendant un an j'ai écouté Phil. Vous savez, Phil, mon cher pote… J'ai passé toute une putain d'année à l'écouter se plaindre de toi. Une année ! Et maintenant c'est toi qui vas me dire comment m'occuper de mes affaires ? C'est toi qui vas me dire comment je dois être avec ma copine… ou comment je dois pas être ?

SUE. – Tout ce que je te demande…

DENNIS. – Je crois savoir que Phil t'a plaquée. C'est bien ça, hein ? Je crois qu'il t'a plaquée, je ne me trompe pas.

SUE. – Je ne pense pas que les événements se sont…

DENNIS *(lui coupant la parole).* – Il t'a plaquée parce que… Eh bien, je crois… Eh bien, non. C'était quoi, déjà ? Quoi ? C'est toi qui l'as quitté ? Non, je ne crois pas. Je ne crois pas. Non, c'est lui qui t'a plaquée. *(Se tournant vers les autres :)* Vous savez pourquoi ? Vous savez pourquoi il l'a plaquée ? Frigide !

SUE. – Ravie que tu sois un expert…

DENNIS. – Frigide. Voilà pourquoi. Frigide. Rien. Rien, rien, rien. Un putain de glaçon.

SUE. – Va te faire foutre !

DENNIS. – Putain de glaçon !

Sue gifle Dennis.

SUE. – Va te faire foutre ! Espèce de salaud !

12. INTERVIEW D'HABITANTS DE BROOKLYN

Tourné en vidéo. Suite de la scène 10.

RUSTY KANOKOGI. – Je lui ai appris le hand-ball. Et il est mon meilleur adversaire. Parce que le score est toujours serré. On se bat pas à la maison parce qu'on se bat sur le terrain. Et c'est de combats à mort que je parle. Je céderai pas, je crèverais, je tomberais raide sur ce terrain plutôt que de lui donner un point. Et alors il essaie de me harceler, vous savez ? "Oh, qu'il dit, maintenant je vais devenir sérieux." Et chaque fois qu'il fait ça, je lui fous la raclée.

13. INT. JOUR. "THE BROOKLYN CIGAR CO."

Suite de la scène 11.

DENNIS *(fou de rage).* – Qu'est-ce tu viens foutre ici avec tes conneries ? Ces mecs sont mes amis !

TOMMY *(s'efforçant de le calmer).* – Dennis.

DENNIS *(à Sue, en désignant Auggie).* – Tu lui dis, à lui, comment s'occuper de ses affaires ? C'est mes amis, ici ! Qu'est-ce t'as à foutre à venir ici dire à mes amis…

TOMMY. – Dennis, écrase.

DENNIS. – Non ! Je t'emmerde, je t'emmerde, je t'emmerde.

TOMMY. – D'accord, d'accord, mais dehors. Tu sors, vu ? Laisse tomber tout ça, laisse tomber.

Dennis sort en trombe. Fondu. Jimmy Rose est debout à côté de Sue devant le comptoir.

JIMMY. – Pourquoi vous gueuliez si fort ?

SUE *(à Auggie).* – Alors c'est ça qui se passe, ici ? Vous passez vos journées à raconter ce genre de conneries ?

AUGGIE. – Non, Sue, non.

SUE. – Je suis désolée d'avoir déclenché ça. Pouvez me croire, je sais que je l'ai déclenché.

AUGGIE. – Personne ne parle de vous, Sue.

JIMMY. – Pourquoi… pourquoi vous gueuliez si fort ?

SUE. – Des choses qu'on aurait mieux fait de pas dire.

JIMMY. – Vous voulez un câlin ?

SUE. – Ouais.

JIMMY. – Ouais ?

Jimmy entoure timidement Sue de ses bras et lui tapote l'épaule. Puis il l'étreint plus fort et appuie la tête contre sa poitrine. Elle rit.

SUE. – Fais comme chez toi, Jimmy.

JIMMY. – Ça va mieux ?

SUE. – Ouais, beaucoup mieux.

JIMMY. – Vous êtes plus rigide ?

SUE. – Non, non, plus rigide.

JIMMY. – Ouais, moi aussi, parfois, je deviens rigide. Ouais. *(Il se retourne et pointe un doigt vers l'Indien de bois.)* Comme l'Indien, là-bas.

SUE. – C'est vrai ?

JIMMY. – C'est vrai. Je... Je me tiens debout, là, et je deviens rigide.

14. INT. JOUR. "THE BROOKLYN CIGAR CO."

Jimmy Rose est assis sur un tabouret devant le comptoir.

JIMMY. – Auggie dit que... il dit que... avant tout, on, il dit qu'avant tout on aime quelqu'un... et... et puis... et puis alors on l'embrasse. Et puis alors après qu'on l'a embrassée, euh... on fait les saletés. Ouais. Ouais. On fait les saletés. Ouais. Il dit... et après ça... euh... alors on sait si... si on peut tomber amoureux d'elle. Et si on tombe amoureux d'elle, alors on se marie avec quelqu'un d'autre.

15. INT. JOUR. "THE BROOKLYN CIGAR CO."

Jimmy Rose époussette l'Indien. Auggie fait son inventaire. Entre Dot.

DOT *(à Jimmy)*. – Salut !

JIMMY. – Salut !

DOT *(à Auggie)*. – Bonjour.

AUGGIE. – 'Jour, Dot. Ça va, ma grande ?

DOT. – Ouais, très bien. Très bien. Je peux prendre un chewing-gum ? *(Elle prend un paquet sur le présentoir.)* Je suis dans une forme d'enfer.

AUGGIE. – Qu'est-ce qui t'amène sous le soleil de Brooklyn ?

DOT. – Oh, je passais. J'avais envie de te parler. Si je peux te parler. Je peux te parler ? T'as une minute ?

AUGGIE. – Tu tombes plutôt mal. Je fais mon inventaire.

DOT. – Oh, une minute. Une minute !

AUGGIE. – D'accord.

DOT. – Je tiens une de ces rognes ! Nom de Dieu, je tiens une de ces rognes contre Vinnie ! *(Elle s'assied.)* J'avais envie de t'en parler, c'est tout. Je sais pas pourquoi j'avais envie de t'en parler, mais tu le connais. Je sais pas. Moi, je le connais pas.

AUGGIE. – Qu'est-ce qui s'est passé ?

DOT. – Ce salaud me rend cinglée. Tu vois ce que je veux dire ? Il m'a promis de m'emmener à Las Vegas. T'es au courant de ça et de tout le reste. Et puis, à la dernière minute, évidemment, "une autre fois". Il fait marche arrière, il dit qu'on va remettre ça à plus tard, ou annuler, ou n'importe quoi. Bref, je sais pas, mais j'y vais pas. Il y va pas avec moi, en tout cas.

AUGGIE. – Ah ?

DOT. – Ça me prend la tête, parce que vraiment je m'en réjouissais, et j'avais vraiment envie d'y aller, toute ma vie j'ai eu envie d'y aller. Mais au lieu de pouvoir y aller, qu'est-ce que j'ai fait ? Je suis restée là à laver la vaisselle et à mitonner le thon en cocotte *pendant quinze ans !* Et je vais toujours pas à Las Vegas. Et je suis en rogne, et j'arrive pas à m'asseoir sur cette chaise.

AUGGIE. – Mais enfin, Dot, il doit avoir une bonne raison d'annuler…

DOT. – Il a pas de bonne raison. Y en a pas, de bonne raison ! Je veux dire, y a un million de raisons, mais aucune n'est bonne. Si, au bout de quinze ans de mariage, tu promets à ta femme de l'emmener quelque part, y a aucune bonne raison d'annuler ni de changer d'avis ni de remettre à plus tard ni rien. *(Coupe dans l'image.)* J'avais envie d'un peu de bon temps. J'avais envie d'aller quelque part où il se passe des choses le soir. Après six heures.

AUGGIE. – Et ton lit, alors ?

DOT *(elle rit).* – Justement, c'est pour ça que j'ai envie d'aller à Las Vegas…

AUGGIE. – Allez !

DOT. – Allez ? Tu sais pas ce que c'est. Tu sais pas.

AUGGIE. – Ecoute, Vinnie est un type merveilleux. Il t'aime, il est dingue des gosses. Alors si ce type-là, pour une fois, ne tient pas sa promesse…

DOT. – C'est pas une fois, c'est chaque fois. Ça fait quinze ans que ça dure. C'est pas une fois ! Si c'était une fois, tu t'imagines que je serais dans cet état ? Si c'était une fois, j'y dirais : "D'accord, d'accord, Vinnie." Mais c'est… C'est tout le temps ! C'est tout le temps, sauf si ç'a à voir avec toi… ou cette foutue boutique.

AUGGIE. – Bon Dieu, Dot.

DOT. – Je fais jamais rien de marrant. Je suis une fille qui a besoin de se marrer !

Pendant un instant, on voit des musiciens en train de jouer sur le trottoir devant le magasin. Et puis retour à l'intérieur :

Je peux vraiment te parler ?

AUGGIE. – Bien sûr, Dot, bien sûr.

La porte s'ouvre. Entre Violette.

DOT. – Auggie, il… Je sais pas…

AUGGIE. – Oh, Violette, comment va ?

VIOLETTE. – Salut, Dot.

DOT. – Salut.

AUGGIE. – Tu connais Dot. Dot, Violette.

DOT. – Ouais, salut, Violette.

VIOLETTE. – Salut, Dot.

AUGGIE. – Qu'est-ce qui se passe, mon cœur ?

VIOLETTE. – Eh bien, je viens... pour être sûre que c'est bien entendu... Je viens te rappeler que ce samedi soir, toi et moi, chickie-chickie, dansa-dansa, tu te souviens, oui ?

DOT. – Vous allez danser, hein ? Eh bien, ne changez pas d'avis. *(Elle se lève.)* A plus tard.

AUGGIE. – Bon, écoute...

DOT. – D'accord. Mais ne change pas d'avis. *(A Violette :)* Ne le laissez pas changer d'avis.

AUGGIE. – On ne changera pas d'avis.

VIOLETTE. – Avec moi, on ne change pas d'avis.

AUGGIE. – Vinnie non plus ne change pas d'avis. Vinnie ne change pas...

DOT. – Te fatigue pas. A plus tard.

AUGGIE. – D'accord. Pas de conneries, hein ? *(Il lui donne une petite claque sur le derrière au moment où elle s'en va. Puis il se tourne vers Violette :)* Comment va, beauté ?

VIOLETTE. – Et toi, comment va ? Ravie de te voir, mon cœur. *(Elle embrasse Auggie sur la joue.)* Alors toi et moi, on va dansa-dansa, hein ? Samedi soir.

AUGGIE. – Samedi soir ?

VIOLETTE. – Oui.

AUGGIE. – Pas *ce* samedi soir. Tu veux dire le samedi suivant ?

VIOLETTE. – Déconne pas, Auggie, déconne pas.

Elle écrase sa cigarette par terre.

AUGGIE. – Oh. Qu'est-ce que tu fais ?

VIOLETTE. – Et toi, qu'est-ce que tu me fais, à moi ?

AUGGIE *(en désignant Jimmy).* – Fais pas ça. C'est lui qui doit balayer.

VIOLETTE. – Auggie, t'as dit samedi soir. Te fous pas de moi, d'accord ? Qu'est-ce que t'essaies de me faire gober ? Tu dis le seize, je dis le seize, j'ai tout organisé.

AUGGIE. – Seigneur, y a quelque chose dans l'air ? Qu'est-ce qui vous prend ? Dot est à cran, tu es à cran. A cause de quoi ? *(Une pause.)* Qu'est-ce que t'as dans l'oreille ?

VIOLETTE *(montrant du geste un petit écouteur).* – C'est ma musique.

AUGGIE. – Ecoute, mon cœur, samedi soir... Samedi soir j'ai promis à Tommy que je l'aiderais à vider l'appartement de son frère. Tu sais, son frère... son frère Chuck. On était ensemble dans la marine, et il est mort. Tu sais de quoi je parle ?

VIOLETTE. – Je sais pas de quoi tu parles, compris ? Chuck, Chuck, qui c'est ça, Chuck ?

AUGGIE. – Non, qui c'*était*, Chuck. Chuck est mort. Chuck est un type avec qui j'étais dans la marine, et il est mort.

VIOLETTE. – T'es en train de me doubler, c'est ça, mon chou ? Viens ici.

Elle se colle contre Auggie et l'entoure dans ses bras.

AUGGIE. – Te doubler, toi ? T'es bien trop belle pour qu'on te double.

VIOLETTE. – C'est qui ? Dot ? Sally ? Oh, je sais... C'est cette petite serveuse avec le gros *culo*, pas vrai ?

AUGGIE. – Tu me flattes, ma jolie. Non, non, jamais je te doublerais. Qu'est-ce qui te prend ? Je t'aime. Allez, cesse.

Il la serre dans ses bras.

16. EXT. JOUR. DEVANT "THE BROOKLYN CIGAR CO."

Auggie sort, allume une cigarette et parcourt la rue du regard.

17. INT. NUIT. LA CHAMBRE DE VIOLETTE

Violette est assise devant sa table de toilette, en train de se maquiller en se regardant dans la glace.

VIOLETTE *(en larmes)*. – Tu me mens, Agosto. Et les gens qui mentent méritent pas qu'on les aime. Si tu déconnes avec Violetta, Violetta se défend. Je t'arrache les tripes, Auggie. Comme un tigre. Comme un putain de tigre… avec des dents aussi coupantes que des lames de rasoir. *(Elle aspire une bouffée de sa cigarette.)* Te fous pas de moi.

18. INTERVIEW D'UNE HABITANTE DE BROOKLYN

Tourné en vidéo. La promenade à Coney Island.

SASALINA GAMBINO. – Si les filles de Brooklyn savent se battre ? Bien sûr. Parce qu'on ne griffe pas, on ne tire pas les cheveux. On se bat comme des mecs. Aux poings, vous voyez ce que je veux dire ? Si on n'y arrive pas, on se servira d'une poubelle… ou d'une bouteille… ou de n'importe quoi. *(Coupe.)* Si j'ai un mec ? Ouais. C'est qu'un voyou, remarquez. Il est pas comme moi. Il n'aime pas considérer les choses et se calmer. Tout ce qu'il aime, c'est fumer de l'herbe et s'enfiler des canettes toute la journée. Et c'est tout ce qu'il fait. Je veux dire, je crois qu'il fume une livre d'herbe par jour. *(Coupe.)* C'est mon mec, mais je crois que je vais en changer. Parce qu'y a trop de Brooklyn en lui.

19. EXT. JOUR. DEVANT "THE BROOKLYN CIGAR CO."

Des clients entrent et sortent, comme dans la scène 3.

20. INT. JOUR. "THE BROOKLYN CIGAR CO."

Bob, un habitué, vient d'entrer et se tient devant le comptoir avec Auggie. Jimmy travaille dans un coin.

AUGGIE. – Un paquet de Lucky ?

BOB. – Vous savez quoi ? Non, je vais vous le dire... Il ne me reste qu'une cigarette... et j'ai décidé, voilà, de venir ici, je vais arrêter. Mais je voulais fumer celle-ci avec vous. Alors je me suis dit : "La dernière cigarette, on va la fumer chez Auggie."

AUGGIE. – Sans blague. Je suis très touché.

BOB. – Eh, Jimmy, tu veux prendre une photo de moi avec Auggie et ma dernière cigarette ? *(Il tend à Jimmy un appareil photo.)* Y a qu'à appuyer là. *(A Auggie :)* Et voilà, mon vieux.

AUGGIE. – D'accord, vous voulez que je me mette où ?

BOB. – Je ne sais pas. Si vous veniez par ici ?

AUGGIE. – Bob, vous savez...

BOB. – La dernière cigarette. Chez Auggie.

AUGGIE. – Je suis très touché que vous vouliez fumer votre dernière cigarette chez moi.

BOB. – Dites donc, ça fait douze ans que je viens ici... pour mes Lucky !

Fondu. Bob et Auggie prennent la pose.

BOB. – Attends, Jimmy, ton doigt est devant l'objectif. Ça va. Merci.

Jimmy prend la photo.

AUGGIE. – Ça y est, Jimmy.

Bob et Auggie s'assoient.

BOB. – Eh bien, voilà. Plus qu'une cigarette. *(Fondu.)* Je me souviens de ma première, mon vieux. J'avais des copains, ils volaient des cigarettes dans ce bazar, chez Bueler. Je m'en souviens encore. C'était dans cette espèce de faubourg d'Akron, Ohio, où je suis né. Alors on rentrait à la maison en longeant la voie du chemin de fer… on ouvrait le paquet… je m'en souviens encore… un paquet de Newport, je crois. On commençait par les renifler… ce menthol, vous savez… comme une odeur de bonbons. Et puis on les allumait… on se mettait à fumer… on toussait. Au bout de quelques minutes, on était malades, nauséeux… tout tournait. Mais on se sentait vachement cool. Les vrais sales mômes, des gamins de dix ans… en train de fumer. *(Fondu.)* Mais l'amour et les cigarettes, faut bien l'admettre… Ça, c'est le truc qui va vraiment me manquer…

AUGGIE. – L'amour ?

BOB. – Eh bien…

AUGGIE. – Vous renoncez aussi à l'amour ?

BOB. – Non.

AUGGIE. – C'est parce que vous ne pouvez plus fumer après ?

BOB. – Peut-être. Vous savez, je n'ai jamais eu une maîtresse qui ne fumait pas. Ça veut peut-être dire que si j'arrête je ne baiserai plus jamais. *(Fondu.)* Mais en griller une après l'amour… c'est comme… aucune cigarette n'a jamais cette saveur. Vous savez, celle qu'on fume ensemble, avec sa partenaire.

AUGGIE. – Le pied.

BOB. – C'est ça qui va me manquer… Et aussi avec le café. Café et cigarette, vous savez ? "Le breakfast des champions."

21. EXT. JOUR. DEVANT "THE BROOKLYN CIGAR CO."

L'amateur de gaufres est debout devant le magasin. Tommy arrive.

L'AMATEUR DE GAUFRES. – Eh, mon brave.

TOMMY. – Eh, qu'est-ce qu'y a ? *(Il frappe à la vitre du magasin.)* Voulez un café ?

L'AMATEUR DE GAUFRES. – Faites gaffe aux peluches sur vot' costard.

TOMMY. – Les peluches ? Je déteste ça. Les peluches, ça me rend malade.

L'AMATEUR DE GAUFRES. – Permettez que je vous pose une question ?

TOMMY. – C'est quoi, votre question ?

L'AMATEUR DE GAUFRES. – J'ai rendez-vous ici pour un boulot, au 209 1/2... Dites, y aurait pas des infirmières qui habitent ce quartier ?

TOMMY. – Non. Il y a un hôpital après le cinquième carrefour, sur la gauche.

L'AMATEUR DE GAUFRES. – Ouais, je sais. L'hôpital, j'en sors, mon gars.

TOMMY. – Feriez bien d'y retourner, à ce qu'on dirait. *(Il désigne le genou blessé de l'amateur de gaufres.)* Qu'on vous refasse ce pansement.

L'AMATEUR DE GAUFRES. – Non, non, on vient de me le faire. *(Il regarde son genou.)* Oh, eh...

TOMMY. – Eh ben, on ne dirait pas.

L'AMATEUR DE GAUFRES. – Quel jour sommes-nous ?

TOMMY. – Aujourd'hui ? Mercredi. Vous cherchez quoi ?

L'AMATEUR DE GAUFRES *(pour lui-même, en réfléchissant).* – Mercredi... *(A Tommy.)* Je cherche le 209 1/2...

TOMMY. – Ici c'est le 211. Le 209 est de l'autre côté de la rue. Le demi est juste entre… Juste dans ce renfoncement.

L'AMATEUR DE GAUFRES. – Non, vous vous trompez. Le 209 est ici. Pas de l'autre côté de la rue. C'est le 208 qui est de l'autre côté de la rue.

TOMMY. – 211. D'accord, le 209 est là. 211… donc le 209 1/2 est juste entre ces deux immeubles.

L'AMATEUR DE GAUFRES. – J'en ai rien à cirer, de vos renseignements.

TOMMY. – Vous foutez quoi, là ?

L'AMATEUR DE GAUFRES. – Vous connaissez rien à rien.

TOMMY. – Ecoutez, c'est Brooklyn, ici. On n'est pas des numéros. Vous cherchez quoi ? C'est quoi, ce boulot que vous cherchez ?

L'AMATEUR DE GAUFRES. – Je cherche quatre dollars et quatre-vingt-quinze cents. Pour m'acheter une gaufre belge, mon vieux.

TOMMY. – Ah, ah ! Vous cherchez quatre dollars et quatre-vingt-quinze cents.

L'AMATEUR DE GAUFRES *(montrant à Tommy un menu de gaufres belges).* – C'est pas une œuvre d'art, ça ?

TOMMY *(regardant le menu).* – C'est magnifique. On n'en fait plus, des comme ça. Ça date. On n'en fait plus. Vous en trouverez pas. Faut rentrer à la maison en demander à maman. *(Une pause.)* Ça a l'air superbon, sans blague…

Fondu. Une affiche pour les gaufres belges apparaît sur l'écran. Fondu. L'amateur de gaufres est seul dans la rue, en train de lécher le menu.

22. CARTON

Les mots suivants apparaissent sur l'écran :
MESSAGE DE LA PAPILLOTE : *VOTRE APPARENCE DÉPEND DE VOTRE DESTINATION.*

23. INTERVIEW D'UN HABITANT DE BROOKLYN

Tourné en vidéo. Intérieur d'un appartement.

CHIEF BEY. – Brooklyn a tout. Il y a des petites rivières qui la traversent. Les gens ne le savent pas. Il y a des chutes d'eau… et ils ne savent pas où. C'est tout simplement fantastique. C'est un grand et beau quartier. Il y a tout. Des plaines, des collines, des vallées, des bois. Et même des marais. *(Coupe.)* Quand on regarde les autres quartiers et qu'on les compare tous, Brooklyn est le plus grand… et le plus chicos de tous les quartiers.

24. INT. JOUR. "THE BROOKLYN CIGAR CO."

Auggie et Tommy sont seuls dans le magasin, en train de bavarder. Le rappeur entre avec une mallette pleine de montres.

LE RAPPEUR. – Matez-moi ça, matez-moi ça, j'ai des montres, j'ai des toquantes, c'est pas d'la brocante. Seiko, Casio, Timex, Rolex… Et pour le sexe y a du latex… *(Il flanque sa mallette sur le comptoir et l'ouvre.)* Qu'est-ce t'en dis, mec ? J'ai de tout ici, mon pote.

AUGGIE *(amusé).* – Je prendrai le lot.

LE RAPPEUR. – Sans blague, il te plaît, mon baratin ? J'ai une affaire du feu de Dieu. J'ai une affaire pour toi, ici. Pour toi, Mister Brooklyn Cigar Company…

TOMMY. – Qu'est-ce que t'as ?

LE RAPPEUR. – J'en ai pour vingt et pour vingt-cinq dollars.

TOMMY. – Vingt et vingt-cinq dollars ?

LE RAPPEUR. – J'ai l'tarif africain, j'ai l'tarif européen. L'quel tu préfères ?

TOMMY. – Tarif africain ? Tarif européen ? Fais-moi voir quelque chose de bien.

LE RAPPEUR. – Eh bien, jette un œil, mon joli. Je t'explique ça dans un instant. Je m'occupe d'abord de l'Africain. Les Noirs d'abord, toujours.

TOMMY. – Rolex ?

LE RAPPEUR. – Rolex, mon joli. Une vraie affaire, lézard véritable.

TOMMY. – Où t'as eu ça ?

LE RAPPEUR. – Te bile pas pour ça, mon joli. J'ai la camelote. Aucun souci à te faire.

TOMMY *(il examine la montre)*. – Tu vas me vendre cette Rolex vingt, vingt-cinq, trente, quarante, cinquante… combien ?

LE RAPPEUR. – Prix africain ? Vingt-cinq dollars.

TOMMY. – Qu'est-ce ça veut dire ? Je viens pas d'Afrique.

25. EXT. JOUR. DEVANT "THE BROOKLYN CIGAR CO."

L'une après l'autre, trois personnes récitent les statistiques suivantes :

HOMME. – Il y a huit cent soixante-douze mille sept cent deux Afro-Américains…

ADOLESCENT. – … quatre cent douze mille neuf cent six Juifs…

JEUNE FEMME. – … et quatre cent soixante-deux mille quatre cent onze Latino-Américains qui habitent Brooklyn.

26. INT. JOUR. "THE BROOKLYN CIGAR CO."

Suite de la scène 24.

LE RAPPEUR. – Cite-moi un seul Black qui traînaille dans ce quartier. Qu'est-ce tu fous ici, mec ?

TOMMY. – Je m'appelle Tommy Fanelli. C'est mon nom.

LE RAPPEUR *(imitant l'accent italien de Brooklyn).* – Tommy Fanelli ? Salut, Tommy Fanelli, t'es de Brooklyn, ou quoi ? Ce type… pitié ! *(Coupe.)* Pourquoi tu traînes dans ce quartier, mec ? Crown Heights, Howard Beach. Brooklyn, c'est nous, mon pote. Brooklyn, Bedford-Stuyvesant, marche ou crève. C'est de là que je viens.

TOMMY. – C'est mon quartier, ici.

LE RAPPEUR. – Ton quartier ? Fanelli. D'où t'as eu ce nom, Fanelli ?

TOMMY. – D'Italie.

LE RAPPEUR. – D'Italie ?

TOMMY. – Mon père est italien, ma mère est noire.

LE RAPPEUR. – Quoi… un mulâtre ? T'es pas un mulâtre. T'es aussi noir que moi, mec.

AUGGIE. – Eh, oh… ça va…

TOMMY. – Attends. Comment tu sais ce que je suis ?

LE RAPPEUR. – Je vais te dire une chose, homme noir…

TOMMY. – Si tu le sais mieux…

LE RAPPEUR. – Je vais te dire, homme noir. Je vais te dire, mon frère, mon frère Fanelli… je vais te dire…

TOMMY. – On se calme. Tu reviens sur terre. Sur terre, avec moi. C'est à moi que tu parles.

LE RAPPEUR. – Attends que je me pose, là. *(Juste à l'instant où il va s'asseoir, Vinnie entre dans le magasin.)* Minute, minute, minute…

Il se précipite sur ses montres.

AUGGIE. – Il a pas besoin de montre. C'est mon propriétaire.

LE RAPPEUR. – Excusez-moi, monsieur. Timex, Rolex, Casio, Seiko, tout ce qu'il vous faut, je l'ai dans le lot. Allez, mec, j'essaie de vous vendre… *(A Tommy :)* Le problème c'est que même quand j'essaie de vendre ces montres, je suis toujours un rappeur. C'est ça mon truc. Je rappe. Vous aimez le rap, tous ? *(A Auggie :)* Toi tu dois pas aimer ça.

VINNIE *(qui disparaît derrière le comptoir pour prendre sa guitare)*. – Vous êtes un rappeur ?

LE RAPPEUR *(à Tommy)*. – Toi non plus, t'es sans doute pas des masses rap. *(A Vinnie :)* J'essaie de me procurer du matos, mec. Tu m'achètes une montre ?

VINNIE *(émergeant de derrière le comptoir)*. – J'ai le cœur lourd de chansons.

Il se met à jouer et à chanter un air "country".

LE RAPPEUR *(l'interrompant)*. – Minute. Qu'est-ce que vous avez, vous autres ? Vous êtes quoi, Portoricains ? *(A Tommy :)* T'es noir ? *(A Vinnie :)* Billy Ray Cyrus ! C'est quoi le problème, dans ce quartier, mec ?

VINNIE. – Billy Ray quoi ?

LE RAPPEUR. – Vous voulez tous être blancs. C'est ça le problème, mec. Jouer cette… n'importe quoi… guitare sèche… country…

TOMMY. – Ce type est super.

VINNIE. – Tu viens d'où, toi ?

TOMMY. – Il sait pas d'où il vient.

LE RAPPEUR. – Bedford-Stuyvesant. Je *venais* d'Afrique. Mais, des fois que vous auriez oublié, ils nous ont volés à l'Afrique. *(Il marmonne :)* Un Noir… Fanelli…

VINNIE. – Moi je t'ai volé à l'Afrique ? Je peux pas t'y renvoyer ?

27. INT. JOUR. "THE BROOKLYN CIGAR CO."

L'homme aux lunettes bizarres, comme précédemment.

L'HOMME. – Plus malheureux que moi pendant mes huit années d'enfance à Brooklyn, c'est impossible. Mais je disais ça avant de savoir comment ce serait à Long Island, qui fut encore bien pis. Et s'il est sans doute un traumatisme que j'ai eu dans l'enfance… à part le départ des *Dodgers* de Brooklyn qui, quand on y pense, est une des raisons pour lesquelles certains d'entre nous sont imbus d'un cynisme dont nous ne nous sommes jamais remis. Manifestement, vous n'êtes pas un fan des *Mets*. Et vous ne pouvez certainement pas être un fan des *Yankees*. Donc, le base-ball est éliminé de votre vie. Du fait d'être né à Brooklyn.

VOIX OFF. – Vous aimiez les *Dodgers* quand vous étiez gosse ?

L'HOMME. – Beaucoup. Je ne sais pas pourquoi. Je n'aime pas le base-ball. Mais bien sûr, il se peut que je n'aime pas le base-ball parce que les *Dodgers* ne sont plus là. De nos jours, si vous parlez des *Dodgers*, personne ne sait de quoi il s'agit. On croit que vous parlez de Los Angeles – et je ne pense pas aux *Dodgers* de Los Angeles. Mais Long Island… c'était terrible, absolument terrible. Je veux dire, au moins à Brooklyn on pouvait se balader.

28. INT. JOUR. "THE BROOKLYN CIGAR CO."

Suite de la scène 26.

LE RAPPEUR. – Je suis de Brooklyn, mon vieux.

VINNIE. – Tu veux entendre un air de Brooklyn ?

LE RAPPEUR. – Tu connais des airs de Brooklyn ?

VINNIE. – Ouais.

Vinnie commence à jouer un air espagnol. Tommy et le rappeur se lèvent et dansent.

Montage vidéo des rues de Brooklyn et de leurs habitants, au son de la chanson de Vinnie.

Ensuite, retour dans le magasin :

LE RAPPEUR. – Eh, vieux, mon vieux, file-moi ça une minute.

VINNIE. – Ah, tu sais jouer ?

LE RAPPEUR. – Ouais, vieux, j'me débrouille.

VINNIE *(à Auggie)*. – Vend des montres, joue de la guitare…

LE RAPPEUR *(qui s'empare de la guitare)*. – Je te l'ai dit. *(Il commence à jouer et à chanter :)* Ouais, ah, mate ça, mate ça, mate ça. Achète-moi mes montres, j'ai là des coucous, j'ai l'heure, j'ai tout. Homme noir, homme noir, t'as perdu la boule. Assis comme t'es là sur ton cul tout noir. Assis sur une chaise, homme blanc bien à l'aise, me mate, s'en tape. J'sais bien que tu t'en tapes… Oh… *(Il agite les mains.)*… n'importe quoi…

29. INTERVIEW D'UN HABITANT DE BROOKLYN

Suite de la scène 23.

CHIEF BEY. – Ce que je préfère, à Brooklyn, c'est que toutes les nationalités du monde s'y retrouvent.

(Coupe.) Ce que j'aime le moins ? C'est que toutes ces nationalités ne sont jamais arrivées à s'entendre.

30. EXT. JOUR. DEVANT "THE BROOKLYN CIGAR CO."

L'une après l'autre, deux personnes récitent les statistiques suivantes :

HOMME. – Il y a trois millions deux cent soixante-huit mille cent vingt et un nids-de-poule à Brooklyn.

JEUNE FEMME. – Il y a eu trente-deux mille neuf cent soixante-dix-neuf voitures volées à Brooklyn l'an dernier. Et aucune n'était la mienne.

31. INT. JOUR. "THE BROOKLYN CIGAR CO."

Suite de la scène 20.

BOB. – Vous savez, je crois que des tas de gens se sont mis à fumer parce que ça fait rêver… style Hollywood. Au cinéma. Vous savez, on voit Marlon Brando, on voit James Dean en train de fumer. Marlène Dietrich…

AUGGIE. – C'est comme ça que j'ai commencé.

BOB. – Ah oui ?

AUGGIE. – J'ai commencé à fumer parce que quand j'étais gamin, adolescent, j'ai vu ce film superbe, *Le Commando de la mort.* Vous l'avez vu ?

BOB. – Non.

AUGGIE. – Richard Conte et… euh… qui c'était l'autre ? Je me rappelle pas son nom. En tout cas, c'est pendant la campagne d'Europe. C'est la Deuxième Guerre mondiale, et ils sont dans l'armée. Richard Conte est mitrailleur, et il a un assistant, qui porte les munitions et tout ça… ou bien il porte la mitrailleuse. Et pendant qu'ils marchent sur la route vers la prochaine bataille, Richard Conte spécule sur la philosophie de la vie, et il répète tout le temps… "des clopes". Il a jamais de cigarettes. Et son partenaire soupire chaque fois… "Ahhh." Et, je sais pas pourquoi, de voir Richard Conte marcher au soleil en portant sa mitrailleuse… et en répétant "des clopes", ça me donnait envie de fumer. Je le faisais à mes copains au billard.

BOB. – Ah ouais ?

AUGGIE. – Je disais "des clopes", et ils disaient : "Tire-toi d'ici, bordel !"

Fondu.

BOB. – A propos de cinéma… ça me fait penser – ça n'a aucun rapport, mais ça me fait penser – je regardais la télé, l'autre soir, au Japon. On passait un film, et pourquoi est-ce que dans tous ces films où y a une fusillade, quand ils n'ont plus de balles – clic, clic – ils balancent leur arme. Comme si c'était un briquet jetable, ou je ne sais quoi. Qu'est-ce que ça signifie ? Ces armes coûtent très cher. Ils ne pourraient pas les recharger ? Vous voyez ce que je veux dire ? Chaque fois – clic – ils balancent leur arme.

AUGGIE. – C'est vrai.

BOB. – Et il y a autre chose, au cinéma, que je trouve vraiment incroyable… dans les films de guerre, par exemple… les nazis au cinéma… Pourquoi est-ce qu'ils fument toujours de cette façon incroyable… comme ça ? *(Il cale sa cigarette entre le médium et l'annulaire et fait semblant de brûler Auggie. Puis il la prend entre le pouce et l'index et le regarde d'un air mauvais.)* Ja, nous afons les moyens te fous vaire barler, Auggie. C'est comme une menace de brûlure… de torture ? Ou bien comme ça : Oui, nous safons qui fous êdes, nous afons fu ce gue fous afez vait. *(Fondu.)* Mais le plus merdique, maintenant, c'est que quand on va à Hollywood – c'est eux qui nous ont rendus accro à la cigarette, avec leurs images de rêve – quand on y va, on ne peut plus fumer nulle part. C'est comme... Vous fumez, vous en grillez une à la fin d'un repas au restaurant, ils se ramènent, *(Imitant une voix chichiteuse :)* "Je regrette, monsieur, la loi interdit de fumer dans les restaurants." Qu'est-ce que ça veut dire ? C'est eux qui nous ont foutus dedans, non ?

32. EXTRAIT DU *COMMANDO DE LA MORT*

PREMIER SOLDAT (RICHARD CONTE) *(en faisant claquer ses doigts).* – Une clope.

DEUXIÈME SOLDAT (GEORGE TYNE). – Où est passée celle que je viens de te filer ?

PREMIER SOLDAT. – Je l'ai envoyée chez moi. Ils se rationnent en cigarettes, à la maison. *(Il fait claquer ses doigts.)* Une clope. *(Le deuxième soldat lui en passe une.)* Allumette. *(Il allume sa cigarette.)* Merci. C'est payant d'avoir des copains.

33. INT. JOUR. "THE BROOKLYN CIGAR CO."

L'homme aux lunettes bizarres, comme précédemment.

L'HOMME. – Oui, je fume... et plusieurs de mes amis en sont morts. D'un autre côté, pendant que je fume une cigarette, je ne suis pas en train de descendre une bouteille de scotch... en un quart d'heure. Donc, vu comme ça, c'est bon pour ma santé. *(Coupe.)* Je ne me souviens pas de ma première cigarette. Je me souviens de la première fois que j'ai eu un... eh bien, vous devez connaître, puisque vous êtes de Brooklyn... un truc qu'on appelait un *punk*. Vous vous rappelez ? Un *punk*, c'était un long bâton vert. Une mince baguette *(Il écarte les mains.)* ... longue comme ça. Teinte en vert, avec Dieu sait quel enduit depuis à peu près trois pouces, jusqu'au bout. On l'allumait… et on faisait semblant de fumer. Bien entendu, on ne pouvait pas aspirer la fumée, c'était du bois… on pouvait se balader avec. On appelait ça un *punk*. C'est juste ? Ça je m'en souviens. Mais quand ça s'est transformé en une vraie Marlboro… honnêtement, je ne sais plus. Ça, comme la plupart de mes souvenirs d'enfance, je n'y ai pas accès. Mon enfance a été si détestable que je ne me rappelle absolument rien avant… je crois… l'âge de trente et un ans.

34. CARTON

Les mots suivants apparaissent sur l'écran :
PATENT PENDING (DÉPÔT DE MARQUE EN COURS).

35. EXT. JOUR. DEVANT "THE BROOKLYN CIGAR CO."

Assis sur le présentoir à journaux, Tommy lit le journal du matin. Jimmy balaie à l'écart. Pete surgit du coin de la rue, une serviette sous le bras. Il passe devant Tommy puis s'arrête, se retourne et s'écrie, en pointant le doigt sur lui :

PETE. – Tommy !

TOMMY *(haussant les épaules)*. – Ouais.

PETE. – Pete.

TOMMY *(s'excite)*. – Pete ? Peter ? Peter Maloney !

PETE. – Peter Maloney.

TOMMY. – Oh mon Dieu ! Oh putain !

PETE. – Tommy. Tommy…

Il fait claquer ses doigts, en tentant de se rappeler le nom de famille de Tommy.

TOMMY *(encourageant).* – Allez…

PETE. – Feccinimini… Fellini…

TOMMY. – Fanelli.

PETE. – Fanelli ! Tommy Fanelli !

TOMMY. – Peter Maloney, Midwood High…

PETE. – C'est ça.

TOMMY. – L'as des as… en algèbre. Le type qui pulvérisait les records. Qu'est-ce tu deviens, vieux ?

PETE. – Et toi, qu'est-ce que tu deviens ?

TOMMY. – Ça va, ça va.

PETE. – Je suis allé à Harvard. Passé ma licence de lettres à Harvard. Puis à Yale. Doctorat. Etudes interdisciplinaires… philosophie et biologie. *(Une pause.)* Et alors, qu'est-ce que tu… *(Il regarde autour de lui.)* C'est chez toi, ici ?

TOMMY *(haussant les épaules).* – Ouais… ouais… c'est chez moi. Plus ou moins…

PETE. – Toujours dans le quartier.

TOMMY. – Ouais, j'aime ce quartier.

PETE. – Dis, Tommy. Je peux m'asseoir ?

TOMMY *(assenant une claque sur le siège à côté du sien).* – Assieds-toi.

PETE. – Merci, super.

Il ne s'assied pas.

TOMMY. – On bavarde un moment ?

PETE. – Ouais, d'accord. Donc, euh… Je suis allé à Harvard. J'ai eu ma licence. Et puis je suis allé à Yale. J'ai eu mon doctorat. Etudes interdisciplinaires. Philosophie et biologie.

TOMMY. – Ouah ! J'ai toujours su…

PETE *(examinant Tommy).* – Tu as toujours porté ce chapeau. *(Il désigne Jimmy.)* Qui est-ce ?

TOMMY. – C'est Jimmy.

PETE. – Salut, Jimmy.

JIMMY. – Salut.

PETE. – Comment va ?

JIMMY. – Salut. Bien. Merci, bien.

PETE *(à Jimmy, en montrant Tommy).* – Il a toujours porté ce chapeau ?

JIMMY *(après un long silence).* – Je ne porte pas de chapeaux.

PETE *(à Tommy).* – Je peux m'asseoir ?

TOMMY *(avec chaleur).* – Ouais, assieds-toi.

Il frappe le siège à côté du sien. Pete ne s'assied pas.

PETE. – Alors, tu veux savoir ce que j'ai fait ?

TOMMY. – Ouais, qu'est-ce t'as fait pendant toutes ces années ?

PETE *(s'assied enfin. Chuchote à l'oreille de Tommy).* – Je ne peux pas en parler.

36. INT. JOUR. "THE BROOKLYN CIGAR CO."

L'homme aux lunettes bizarres, comme précédemment.

L'HOMME – Mes lunettes représentent probablement l'avenir des lunettes... pour une certaine catégorie de gens. Je me suis adressé... Je suis d'abord allé au bureau d'enregistrement des brevets... pour mes lunettes. Et ça parce que... Faut que je vous explique ce que c'est que ces lunettes. *(Il passe le doigt à travers la monture vide.)* Elles n'ont de verres que sur le dessus.

37. EXT. JOUR. DEVANT "THE BROOKLYN CIGAR CO."

Suite de la scène 35.

PETE. – As-tu entendu parler de la Fondation Bosco ?

TOMMY. – Ouais. Bosco… Bosco… *(Il rit.)* C'est ce lait chocolaté qu'on buvait quand on était gosses, c'est ça ? Elle est bonne. Elle est bonne, celle-là.

PETE. – Giuseppe Bosco était un industriel milanais. Tu n'en as jamais entendu parler ? Tu es à moitié italien, non ?

TOMMY. – Ouais…

PETE. – Ça je m'en souviens… Moitié italien, moitié…

TOMMY. – Par mon père.

PETE. – Et t'as jamais entendu parler de Giuseppe Bosco ?

TOMMY. – J'ai perdu le contact avec le pays des ancêtres, si tu vois ce que je veux dire.

PETE. – Eh bien, c'est l'inventeur…

TOMMY *(à Jimmy)*. – Jimmy, pourquoi tu t'assieds pas un moment ?

Jimmy s'assied.

PETE. – C'est l'inventeur de la Bible électronique. Tu connais la Bible électronique ?

TOMMY. – Ouais. La Bible électronique. J'en ai entendu parler… J'en ai entendu parler. C'est le truc où, quand tu t'éveilles le matin, tu pousses sur un petit bouton et les versets de la Bible t'apparaissent… ça s'allume… ça clignote…

38. INT. JOUR. "THE BROOKLYN CIGAR CO."

L'homme aux lunettes bizarres, comme précédemment.

L'HOMME. – J'ai assisté au lancement d'une navette spatiale, et pendant que la navette décollait, j'ai pu passer les jumelles carrément à travers la monture... puisqu'il n'y avait pas de verres. Et tous ces scientifiques se bousculaient autour de moi : "Comment puis-je me procurer une paire de lunettes comme ça ? Comment puis-je me procurer une paire de lunettes comme ça ?" Parce qu'ils étaient tous là avec leurs lunettes pendues à des petits cordons minables autour de leurs cous, ou plantées sur leurs crânes chauves. Ou bien, je vais au restaurant et quand je veux lire le menu... hop, je relève les verres. Et les gens viennent me demander : "Comment puis-je me procurer une paire de lunettes qui fait ça ?" Donc j'ai vu où était mon avenir, que mon avenir consistait peut-être à fabriquer des montures de lunettes. Ou à me faire sponsoriser par un fabricant de montures... Et je les appellerais : *Vues de Lou*.

39. EXT. JOUR. DEVANT "THE BROOKLYN CIGAR CO."

Suite de la scène 37.

PETE. – Le principe de base, c'est qu'on fait des enquêtes un peu partout. Et puis on prend les réponses des gens et on les canalise vers une philosophie... en principe... qui doit les aider à mieux vivre. J'ai là... euh... tu veux pas... tu veux pas répondre à un questionnaire ? Je peux te poser quelques questions ?

TOMMY. – Qui, moi ?

PETE. – Parce que j'ai un quota, et vraiment tu me rendrais service...

TOMMY. – Comme ça, ici ?

PETE. – Oui, on peut faire ça ici.

TOMMY. – Sûr. Bien sûr. J'ai rien à perdre. Pourquoi pas ? Allons-y.

Fondu.

PETE. – Crois-tu en Dieu, Tommy ?

TOMMY. – Ouais, je crois en Dieu.

PETE *(il note la réponse).* – Bon. *(Une pause.)* Vraiment ?

TOMMY. – Quoi… pas toi ?

PETE. – Je crois qu'il y a un Dieu… et que ce n'est pas moi.

Fondu.

PETE. – Penses-tu qu'il existe une vie intelligente sur d'autres planètes – ou que nous sommes seuls dans l'univers ?

TOMMY. – La vie existe sur d'autres planètes.

PETE *(il note la réponse).* – Bon.

TOMMY. – Je ne sais pas si elle est intelligente ou non, mais sinon, pourquoi on serait toujours là ? On est toujours là.

PETE. – Ça peut être que oui ou non.

TOMMY. – Oui.

PETE. – Y a-t-il quelqu'un que tu détestes au point de vouloir sa mort ? Et si quelqu'un te disait pouvoir tuer cette personne pour toi sans que le crime soit jamais découvert, tu lui dirais allez-y, faites-le ?

TOMMY. – Elle est vache, celle-là. Je ne souhaite la mort de personne.

PETE. – C'est Pete ici, Tommy. Tu peux me le dire.

TOMMY. – Bon, d'accord, d'accord. Peut-être un type. OK ?

PETE. – Il y a toujours ce putain de type, tu sais, cet unique putain de salaud.

TOMMY. – Juste un putain de type.

PETE. – Juste un putain de type, c'est ça.

Fondu.

Bien. Es-tu satisfait de la forme et de la taille de ton pénis ?

TOMMY. – Eh, Pete, ça va. C'est une question personnelle, ça, une question personnelle.

PETE. – Personne ne saura que c'est toi. Il n'y a pas de noms…

TOMMY. – Qui va voir ces trucs ?

PETE. – On les introduit dans un ordinateur, c'est tout. T'aq pas vu *2001* ? C'est comme Hal. On branche ça dans Hal…

TOMMY. – D'accord, d'accord.

PETE. – … fondé sur la théorie du chaos…

TOMMY *(à Jimmy)*. – Jimmy. Jimmy, tire-toi d'ici. D'accord ? Bouche-toi les oreilles deux minutes.

PETE. – Jimmy a un panier… Laisse tomber…

TOMMY. – Non.

PETE. – Non ? Que veux-tu dire. Non, tu n'es pas satisfait ? C'est quoi ? Calibre, pas de portée ? Portée, pas de calibre ? Ni calibre ni portée ?

TOMMY. – Strictement entre nous ? La longueur, ça va. L'épaisseur, c'est moins sûr. Et il est un peu courbé vers la gauche.

PETE. – T'en as un courbe ?

TOMMY. – Tu sais, il dévie un peu.

PETE. – Un courbe. *(Il écrit la réponse.)* Bon. Ça compte dans les fers à cheval.

Fondu.

Bon. Combien d'argent faudrait-il pour que tu acceptes de manger un bol de merde, Tom ?

TOMMY *(il rit).* – Ah ! Laisse-moi te dire quelque chose. Ça, je le ferais pas. Je veux dire, tout le monde a son prix, mais pas moi. Pas moi, pas Tommy Fanelli.

PETE. – Pas de merde pour Tommy.

TOMMY. – Je mange pas de merde. C'est contraire à ma religion.

PETE. – C'est quoi, ta religion, Tommy ?

TOMMY. – La religion du sens commun, Peter. Tu devrais l'essayer un jour ou l'autre.

PETE. – J'en ai été. On m'a excommunié.

40. INTERVIEW D'UN HABITANT DE BROOKLYN

Tourné en vidéo. Prospect Park.

IAN FRAZIER. – Une chose qu'on a ici à Brooklyn, je le sais parce que j'ai circulé dans le pays et j'ai regardé si y en avait ailleurs, c'est des sacs en plastique accrochés dans les arbres. Et ça, vraiment, ça me rend dingue. C'est comme un étendard... du chaos. Un sac dans un arbre. C'est un symbole. Et avant, quand j'en voyais, ça me flanquait les boules. Et puis un jour je me suis rendu compte qu'on pouvait les enlever de là. Alors avec un de mes copains, on a fabriqué une longue perche à sacs... pour laquelle nous avons déposé une demande de brevet, en fait. Parce que personne n'a jamais fabriqué un truc pour enlever les sacs des arbres. Et ça marche très bien. C'est une longue perche en aluminium, et nous atteignons maintenant, pratiquement, au moins cinquante pieds. *(Coupe.)* On se marre, on fait de l'exercice, des extensions en élevant cette grande perche. On marche pas mal, et ça améliore nettement les choses... ça améliore les arbres. *(Vue d'un sac en plastique dans un arbre.)* Voilà le sac dans un arbre type. On peut l'enregistrer sur film. Nous savons qu'il a existé, et quand vous reviendrez, ce ne sera plus qu'une image sur film. Parce que je l'aurai enlevé.

VOIX OFF. – C'est votre mission à Brooklyn ?

IAN FRAZIER. – Eh bien, je ne considère pas ça comme une mission. Ce serait plutôt un hobby, un truc à faire avec mes copains. C'est marrant à faire, et c'est très satisfaisant. Dans le temps, quand je voyais un sac comme ça, je haussais les épaules et je me disais : "Bon, y a ce sac." Maintenant, je vois le sac et je pense : "Tu vas dégager, bonhomme."

41. CARTON

Les mots suivants apparaissent sur l'écran :
QUESTIONS DE FRIC.

42. EXT. JOUR. DEVANT "THE BROOKLYN CIGAR CO."

Une jeune femme vêtue d'un sari se tient devant le magasin.

JEUNE FEMME. – Autrefois, il y avait à Brooklyn une équipe de base-ball de *major league.* Mais il y a très longtemps de cela.

43. EXTRAIT D'UNE ANCIENNE BANDE D'ACTUALITÉS

En alternance, vues de Jackie Robinson en train de courir entre les bases, et vues de la foule à Ebbets Field.

44. INTERVIEW D'UN HABITANT DE BROOKLYN

Tourné en vidéo. Un gymnase à Brooklyn Heights.

ROBERT JACKSON. – Mais, oh là là, le jour où les *Dodgers* ont dû quitter Brooklyn, je crois qu'y a jamais eu pire. Sauf à la déclaration de la guerre, peut-être. Mais à part ça, je crois pas que Brooklyn ait jamais connu un jour plus noir que celui où les *Dodgers* ont été envoyés en Californie… et où la masse des démolisseurs est tombée sur Ebbets Field. *(Coupe.)* C'était un truc unique. Le stade… le terrain… on aurait dit un petit club campagnard de l'ancien temps. Tous les fans se connaissaient. Le *Dodger Symphony*, c'était un groupe de travailleurs qui jouaient du trombone, de la trompette, de la batterie, et en général ils se contentaient de déconner… et tout le monde les aimait. Et ils s'en faisaient pas. *(Coupe.)* Les joueurs habitaient tous à Brooklyn. Ils n'étaient pas tous de Brooklyn, mais ils habitaient Bedford Avenue et louaient des appartements tout autour du stade, autour d'Ebbets Field. Tout le monde les connaissait dans le quartier. Eh, Duke Snider, Jackie… ça va ? Vous savez, des trucs de ce genre. C'était comme une famille. *(Coupe.)* Maintenant ? Fini, le base-ball, à Brooklyn.

45. INT. NUIT. "THE BROOKLYN CIGAR CO."

Musique. L'Orchestre National John Lurie joue dans le magasin.

46. INT. NUIT. "THE BROOKLYN CIGAR CO."

Vinnie et Auggie discutent dans le magasin. Jimmy vaque en silence à ses tâches.

VINNIE. – Eh, Auggie, c'est une fortune. Je serais fou de cracher dessus.

AUGGIE. – Après dix-neuf ans, tu vas te tirer comme ça ? Je peux pas le croire.

VINNIE. – Question de fric. Ça fait des années que cette boutique perd de l'argent. Tu le sais aussi bien que moi.

AUGGIE. – Mais t'en as plein, de l'argent, Vin. Toutes ces affaires immobilières là-bas sur l'île. Je veux dire que tout ce que t'as à faire, c'est décompter tes pertes de tes impôts.

VINNIE. – Il est trop tard. On est déjà engagés.

AUGGIE. – Alors la *Brooklyn Cigar Company* va se transformer en boutique bio ?

VINNIE. – Les temps changent, Auggie. Exit le tabac, place aux germes de blé. Tu sais, ce ne sera peut-être pas plus mal pour toi non plus. Je veux dire, pour toi aussi, il est peut-être temps de bouger. J'aime pas l'idée de te voir vieillir assis derrière ce comptoir.

AUGGIE. – Tout le monde vieillit. Qu'est-ce que ça peut faire, où ça se passe ?

VINNIE. – Plus de cigares à l'œil, hein, Auggie ?

AUGGIE *(pensif)*. – Tu devrais vraiment y réfléchir à fond avant de permettre ça, Vincent. Je veux dire, d'accord, c'est qu'une minable petite boutique de quartier de rien du tout. Mais tout le monde vient ici. Pas seulement les fumeurs... Les gosses viennent, les écoliers, pour leurs bonbons... la vieille Mrs McKenna pour ses magazines à l'eau de rose... Louis le Louf pour ses pastilles contre la toux... Frank Diaz pour son *El Diario*... le gros Mr Chen pour ses mots croisés. Tout le quartier vient ici. C'est un foyer, qui contribue à la vie du quartier. Va voir à vingt rues d'ici : des mômes de douze ans s'entretuent pour une paire de tennis. Si tu fermes cette boutique, c'est un clou de plus dans le cercueil. Tu aideras à achever ce quartier.

VINNIE. – T'essaies de me flanquer des remords ? C'est ça ?

AUGGIE. – Non. Je te rappelle les faits, c'est tout. T'en fais ce que tu veux.

47. INT. JOUR. "THE BROOKLYN CIGAR CO."

Vinnie est seul dans le magasin, assis sur un tabouret devant le comptoir, perdu dans ses pensées.

VINNIE. – Cet Auggie. Il va me rendre dingue. J'ai à peine arrangé l'affaire, et crac, le voilà qui vient me jouer ses putains de violons. Brooklyn... Brooklyn. Je devrais me soucier de Brooklyn, moi ? J'habite même plus dans ce patelin de merde.

Jackie Robinson apparaît soudain dans le magasin, en tenue de Dodger. Vinnie relève la tête et le regarde avec ahurissement.

JACKIE ROBINSON. – Salut, Vinnie.

VINNIE. – Jackie ?

JACKIE ROBINSON. – En personne, vieux.

VINNIE. – Jackie... Le plus grand de tous les joueurs. Je priais pour toi tous les soirs, quand j'étais gosse.

JACKIE ROBINSON. – Je suis le type qui a transformé l'Amérique, Vinnie. Et j'ai fait ça ici même, à Brooklyn. Oh, on m'a craché dessus, on m'a maudit, on a fait de ma vie un enfer sans fin... et je n'avais pas le droit de me défendre. C'est pas donné, d'être un martyr. Je suis mort à cinquante-trois ans, Vinnie, plus jeune que toi maintenant. Mais j'étais un sacré joueur, pas vrai ?

VINNIE. – Le meilleur, Jackie. Y a jamais eu meilleur que toi.

JACKIE ROBINSON. – Ça a changé, après moi. Et pas seulement pour les Noirs. Pour les Blancs aussi. Après moi... eh bien, les Blancs et les Noirs ne se sont plus jamais regardés de la même façon. Et tout ça s'est passé ici. A Brooklyn.

VINNIE. – Ouais. Et là-dessus ils ont déplacé l'équipe. Ça m'a presque brisé le cœur. Qu'est-ce qu'ils avaient besoin de faire une connerie pareille ?

JACKIE ROBINSON. – Question de fric, Vinnie. Ebbets Field a peut-être disparu, maintenant, mais ce qui s'y est passé vit encore dans les mémoires. C'est ça qui compte, Vinnie. L'esprit passe avant la matière. Y a des choses plus importantes dans la vie que le base-ball. *(Il regarde par la fenêtre.)* Mais Brooklyn se porte bien, dirait-on. Plus ou moins pareille que la dernière fois que je l'ai vue. Et Prospect Park, là-bas… toujours aussi beau. *(Une pause.)* Dis donc, Vinnie. Est-ce qu'on vend encore de ces gaufres belges, tu sais ? Bon Dieu, qu'est-ce que je donnerais pas pour enfoncer mes dents dans une gaufre belge ! Avec deux boules de glace à la pistache, quelques rondelles de banane pardessus… Seigneur, ce que ces trucs-là peuvent me manquer !

VINNIE. – Des gaufres belges ? Sûr qu'on en fait encore. Va à deux rues d'ici, au *Cosmic Diner*, Jackie, on t'y donnera toutes les gaufres belges que tu voudras.

JACKIE ROBINSON. – Merci, camarade. Ça me déplairait pas. Une journée à Brooklyn ne serait pas complète si on ne s'offrait pas une gaufre belge, pas vrai ?

Jackie se détourne et sort du magasin.

48. EXT. JOUR. DEVANT "THE BROOKLYN CIGAR CO."

Un homme en costume arabe traditionnel est debout devant le magasin.

L'HOMME. – Chaque jour, sept mille neuf cent quatre-vingt-dix-neuf gaufres belges sont consommées dans les restaurants de Brooklyn.

49. INTERVIEW D'UN HABITANT DE BROOKLYN

Tourné en vidéo, sur le seuil d'un immeuble "brownstone".

LUC SANTE. – Bien sûr, les gaufres, c'est important, en Belgique. Mais elles ne ressemblent pas aux "gaufres belges". Il n'y a pas de crème fouettée dessus. C'est un truc qui a commencé avec l'Exposition internationale de New York, en 1964, où on en faisait une promotion monstre dans le soi-disant Village belge. Un des aspects les plus chouettes des gaufres belges, c'est que si on voyage dans le pays et qu'on s'arrête dans des relais routiers ou des restaus de camionneurs, on voit encore sur le menu : "Nouveau, point d'exclamation, gaufres belges", bien que ça se trouve sur ce menu depuis trente ans. La culture gaufre en Belgique est complexe. Les gaufres sont généralement fabriquées en grandes quantités, et puis on les mange froides. C'est pas quelque chose qu'on mange au petit déjeuner. C'est plutôt comme des biscuits ou… ou du pain aux raisins… ce genre de choses là. On les mange avec du café dans l'après-midi. La gaufre belge telle qu'on la connaît ici, avec une montagne de fraises et de crème fouettée, c'est un truc qui ne manque jamais d'étonner les Belges. *(Coupe.)* Je pense que les Belges aiment assez les gaufres belges, mais que pour eux c'est un truc typiquement américain. Elles ont ce côté hollywoodien, excessif, que les Belges, vous savez… c'est pas tellement leur genre d'exagérer les choses à ce point-là.

50. EXT. JOUR. DEVANT "THE BROOKLYN CIGAR CO."

Des clients entrent et sortent, comme aux scènes 3 et 19.

51. INT. JOUR. "THE BROOKLYN CIGAR CO."

Suite de la scène 31.

BOB. – Les cigarettes sont en quelque sorte un rappel de notre nature mortelle, vous savez ? Chaque bouffée est comme un moment fugitif, une pensée fugitive. Vous savez : on fume, la fumée disparaît. Ça vous rappelle que vivre est aussi mourir, d'une certaine manière. Je sais pas, elles vont me manquer. Mais en tout cas, c'est la dernière. A la vôtre, Auggie.

AUGGIE *(imitant un roulement de tambour).* – Ta-da... boum !

BOB *(il tente d'allumer sa cigarette ; son briquet refuse de marcher).* – Zut. Il est naze. Vous avez du feu ?

Fondu. Bob allume sa cigarette avec une allumette.

AUGGIE. – Adios.

BOB *(en fumant).* – Adios, amigo.

AUGGIE. – Adios, cigarettos.

BOB. – LS égale MFT.

AUGGIE. – *Loose stomach means full toilet.*

BOB. – Ou quelque chose comme ça.

AUGGIE. – Quand on était mômes, c'est ça qu'on disait à propos des Lucky Strike.

BOB *(montrant le paquet à Auggie).* – Ouais, c'est là*.

AUGGIE. – Qu'est-ce que je vous disais.

BOB *(examinant le paquet).* – Ça aussi, j'adore : *"It's toasted."*

* Les lettres LSMFT (Lucky Strike means Fine Tobacco) figurent sur les paquets américains de cette marque. La blague de sales gamins que rappelle Auggie – qui signifie à peu près : "Estomac vide, cuvette pleine" – joue sur ces initiales ; quant à la mention "It's toasted", on peut la lire en France aussi sur les paquets de Lucky. *(N.d.T.)*

AUGGIE. – Oh là là. Ils en mettent un coup, pas vrai ? Elle est bonne ?

BOB *(inspirant profondément).* – Divine.

Fondu. Il aspire la dernière bouffée ; souffle la fumée. Puis se penche et laisse tomber la cigarette par terre.

Et voilà. Trente secondes sur Tokyo.

Il imite le bruit de bombes en train de tomber.

AUGGIE. – Larguez ! *(Après quelques instants, il se tourne vers Bob et lui offre une cigarette.)* Z'en voulez une ?

BOB *(il rit).* – Non merci. J'ai arrêté.

52. EXTRAIT D'UNE ANCIENNE BANDE D'ACTUALITÉS

La démolition d'Ebbets Field.

VOIX DU PRÉSENTATEUR. – Ebbets Field, le joyau de Flatbush, va céder la place à des immeubles d'habitation. Le vieux stade, au bout de presque un demi-siècle d'existence, arrive en fin de parcours. Les tribunes où ont hurlé jadis des milliers de spectateurs attendent une équipe de saccageurs d'un autre genre. On déterre le marbre, auquel une niche est réservée dans le musée du Base-ball à Cooperstown. Au cours de cette triste cérémonie, Roy Campanella est entouré des ex-*Dodgers* Tommy Holmes, Ralph Branca et Carl Erskine. Ils assistent stoïquement à la démolition de leur vieux terrain de jeu. Et maintenant, place à la balle, de nouveau. Mais pas du genre de celles qu'applaudissaient les supporters des *Dodgers*. Cette fois, Ebbets Field a perdu.

53. BROOKLYN : MONTAGE

Tourné en vidéo. Images de toute une série de rues, d'immeubles et de panneaux... se terminant sur une plaque indiquant le site d'Ebbets Field et une vue des "Ebbets Field Appartments".

54. INTERVIEW DE RÉSIDENTS DE BROOKLYN

Suite de la scène 18.

SASALINA GAMBINO. – C'est mon anniversaire aujourd'hui. Dix-huit ans...

VOIX OFF *(chantant).* – Joyeux anniversaire...

SASALINA GAMBINO. – Ça c'est gentil. Personne ne me l'a encore chanté. *(Coupe.)* Brooklyn va s'occuper de moi ce soir, quand même. Si je vais me balader en racontant à tout le monde que c'est mon anniversaire, on va fêter ça. Vous verrez des feux d'artifice, mais ce sera des coups de fusil. *(Elle rit.)* Et ils vont sans doute m'envoyer des gâteaux et des œufs à la figure, et des chaussettes bourrées de farine. C'est comme ça qu'on va me fêter mon anniversaire. Je reçois pas de gâteau pour en manger, faut qu'on me l'écrase sur la figure ou qu'on me tabasse avec une chaussette, ce sera ça ma surprise-party. Je rentrerai dans mon immeuble, et quelqu'un m'enverra un coup de chaussette ou un œuf, y a des chances. *(Coupe.)* Bonne journée, tout le monde.

VOIX OFF. – Toi aussi. Bon anniversaire.

SASALINA GAMBINO. – Merci.

55. CARTON

Les mots suivants apparaissent sur l'écran :
ÉCOUTEZ-MOI.

56. INT. NUIT. LA CHAMBRE DE VIOLETTE

Suite de la scène 17.

VIOLETTE. – Oh, Agosto, tu me mets dans un de ces états ! Mes *tripas*... elles tremblent... Aïe, Agosto, tu serais si merveilleux... si seulement t'étais différent. *(Exaspérée.)* Cet Auggie, cet Auggie... il va me rendre marteau. D'abord il dit oui, et puis il dit non. C'est oui, c'est non, c'est une autre fois, peut-être. Mais Ramon, voyez-vous, il connaît pas une autre fois. Il joue chez Freddy le seize. Et maintenant Agosto il m'annonce qu'il est pas libre le seize. Qu'est-ce qu'y se passe ici, hein ? Y a quelqu'un qui est sourd ou quoi ? Je me tue à y espliquer et ça sert jamais à rien.

57. INT. JOUR. "THE BROOKLYN CIGAR CO."

Auggie est seul dans la boutique. Dot entre en trombe.

DOT. – Verrouille cette porte. Je veux que tu verrouilles cette porte.

AUGGIE. – Qu'est-ce qui t'arrive, Dot ?

DOT. – J'ai pas envie de te parler. J'ai rien envie de te dire. S'il s'amène, le laisse pas entrer.

AUGGIE. – Vinnie ?

DOT. – Ouais. *(Elle s'approche de la caisse enregistreuse.)* Où est le fric ? Je sais qu'il garde du fric ici. Où est le fric ?

AUGGIE. – Justement, j'allais faire la caisse...

DOT. – Je sais qu'il a un magot caché ici quelque part... en plus de ce qu'y a là-dedans, c'est pas vrai ?

AUGGIE. – Non...

DOT *(elle ouvre la caisse et s'empare de l'argent).* – Je prends ça, en tout cas.

AUGGIE. – Dot, qu'est-ce qui t'arrive ? C'est rien que la recette d'aujourd'hui. Qu'est-ce que tu fabriques ?

DOT. – Je prends le fric. Je te l'ai déjà dit… je pars à Las Vegas. Toute seule. Je lui ai demandé d'y aller, et lui il n'a pas envie d'y aller. Alors je pars à Las Vegas, et c'est pas que pour un jour ou deux, je m'en vais là-bas… et y se pourrait que je m'y installe. Tu piges ?

AUGGIE. – Qu'est-ce qui s'est passé ?

DOT. – Ce qui s'est passé ! Je te l'ai dit, ce qui s'est passé. C'est qu'un emmerdeur. Je vais vivre des choses passionnantes. Je vais aller à Las Vegas, et je vais attendre de rencontrer Wayne Newton. Et alors, si je rencontre Wayne Newton, je lui cours après dans la rue… et je l'enfourche comme Jolly Jumper ! *(Coupe.)* Je veux me tirer, et je veux m'éclater. Et c'est ce que je vais faire. C'est ce que je vais faire, et essaie pas de me faire changer d'avis. Parce que la dernière fois que j'ai essayé de te parler, t'avais rien à me dire. Et moi non plus j'ai rien à te dire. Et lui, j'aurai rien à y dire non plus. Et toi tu lui diras ça de ma part. *(Coupe.)* Je lui ai donné une chance de partir avec moi, et il a dit non. Je lui donnerai pas de seconde chance.

AUGGIE. – T'es pas en train de le quitter, dis donc ? Je veux dire, t'as pas fait tes valises et tout ça ?

DOT. – Non, j'ai que ce que je porte sur moi. J'ai besoin de rien, parce qu'il y a des magasins à Las Vegas. Pour les femmes fortes et séduisantes. *(Coupe. Dot et Auggie sont debout près du comptoir, face à face.)* Ton existence n'a rien d'ennuyeux, c'est ça ? Ça te branche vachement, tout ce que tu fais ? Ça te branche vachement, tout ça ? Tout est nickel, super, parfait, c'est ça ?

AUGGIE. – Je me trouve bien là où je suis, ouais.

DOT. – Je crois pas que t'es bien où t'es. Ça fait longtemps que je te connais, et je crois pas que t'es bien où t'es. Ce que je t'en dis, c'est en amie. Je crois que tu pourrais être bien mieux ailleurs.

AUGGIE. – Par exemple ?

DOT. – Je sais pas, je crois que tu pourrais être mieux ailleurs. Par exemple, je crois que tu pourrais être mieux ailleurs, par exemple, Las Vegas ce serait mieux. *(Pause.)* Tu veux pas partir avec moi ?

AUGGIE. – Hein ?

DOT. – Je veux dire que j'ai de l'argent, tout ça...

AUGGIE. – Dot, bon Dieu, Dot...

Coupe.

DOT. – Je pense que tu mériterais d'être aimé... foutrement fort. C'est vrai, c'est ce que je pense de toi. Et je sais que ça, tu l'as pas. Et moi je pourrais faire ça. Je... pourrais... je pourrais faire ça. *(Elle tire une bouffée de la cigarette d'Auggie.)* File-moi un peu de ça. Je pourrais t'aimer très fort.

AUGGIE. – Bon Dieu, Dot.

Coupe.

DOT. – Tu viendrais pas à Las Vegas avec moi ?

AUGGIE. – Bon Dieu, Dot.

DOT *(elle attire Auggie contre elle)*. – Tu viendrais pas à Las Vegas avec moi ? *(Ils s'embrassent.)* Tu viens à Las Vegas avec moi ?

AUGGIE. – Dot, bon Dieu, Vinnie est mon ami, Dot.

DOT. – Des amis, tout le monde en a. T'en as plein, des amis.

AUGGIE *(en se dégageant)*. – Dot, c'est pas bien, Dot. Dot, non. Non, non, Dot, c'est pas bien. C'est pas bien. Ecoute, je t'aime vraiment beaucoup. Je t'aime vraiment beaucoup, mais ça, c'est pas bien. C'est pas bien, c'est pas bien... c'est pas bien.

DOT. – Ecoute. Ecoute, rien n'est bien.

AUGGIE. – Non… non… non… non…

DOT. – Y a jamais rien de bien dans tout ce foutu bordel de monde, tu sais ? Les trucs qui sont mal… ils sont bons !

AUGGIE. – Ouais, ça pourrait être bon, c'est vrai… c'est vrai…

DOT. – Ça pourrait être bon. Tu sais ce que je veux dire ? Ça pourrait être bon. J'ai toujours eu envie de t'embrasser.

AUGGIE. – Ça c'est mal… c'est mal…

DOT. – J'ai toujours eu envie de t'embrasser. Laisse-moi t'embrasser.

AUGGIE. – Eh ben, je peux pas dire que j'ai jamais eu envie de t'embrasser. Je peux pas dire… *(Dot essaie de l'embrasser de nouveau.)* Non… non… non… non. *(Auggie s'écarte.)* Dot, je t'en prie, arrête. Je t'en prie, arrête.

DOT. – Très bien, va te faire foutre. Je me casse ! *(Elle va vers la porte dans un tourbillon.)* Salut !

Elle sort.

AUGGIE *(il marche en long et en large)*. – Bordel de bordel. *(La porte se rouvre ; entre Vinnie.)* Comment ça va ? Et alors ?

VINNIE. – Qu'est-ce qui se passe ?

AUGGIE. – T'as vu Dot sortir ? Elle vient de sortir d'ici.

VINNIE. – Qu'est-ce qui se passe ? Elle m'a pas dit un mot.

AUGGIE. – Qu'est-ce qui ne va pas ? Elle avait l'air dans tous ses états. *(Vinnie sort de la boutique ; Auggie continue à aller et venir, en s'essuyant la bouche avec un mouchoir. A l'extérieur, une dispute étouffée commence entre Vinnie et Dot.)* Oh là là, oh là là…

VOIX DE DOT. – Parce que je voulais pas que tu entres ! Tu comprends ? Quelle langue tu parles ?

Vinnie et Dot entrent ensemble dans la boutique.

VINNIE. – Tu ne t'en vas nulle part.

DOT. – Et pourquoi ?

VINNIE. – Comment, pourquoi ? Qu'est-ce que tu veux dire ?

DOT. – Je pars à Las Vegas.

VINNIE. – Pour quoi faire ?

DOT. – Pour quoi faire ? Pour être dans le show-biz. Pour m'amuser. Pour faire autre chose que de te regarder assis sur le canapé… devant cette saloperie de télé.

VINNIE. – Dans le show-biz ? Tu veux être dans le show-biz ?

DOT. – Eh bien, *dans le monde* du show-biz.

VINNIE. – Tu n'iras pas à Las Vegas, tu n'iras nulle part.

DOT. – Ça te regarde absolument plus, ce que je fais.

VINNIE. – Ah non ?

DOT. – Non.

VINNIE. – Et depuis quand ?

DOT. – Depuis que je t'ai dit que ce que je fais te regarde absolument plus. C'est-à-dire maintenant. *Et toc !*

Coupe.

DOT *(à Auggie)*. – Alors tu lui dis que je lui parle pas. *(A Vinnie :)* Je te parle pas. *(A Auggie :)* Veux-tu s'il te plaît lui dire que je lui parle pas ? *(A Vinnie :)* Parce que je te parle pas !

VINNIE. – Qu'est-ce que t'as ? Qu'est-ce qui se passe ?

DOT *(à Auggie).* – Je lui parle pas. Dis-lui que je lui parlerai pas !

AUGGIE. – Tu veux que je lui dise ça ?

DOT. – Quoi ? Cent fois, tu veux que je te le répète ?

VINNIE. – Qu'est-ce que j'ai fait ?

DOT *(à Vinnie).* – Je te parle pas, Vinnie !

VINNIE. – A qui tu parles ?

DOT. – C't à lui que je parle. C'est mon ami, à moi aussi. C'est pas seulement ton ami. C'est aussi mon ami. Je suis venue ici pour lui parler. *(A Auggie :)* Je veux que tu lui dises ce que je t'ai demandé de lui dire ! Dis-lui que je lui parle pas ! Tu peux pas faire ça ? Doux Jésus !

AUGGIE *(à Vinnie).* – Elle te parle pas.

VINNIE *(à Dot).* – Pourquoi pas ?

DOT *(à Auggie).* – Merci !

VINNIE. – Pourquoi pas ?

DOT. – Je ne *répondrai* pas ! Je ne dirai *pas* pourquoi ! *(A Auggie :)* Dis-lui que je lui parle pas parce qu'il sait pas communiquer. Tu peux lui dire ça ? Je ne lui parle pas. Et pourquoi : parce qu'il sait pas communiquer. Et on peut pas parler à des gens qui savent pas communiquer. Et moi je parle pas à quelqu'un qui sait pas communiquer ! *(Coupe.)* Communiquer. Tu connais le sens de ce mot ?

VINNIE. – Oui. Qu'est-ce qui t'arrive.

DOT. – Quel est le sens de ce mot ? Dis-moi le sens de ce mot. Donne-moi une définition.

VINNIE. – Parler ensemble.

DOT. – Parler. Mais qu'est-ce qui vient après parler ? T'as la moindre idée de ce qui vient après parler ? Ça commence par un "E", je peux te le dire. Ça commence par un "E". Ça a trois syllabes. Tu sais ce que c'est ?

VINNIE. – Ouais.

DOT. – Qu'est-ce que c'est ?

VINNIE. – Ecouter.

DOT. – Oui ! Merci. T'as gagné le jackpot, bravo.

VINNIE. – Ça va, ça va… je t'écoute.

DOT. – Non, tu sais pas écouter.

Coupe.

VINNIE. – Je t'écoute !

DOT. – Eh ben, je te l'ai dit, quel est le problème. Pourquoi tu le demandes encore ? Je t'ai dit, quel est le problème ! Alors me demande pas quel est le problème ! Parce que je te l'ai dit. C'est que t'écoutes pas.

Coupe.

VINNIE. – Je t'écoute !

DOT. – T'écoutes pas !

VINNIE. – Quel est le problème ?

DOT. – Le problème c'est que jamais, jamais t'écoutes.

VINNIE. – Je t'écoute, en ce moment.

DOT. – T'écoutes pas.

VINNIE. – Quoi ? Quoi ? Quoi ? Quoi ? C'est quoi, le problème ?

DOT. – Le problème c'est que t'écoutes pas.

VINNIE. – J'écoute !

DOT. – Le problème c'est que t'écoutes pas.

VINNIE. – Explique-moi !

DOT. – Tu m'écoutes pas.

VINNIE *(désespéré, se tourne vers Auggie).* – Qu'est-ce que je fais ?

AUGGIE. – Tu écoutes.

VINNIE *(à Dot).* – J'écoute.

Dot pousse un profond soupir.

58. INT. NUIT. LA CHAMBRE DE VIOLETTE

Suite de la scène 56. Violette est en train de changer de robe en chantant Fever, *toute seule, devant son miroir. Pendant qu'elle chante, on entend ses pensées :*

VOIX DE VIOLETTE *(par-dessus la chanson).* – Ah, Agosto… C'était vraiment super, hier soir, mon cœur. Tu me surprendras toujours. Et Ramón, il était si fier de toi. T'as dansé comme ce Gene Kelly de mes deux… Las Vegas ? Qu'est-ce qui te fait penser que j'ai envie d'y aller ? On a tout le spectacle qu'on veut ici à Brooklyn !

59. CARTON

Les mots suivants apparaissent sur l'écran :
ENCORE UNE FOIS, AVEC ÂME.

60. INT. JOUR. "THE BROOKLYN CIGAR CO."

Auggie est derrière le comptoir. Tommy, Dennis et Jerry traînent à leur place habituelle.

TOMMY *(à Jerry et Dennis).* – Je ne parle pas du jeu. Ce que je veux dire… Je dis simplement… en ce qui me concerne… *(Entre le rappeur, en complet blanc.)* Ce que j'en pense… Laisse tomber, Dennis. Laisse tomber.

LE RAPPEUR *(s'approche du comptoir et s'adresse à Auggie, avec un fort accent latino).* – C'est vous le chef ?

AUGGIE. – Ouais.

LE RAPPEUR. – J'ai quelque chose pour vous.

AUGGIE. – Quoi ça ?

LE RAPPEUR. – Des cigares cubains.

AUGGIE. – Ah ouais ?

LE RAPPEUR. – J'ai des relations. Je pourrais faire ça… et ça baignerait pour vous, mec.

AUGGIE. – Quel genre de cigares ?

TOMMY *(au rappeur, en riant de le reconnaître).* – T'as failli m'avoir. *(A Auggie :)* Il a failli m'avoir !

LE RAPPEUR. – Que voulez-vous dire ?

TOMMY *(à Auggie).* – Allez, Auggie, tu ne vois pas ?

LE RAPPEUR. – Il s'agit d'affaires sérieuses ici, mon cher.

TOMMY *(à Auggie).* – Tu vois pas ? T'entends pas cette voix ? Il était là la semaine dernière avec des montres !

LE RAPPEUR. – De quoi vous parlez ? Savez pas qui je suis, mon cher. J'ai des relations.

Il se met à rire, et se trahit.

AUGGIE. – Faut que tu me fasses sacrément marcher !

LE RAPPEUR *(riant toujours).* – J'ai des relations.

AUGGIE *(à la blague).* – Fais-moi un bisou.

LE RAPPEUR. – Tu veux un bisou, mon joli ?

TOMMY. – Oh, merde, encore une magouille. Toujours dans les magouilles, hein ?

AUGGIE. – T'étais sérieux, à propos des cigares ?

LE RAPPEUR. – Non.

TOMMY. – T'as des combines pour tout.

AUGGIE. – Tu te plais, ici ? Tu te sens seul ?

LE RAPPEUR *(à Tommy, en exhibant son costume).* – Ça te plaît ?

TOMMY. – Impeccable. Super. T'es qui, cette semaine ?

LE RAPPEUR *(en reprenant son accent latino).* – Valentino.

TOMMY. – Valentino, ah ?

LE RAPPEUR. – Le séducteur. Le "latin lover".

TOMMY. – Tu te prends la tête pour inventer ces trucs-là ?

LE RAPPEUR. – En fait, je vais… J'ai rendez-vous à trois heures et demie. J'ai un contrat pour un disque… qui *pourrait* se faire.

TOMMY. – C'est ça, et puis tu achèteras le pont de Brooklyn ?

LE RAPPEUR. – Ha, ha ! très drôle ! Non, sérieusement, vieux, je suis très musicien.

TOMMY *(à Auggie).* – Il pourrait le faire.

LE RAPPEUR. – J'ai un enregistrement…

AUGGIE. – Tu as une voix…

LE RAPPEUR. – Dieu bénisse Brooklyn, grâce à qui je suis ce que je suis.

TOMMY. – Eh bien, vraiment, tu devrais le faire.

LE RAPPEUR. – Faire quoi ?

TOMMY. – Tu peux le faire ?

LE RAPPEUR. – Je peux faire quoi ?

TOMMY. – Enregistrer un disque.

LE RAPPEUR. – Ouais, je crois. Aujourd'hui… en principe. A trois heures et demie.

TOMMY. – Bonne chance, vieux. Bonne chance à toi.

LE RAPPEUR. – Merci, merci. Je suis content que le costume vous plaise, les gars. Je m'étais dit que j'essaierais de vous feinter encore une fois avant de m'en aller. Encore une petite feinte. Tu piges ? *(A Jerry :)* T'es d'où, toi ?

JERRY. – Moi ? Eh bien, ma famille vient de…

LE RAPPEUR. – Ma famille ? Pourquoi ils disent tous ça ? *(Il montre Tommy du doigt.)* Lui, il vient d'Italie. *(A Jerry :)* Et toi, t'es d'où ?

JERRY. – Je suis fier d'être…

LE RAPPEUR. – Français ? Portoricain ?

JERRY. – Je suis portoricain, latino jusqu'à la moelle…

LE RAPPEUR. – Qu'est-ce qui ne va pas, vous autres ?

JERRY. – Dis donc, de quoi tu parles ?

LE RAPPEUR *(braquant l'index sur Dennis)*. – Maintenant tu vas me dire qu'il est noir. *(Sur Tommy :)* Lui, il est italien. *(Sur Jerry :)* Toi t'es français. *(Et de nouveau sur Dennis :)* Et lui est noir. Qu'est-ce t'en dis, mon frère ? Comment tu vas, homme noir ?

TOMMY *(entraînant le rappeur à l'écart)*. – T'as un rap formidable, formidable, mais faut que tu ailles jusqu'au bout.

LE RAPPEUR. – Qu'est-ce que tu racontes… jusqu'au bout ? Vise le costard, mon joli !

TOMMY. – Le costard… Je reconnais, l'habit fait le mec, mais tu sais, faut que tu décides ce que tu veux faire de ta vie. Tu t'en vas, là, et la semaine prochaine… *(A Auggie :)* la semaine prochaine il va revenir, il sera dans la vente de voitures d'occase, là-dehors… ou de pneus…

LE RAPPEUR. – Nan, la semaine prochaine j'aurai un contrat pour un disque.

TOMMY. – Tu pourrais avoir un contrat pour un disque. Mais faut faire ce qu'il faut.

LE RAPPEUR *(il tire une bouffée d'un gros cigare).* – T'aimes le cigare ? Je me suis mis à fumer.

TOMMY. – J'aime le cigare. Tu sais, y a des tas de possibilités. On ne sait jamais de quoi il retourne dans la vie.

LE RAPPEUR. – Ecoute, ça c'est ton problème. Je crois que t'es pas très réaliste, homme noir.

TOMMY. – Je suis réaliste.

LE RAPPEUR. – Ecoute, la dernière fois que j'étais ici, tu m'as vraiment fait chier, mec. A traîner ici avec tous ces Blancs. Maintenant, t'as Julio là-bas qui joue à être François. Pitié !

TOMMY. – Un de mes copains… on avait dix ans, d'accord ?… on lui avait tous dit chiche que tu cambrioles pas ce marchand de poulet frit. Le proprio était un vieil allemand, et on se disait, cet Allemand, c'est un vrai cave, c'est un Blanc… On vivait à Harlem, vu ?… donc on lui dit chiche que t'y vas pas. Ce gamin, il avait des couilles, vu ? Il entre, mais le vieux avait déjà enfermé la recette de la soirée, d'accord ? Mais il avait un peu de fric en poche. Alors le gars, il entre, et il frappe le gars sur la tête avec une bouteille. Il prend un peu de fric dans la poche du gars et le laisse pour mort sur le sol. D'accord ? Le gars ne meurt pas… évidemment… un gamin de dix ans. Il rentre chez lui, d'accord ? Sa mère demande : Où t'as trouvé cet argent ? Elle vient dans sa chambre pour le réveiller le lendemain matin, et l'argent est sur la commode. Où t'as trouvé cet argent ? Il va pas le lui dire, où il a trouvé l'argent… hein ? Elle découvre que le type du coin s'est fait voler, elle fait le lien. Elle prend le gamin par le col, elle le ramène dans le magasin, d'accord ? Le type est là, un bandage autour du crâne, il fait sa journée de boulot. Elle demande : C'est mon fils qui vous a volé ? Le type regarde le gamin.

Ouais, je crois que c'était lui. Mais ça va, il a que dix ans, il est jeune. Tant pis, qu'elle dit, il est à vous. Qu'est-ce que vous voulez en faire ? Vous voulez l'envoyer en taule ? Vous voulez qu'il travaille pour vous ? Qu'est-ce que vous voulez ? Alors il donne un boulot au gosse. Le gosse balaie le magasin… juste comme Jimmy… il balaie le magasin tous les jours. D'accord ? Et puis, petit à petit, il lave la vaisselle, et puis, petit à petit, il essuie les tables… tu me suis ? Je rencontre ce type dix ans plus tard. Je le regarde, je lui demande : Qu'est-ce que tu deviens ? Il me dit : Tu te souviens, ce marchand de poulet frit ? Le marchand de poulet frit ! que je dis. C'était quand t'avais dix ans. Il me répond : C'est moi le patron. L'Allemand était mort… il lui avait légué le truc, et le gars gagne des mille et des cents.

LE RAPPEUR. – Ecoute, ça c'est ton problème. Je suis un Noir, faut que je vende du poulet frit. C'est ton problème. Faut que j'aille vendre du poulet.

JERRY. – C'est pas ça qu'il dit…

TOMMY. – C'est pas ce que je veux dire…

LE RAPPEUR. – Ça n'a rien à voir avec mon enregistrement.

TOMMY. – J'essaie d'expliquer quelque chose. Mon idée c'est… mon idée c'est… que d'un truc vraiment dégueulasse peut sortir quelque chose de vraiment super.

Vinnie entre dans la boutique.

LE RAPPEUR *(à Tommy)*. – T'as des pastèques, aussi ?

JERRY. – Allez, écrase, c'est pas ça l'idée…

LE RAPPEUR. – Relax, Max, je blaguais. Je t'ai eu. Merci. Les Noirs doivent se serrer les coudes.

VINNIE *(il s'arrête à côté du rappeur et désigne son poignet)*. – J'ai une montre.

LE RAPPEUR. – Eh, qu'est-ce que tu penses de mon costard ? Te gusta ?

VINNIE. – Formidable.

TOMMY *(au rappeur).* – Dis donc, où sont les dix dollars que je t'ai filés la semaine dernière ? Tu te rappelles les dix dollars ? T'as la mémoire courte. Tu te rappelles les dix dollars que je t'ai filés ?

LE RAPPEUR. – Ouais.

TOMMY *(en lui tapotant l'épaule).* – Dès que tu peux, tu me les rends, d'accord ?

LE RAPPEUR. – D'accord, merci, vieux. *(Il sourit.)* Me suis acheté du poulet frit avec.

VINNIE *(derrière le comptoir, sa guitare à la main).* – J'ai une bonne nouvelle, et j'ai une mauvaise nouvelle. La bonne, c'est que vous êtes tous là. La mauvaise, c'est que je vais chanter.

Tout le monde geint. Vinnie commence à jouer et à chanter. Tous l'accompagnent.

61. EXT. JOUR. DEVANT "THE BROOKLYN CIGAR CO."

Tommy et l'amateur de gaufres, comme à la scène 21.

TOMMY. – Voulez que je vous achète une gaufre ?

L'AMATEUR DE GAUFRES. – C'est ça l'idée.

TOMMY. – C'est ça l'idée. Et alors, vous voulez venir avec moi pendant que je vous achète une gaufre ?

L'AMATEUR DE GAUFRES. – Ouais.

TOMMY. – Parce que je vous donnerai pas d'argent.

L'AMATEUR DE GAUFRES. – Je veux pas d'argent. Je veux une gaufre.

TOMMY. – Je donne pas d'argent aux mendigots.

L'AMATEUR DE GAUFRES. – Je peux vous dire un truc ? Je voudrais deux gaufres. Je voudrais une gaufre que je mangerai tout de suite. L'autre, je l'emballerai et je l'emporterai. Parce que ma femme est enceinte et euh…

TOMMY. – Vous voulez une gaufre pour tout de suite… et une à emporter ?

L'AMATEUR DE GAUFRES. – Parce que… il existe une éthique… un code du cannibalisme. Et j'ai vu l'échographie de ma femme… La vie… C'est une belle chose…

TOMMY. – La vie est vraiment une belle chose. On va vous chasser d'ici, voyez ce que je veux dire ? Si vous voulez une gaufre belge, allez en Belgique. Mais n'allez pas du côté hollandais, allez du côté français.

Il s'éloigne.

L'AMATEUR DE GAUFRES *(il crie).* – Et si je veux une crème de Boston, faut que j'aille à Boston ?

62. INT. JOUR. "THE BROOKLYN CIGAR CO."

Suite de la scène 57.

DOT. – Je veux aller à Las Vegas. J'suis jamais allée à Las Vegas.

VINNIE. – Je vais t'emmener à Las Vegas.

DOT. – T'avais promis de m'emmener à Las Vegas. Y est plus question que tu m'emmènes à Las Vegas *maintenant.* Après que t'as dit que tu m'emmènerais pas à Las Vegas, tu vas pas retourner ta veste et m'emmener à Las Vegas, parce que j'ai aucune envie d'aller à Las Vegas avec un type qui n'a pas envie de m'emmener à Las Vegas. *(Vinnie s'approche d'elle.)* Fous le camp.

VINNIE. – Calme-toi, s'il te plaît. Allez, viens.

DOT. – Fous le camp. D'accord, j'irai à Las Vegas. Et j'irai toute seule. Et je ferai tout ce que j'ai envie de faire, tout ce que j'avais oublié que j'avais envie de faire et que je me rappelle tout à coup que j'ai envie de faire. Et je vais le faire… tout ce que j'aurai envie de faire.

VINNIE. – Ecoute, je règle deux ou trois trucs et on y va. Dans deux petites semaines, je te promets. Je te le jure.

DOT. – Dans deux petites semaines ! C'est tout de suite que je veux y aller. Si t'es sérieux quand tu dis que tu vas m'emmener à Las Vegas, alors tu prends tes trucs et tu m'emmènes tout de suite à Las Vegas. Tout de suite. Là, maintenant. Ou j'y vais toute seule. J'attends pas deux semaines de plus. Je veux y aller tout de suite !

VINNIE. – D'accord, rentrons à la maison…

DOT. – Non, je veux pas aller à la maison. Je veux aller à Las Vegas. *Tout de suite !* Et j'irai avec ou sans toi, parce que j'ai déjà de l'argent. Alors tu viens avec moi ou pas ? D'ailleurs je vais même pas te demander ça. Oublie ce que j'ai dit. Parce que t'as déjà dit non, et je te laisserai pas me dire non une deuxième fois.

VINNIE. – On part à Vegas. Maintenant. Là, tout de suite. *(A Auggie.)* On part à Vegas, Auggie.

AUGGIE. – Amusez-vous bien.

VINNIE *(à Dot)*. – D'accord ? Oui, on part à Vegas. OK ?

DOT. – Maintenant ? Sans faire de bagages ?

Elle et Vinnie s'embrassent.

VINNIE *(sortant avec Dot)*. – On part à Vegas, Auggie.

DOT. – A un de ces jours.

AUGGIE. – Adios.

Auggie verrouille la porte puis revient au comptoir avec un large sourire. Il écrase sa cigarette. Fondu sur magasin vide.

63. EXT. JOUR. DEVANT "THE BROOKLYN CIGAR CO."

Auggie et Jimmy sont debout sur le trottoir. Une jeune femme (la messagère) en tenue légère arrive du coin de la rue et s'approche d'Auggie.

LA MESSAGÈRE. – C'est bien la Brooklyn Cigar Co. ?

AUGGIE. – Soi-même. Que puis-je pour vous ?

LA MESSAGÈRE. – Je cherche un M. Augustus Wren.

AUGGIE. – Eh bien, vous l'avez trouvé, beauté.

LA MESSAGÈRE. – Super. J'étais encore jamais venue à Brooklyn. J'étais pas sûre de vous dénicher.

AUGGIE. – Vous savez, Brooklyn est sur la carte. On a même des rues, par ici. Et aussi l'électricité.

LA MESSAGÈRE. – Pas possible ! *(Une pause.)* Alors ?

AUGGIE. – Alors quoi ?

LA MESSAGÈRE. – J'ai un télégramme pour vous.

AUGGIE. – Personne n'est mort, j'espère.

LA MESSAGÈRE. – Un télégramme chantant.

AUGGIE. – De mieux en mieux.

LA MESSAGÈRE. – Prêt ?

AUGGIE. – Quand vous voudrez.

LA MESSAGÈRE *(elle chante et danse)*. – Marché annulé, stop. Ba-ba-ba-ba-ba-ba-ba-boum. Vends pas la boutique, stop. Ba-ba-ba-ba-ba-ba-ba-boum. A la semaine prochaine, stop. Ba-ba-ba-ba-ba-ba-ba-boum. Te fais plein d'bises… bises… bises de Las Vegas ! Ba-ba-ba-ba-ba-ba-ba-boum.

AUGGIE. – De la dynamite, mon petit cœur. De la dynamite. A mon avis, ça vaut au moins une prime de cinq dollars.

Il lui donne l'argent.

LA MESSAGÈRE. – Cinq dollars ? Merci beaucoup, m'sieu. Je vais enfin pouvoir acheter cet appareil auditif dont ma mère a besoin depuis si longtemps. *(Elle s'en va.)*

AUGGIE *(il crie).* – Si des fois vous avez d'autres bonnes nouvelles à apporter, vous savez où me trouver. *(Il lit le télégramme à Jimmy.)* Marché annulé... vends pas la boutique, stop... à la semaine prochaine... bises de Las Vegas. Ba-ba-boum, Jimmy !

Il étreint Jimmy.

JIMMY. – On ne doit pas partir ?

AUGGIE. – Non, on ne doit pas partir, Jimmy. Continue à balayer. Balaie tout Brooklyn, Jimmy ! Brooklyn est à toi !

64. CARTON

Le texte suivant se déroule sur l'écran : A la fin, cinq cent soixante-douze citoyens émergèrent des hauteurs, des plaines et des marais de Brooklyn pour faire la fête. Ils dansèrent jusqu'à l'arrivée des camions poubelles pour la tournée du matin. Le premier enfant d'Auggie et Violette fut conçu cette nuit-là dans le débit de tabac. Ils le nommèrent Jackie. Son premier aliment solide fut une gaufre belge.

65. EXT. JOUR. LA RUE

Plan d'ensemble : une grande fête de quartier bat son plein.

Gros plan : Auggie et Violette en train de danser.

66. CARTON

Les mots suivants apparaissent sur l'écran :
LES COMÉDIENS.

67. MONTAGE : LES ACTEURS

L'un après l'autre, en musique, on voit passer les différents acteurs et leur nom imprimé sur l'écran.

68. CLIPS ET POSTGÉNÉRIQUE

Le postgénérique se déroule, entrecoupé par les clips suivants :

A. L'HOMME AUX LUNETTES BIZARRES

Voix off. – Pourquoi tu fumes encore ?

L'homme. – Je n'avale pas la fumée !

B. L'AMATEUR DE GAUFRES ET JERRY

L'amateur de gaufres. – Eh, l'ami !

Jerry. – Faut que j'y aille. Ecoutez, vieux, faites-moi plaisir…

L'amateur de gaufres *(en français).* – Passez-vous…

Jerry. – Dégage… Gardez vos distances. Faites gaffe.

L'amateur de gaufres. – Z'auriez pas un Kleenex ?

C. BOB ET AUGGIE

Auggie. – Eh, l'ami !

Fusil sous-marin électronique. – Recule, connard !

Auggie rit.

Bob. – Vous savez, au cas où on serait coincés, ou quoi ; y a qu'à sortir le poisson.

D. AUGGIE ET VIOLETTE

Violette. – Des gaufres belges ? Auggie, je t'en prie, d'accord ? Tu crois que je vais manger c'te saloperie et foutre en l'air un corps pareil ?

Elle rit.

E. DOT, AUGGIE, VINNIE

Dot *(brandissant un revolver)*. – Dis-lui que je lui parle pas !

Auggie. – Dot ! Qu'est-ce que tu fais ? Qu'est-ce que tu fais ?

Il tente de lui prendre le revolver.

Dot. – Rends-moi mon flingue, salaud !

Elle lui lance un coup de genou dans le bas-ventre.

F. TOMMY ET JERRY

Tommy *(faisant la leçon à Jerry)*. – Je suis assis ici dehors avec mon journal. Pour la plupart des gens, j'ai l'air de ne rien foutre. Je prends un café, d'accord ? Je fume un cigare. Je passe le temps avec Auggie. Mais ils me regardent... Ils me lèvent leur chapeau. Bonjour, comment ça va ? Toi, si on te regarde, qu'est-ce qu'on voit ? On te prend pour un voyou.

G. L'AMATEUR DE GAUFRES ET DENNIS

Dennis. – C'est pas un aliment. C'est du sucre... et de la merde. Tu sais ce que ça provoque ? Le diabète.

L'amateur de gaufres. – Non, pas à moi.

Dennis. – Ah non ?

L'amateur de gaufres. – Non, j'ai des antisucre.

H. BOB ET AUGGIE

Bob. – J'avais un copain, vieux, il aimait tellement les cigarettes qu'il faisait sonner son réveil au milieu de la nuit. Par exemple, il allait dormir, il le réglait sur quatre heures plus tard. Il se réveille. Il en grille une.

I. PETE ET TOMMY

Pete. – Tu regardes le produit de tes intestins avant de tirer la chasse ?

Tommy. – Oh, ça va, Peter !

Pete. – Juste pour me faire plaisir. Tu regardes ? allez... c'est... ouah !... un flotteur d'un pied de long. T'as même pas envie de lui dire adieu. Tu lui donnes un nom.

J. LE RAPPEUR, AUGGIE ET LES PARIEURS

Le rappeur. – Je téléphone beaucoup *(Imitant l'accent italien.)*, comme ça les gens voient pas que je suis noir. Mais en réalité je crois que je suis sicilien.

Jerry. – C'est bon, ça, très bon... Je te suis complètement.

Le rappeur. – Tu me crois. Tu me crois. Alors là j'en crois pas mes oreilles !

K. LE RAPPEUR, AUGGIE ET LES PARIEURS

Le rappeur. – C'est le même problème qu'on a eu l'autre fois. Parce que je suis noir, vous croyez que je ne peux pas être italien !

L. LE RAPPEUR, AUGGIE ET LES PARIEURS

Auggie. – Si ça c'était sicilien, moi je suis Malcolm X.

M. DOT, AUGGIE, VINNIE

Dot *(tentant de baisser le store)*. – Désolé, c'est fermé.

Auggie. – Eh, Dot, tu ne peux pas faire ça !

Dot *(le store remonte, révélant Vinnie devant la porte)*. – Zut !

Auggie. – Dot, Dot... Qu'est-ce que tu fiches ?

Dot. – Ferme ce foutu truc. Tu ne lui adresseras pas la parole.

N. VIOLETTE ET AUGGIE

Violette *(elle enlève sa veste et la laisse tomber sur le sol)*. – Etre ou ne pas être, voilà la question.

Auggie *(gesticulant)*. – Jimmy, verrouille la porte.

O. RUPAUL ET LES DANSEURS

RuPaul. – D'accord, Brooklyn, je vais t'apprendre une nouvelle danse. Ça s'appelle le cha-cha-cha de Brooklyn. C'est très simple. OK ? On fait comme ça. OK ? Un, deux, croisé, écarté, en arrière, en arrière, cha-cha-cha. Un, deux, en avant, un, croisé, écarté, en avant, cha-cha-cha. Un, deux, là, là, mmh, mmh. Croisé, écarté, un, deux, trois.

Rires.

P. LE COMMANDO DE LA MORT

Premier acteur. – Moi une clope.

Second acteur. – Dernier paquet.

Premier acteur *(tandis que des mains se tendent vers le paquet).* – Otez vos sales pattes de là.

OUVRAGE RÉALISÉ
PAR LES ATELIERS GRAPHIQUES ACTES SUD
REPRODUIT ET ACHEVÉ D'IMPRIMER
SUR ROTO-PAGE
EN AVRIL 1995
PAR L'IMPRIMERIE FLOCH
A MAYENNE,
SUR PAPIER DES
PAPETERIES DE JEAND'HEURS
POUR LE COMPTE DES ÉDITIONS
ACTES SUD
LE MÉJAN
PLACE NINA-BERBEROVA
13200 ARLES

DÉPÔT LÉGAL
1re ÉDITION : MAI 1995
N° impr. : 37559.
(Imprimé en France)